Dani Shapiro

LEUCHTFEUER

Roman

Aus dem Englischen von
Ulrike Wasel und Klaus Timmermann

hanserblau

Dieses Buch ist für Jacob

Die Originalausgabe erschien 2022 unter dem Titel *Signal Fires*
bei Alfred A. Knopf in New York.

1. Auflage 2024

ISBN 978-3-446-27935-3

Umschlag: FAVORITBUERO, München
Motiv: © chen xue bing / Shutterstock
Satz im Verlag
Druck und Bindung: CPI books, Leck
Printed in Germany

MIX
Papier | Fördert
gute Waldnutzung
FSC® C083411

Denn wenn die Erde ein Feldlager ist und das Meer
ein Beinhaus der Seelen, entzündet eure Leuchtfeuer,
wo immer ihr seid.
Wenn der Morgen kommt, stecht in See.

CAROLYN FORCHÉ, »MOURNING«

27. AUGUST 1985

SARAH UND THEO

Und eigentlich ist es ein Klacks oder müsste ein Klacks sein oder sollte ein Klacks sein, als er den Kopf vorbeugt und die Spitze seiner Zigarette in den Zigarettenanzünder drückt. Sie knistert bei der Berührung, ein typisches Geräusch für diesen kurzen Augenblick in der Geschichte, als Autos Zigarettenanzünder hatten und Fünfzehnjährige Marlboros qualmten und die Buicks ihrer Mütter fuhren, ohne auch nur einen Lernführerschein zu besitzen. Er will einem Mädchen imponieren. Sie heißt Misty Zimmerman, und falls sie die Nacht überlebt, wird sie mal Zeitschriftenredakteurin werden oder Lehrerin an einer Highschool oder Strafverteidigerin. Sie wird dreifache Mutter werden oder kinderlos bleiben. Sie wird in jungen Jahren an Eierstockkrebs sterben oder sogar noch ihre Urenkel kennenlernen.

Aber das sind nur ein paar mögliche Bahnen eines Lebens, eine Handvoll Sternschnuppen am Nachthimmel. Änderst du ein Element, ändert sich alles. Eine Erschütterung hier verursacht ein Erdbeben dort. Eine Bruchlinie vertieft sich. Ein Schalter wird umgelegt. Sein Fuß auf dem Gaspedal. Er weiß eigentlich gar nicht genau, was er da macht, aber davon lässt er sich nicht aufhalten. Er ist total aufgekratzt, wie es nur ein Fünfzehnjähriger sein kann. Er hat etwas zu beweisen. Sich selbst. Misty. Seiner Schwester. Als würde er sich an ein Skript halten, das in Braille verfasst ist, und mit den Fingern über Zeichen gleiten, die er nicht versteht.

»Theo, nicht so schnell.« Das sagt seine Schwester Sarah von der Rückbank.

Misty sitzt vorne.

Sarah war es, die ihm den Schlüssel für das Auto ihrer Mom zugeworfen hat. Sarah, siebzehn Jahre alt. Nach dieser Nacht wird sie für ihn unergründlich werden. Der Sommerhimmel ist ein über Mond und Sterne geworfener Schleier. Die Straßen sind still, die guten Menschen von Avalon sind längst zu Bett gegangen. Ihre eigenen Eltern schlafen in ihrem Doppelbett unter dem karierten Überwurf, den eine Patientin ihres Vaters gestrickt hat. Seine Mom hat einen festen Schlaf, doch sein Dad ist durch das Leben als Arzt darauf trainiert, beim geringsten Anlass hochzuschrecken. Er ist allzeit bereit.

Die Teenager haben keine bösen Absichten. Es sind liebe Kinder – das würde jeder bestätigen. Aber sie langweilen sich. Der Sommer geht zu Ende. In einer Woche fängt die Schule wieder an. Sarah geht dann in die Abschlussklasse, und in einem Jahr wird sie fort sein. Seine Schwester ist ein Superstar. In allem immer die Beste. Vor Potenzial strotzend. Theo hat noch drei Jahre vor sich, und er hat sich kaum hervorgetan. Er ist ein pummeliger, schweigsamer Junge, der sich häufig schämt. Er wird schnell rot. Er spürt, wie seine Wangen heiß werden, während er den Zigarettenanzünder hält und inhaliert, das Knistern hört, den Rauch tief in die Lunge zieht. Sein Vater – ein Lungenfacharzt – würde ihn umbringen. Vielleicht hat Sarah ihm deshalb den Schlüssel zugeworfen. Vielleicht will sie ihm helfen, ihn dazu bringen, endlich *aktiv* zu werden, verdammt noch mal. Ein Risiko einzugehen. Lieber was Verbotenes zu tun als gar nichts.

Misty Zimmerman ist nur zufällig dabei. Es war Sarah, die sie eingeladen hat mitzukommen. Sarah, die für Theo tut, was er nicht für sich selbst tun kann. Änderst du ein Element, ändert sich alles. Der Buick rast die Poplar Street entlang. Misty reckt sich und gähnt auf dem Beifahrersitz. Theo biegt nach links ab, dann nach rechts. Langsam hat er den Bogen raus. Er setzt den Blinker und fährt auf die Schnellstraße. Als sie an der Mall vorbeikommen, schaut er zu Burger King hinüber, ob der noch aufhat.

»Pass auf!«, schreit Sarah.

Mit rasendem Herzen schlingert er zurück in seine Spur. Fast hätte er die Leitplanke gestreift. An der nächsten Ausfahrt verlässt er die Schnellstraße und verringert das Tempo. Das Ganze war eine schlechte Idee. Er will nach Hause. Außerdem will er noch eine Zigarette.

»Fahr rechts ran«, sagt Sarah. »Lass mich fahren.«

Theo hält Ausschau nach einer Stelle, wo er gut anhalten kann. Er hat keine Ahnung, wie man einparkt. Sarah hat recht – es war eine blöde Idee.

»Oder nein, vergiss es. Besser nicht«, sagt sie.

Sie sind fast zu Hause. Das ist wie ein Refrain in seinem Kopf: *Fast zu Hause, fast zu Hause, fast zu Hause.* Nur noch ein paar Blocks. Sie passieren das Haus der Hellers, das der Chertoffs.

Als Theo sich vorbeugt, rutscht ihm der Anzünder aus den Fingern und fällt in seinen offenen Hemdkragen. Er stößt einen Schrei aus und versucht, ihn zu packen, was alles nur noch schlimmer macht. Er drückt den Rücken durch, um das glühend heiße Metallding rauszuschütteln, aber es klemmt zwischen Shorts und Bauch. Der Geruch von versengtem Fleisch. Ein vollkommener glänzender Halbmond wird zurückbleiben. Jahre später wird eine Geliebte mit dem Finger über die Narbe an seinem Bauch fahren und fragen, wie er die bekommen hat, und er wird sich wegdrehen. Doch jetzt – jetzt schießen ihre Zukünfte wie Gammastrahlen aus dem fahrenden Auto. Drei

Highschool-Schüler. Was, wenn Sarah stattdessen an dem Abend mit Freunden ausgegangen wäre? Was, wenn Misty Nein gesagt hätte? Was, wenn Theo sich wie fast jeden Abend ein Salami-Sandwich mit reichlich Senf geschmiert hätte und dann ins Bett gegangen wäre?

Das Lenkrad wird herumgerissen. Die Schreie von Teenagern in der Nacht. *Theo nein stopp scheiße fuck oh Gott*, und es sind keine quietschenden Bremsen zu hören – nichts, um die Wucht abzufangen. Der Zusammenprall von Metall und einer alten Eiche: das Geräusch zweier kollidierender Welten.

Der Kotflügel und die rechte Seite des Buick werden zerknautscht, als wäre der Wagen ein Spielzeug und alles bloß eine Illusion. Oben, im ersten Stock des Hauses von Benjamin und Mimi Wilf, geht ein Licht an. Ein Fenster wird geöffnet. Ben Wilf starrt für den Bruchteil einer Sekunde auf die Szene unten. Als er die Haustür erreicht, steht seine Tochter Sarah vor ihm – *Gott sei Dank Gott sei Dank Gott sei Dank* –, T-Shirt und Gesicht blutverschmiert. Theo kniet auf allen vieren auf dem Boden. Er scheint unversehrt zu sein. *Gott sei Dank Gott sei Dank Gott sei Dank.* Doch dann –

»Im Auto ist ein Mädchen, Dad –«

Misty Zimmerman ist bewusstlos. Sie ist nicht angeschnallt – wer schnallt sich denn schon an? –, und aus einer Platzwunde an ihrer Stirn strömt Blut. Keine Zeit, einen Krankenwagen zu rufen. Wenn sie warten, bis Rettungssanitäter eintreffen, ist das Mädchen längst tot. Also tut Ben das, was getan werden muss. Er beugt sich durch die Fahrertür, packt das Mädchen unter den Achselhöhlen und zieht es heraus.

»Dein Hemd, Theo!«, blafft er.

Theo dreht sich der Magen um. Ihm wird schlecht.

Er zieht das Hemd aus und wirft es seinem Vater zu. Ben hebt Mistys Kopf an und wickelt ihr das Hemd als Druckverband fest um den Schädel. Sein Verstand arbeitet jetzt bedächtig und ruhig. Er ist ein sehr guter Arzt. Er fühlt den Puls des Mädchens.

Mimi steht auf den Stufen vor der Haustür, und ihr Nachthemd bläht sich im Wind, der scheinbar wie aus dem Nichts aufgekommen ist.

»Was ist passiert?«, schreit Mimi. »Sarah? Theo?«

»Ich war's, Mom«, sagt Sarah. »Ich bin gefahren.«

Theo starrt seine Schwester an.

»Das ist doch jetzt völlig egal«, sagt Ben leise.

Auf der ganzen Division Street sind die Nachbarn wach geworden. Der Unfall, die Stimmen, die Spannung in der Luft. Irgendwer muss den Notruf gewählt haben. In der Ferne das Jaulen einer Sirene. Ben weiß es, bevor er es weiß, auf eine tiefe, instinktive Art. Er konnte es im Dunkeln nicht sehen, als er das Mädchen aus dem Auto zog. Er nahm nur die Kopfverletzung wahr, die heftige Blutung. Jetzt weiß er es: Ihr Genick ist gebrochen. Und er hat das denkbar Schlimmste getan. Er hat sie bewegt. In den Tagen darauf wird er die Geschichte immer wieder erzählen: der Polizei, dem intensivmedizinischen Team, Mistys Eltern. Die Geschichte – dass Sarah gefahren ist, Misty auf dem Beifahrersitz saß und Theo auf der Rückbank – wird nicht infrage gestellt werden. Nicht in dieser Nacht und auch sonst nicht. Sie wird zum dunkelsten Familiengeheimnis werden, einem so gefährlichen Geheimnis, dass niemand es je aussprechen wird.

21. DEZEMBER 2010

BENJAMIN

Der Junge ist wieder am Fenster. Es ist 22.45 Uhr, eine Zeit, zu der Jungen in seinem Alter – er wird bald elf – doch wohl in ihren Betten schlafen und ihre unruhigen, ungestümen Träume träumen sollten. Doch stattdessen ist er unweigerlich da: dunkles Haar, das im Licht des Vollmonds schimmert, kleine Hände, die sich an der Fensterbank festhalten, während er den dünnen Hals durch das offene Fenster nach oben reckt und den Himmel absucht. Der Atem des Jungen bildet in der Kälte Dampfwolken. Jetzt nimmt er dieses komische Teil, hält es wie einen Kompass mal in die eine, mal in die andere Richtung, und das unheimliche, milchig blaue Licht von dem Ding erhellt sein blasses Gesicht. Was zum Teufel macht er da? Ben muss sich beherrschen, dass er nicht sein eigenes Fenster öffnet und dem Kind über die Division Street hinweg zuruft: *Sei vorsichtig!* Die Worte liegen ihm auf der Zunge.

Wo sind deine Eltern?

Aber er kann auch die Eltern sehen, weil bis auf das Zimmer des Jungen das ganze Haus hell erleuchtet ist, wie eine Liebeserklärung an das örtliche Elektrizitätswerk. Die Mutter sitzt am Küchentisch über eine Zeitschrift gebeugt, ein Weinglas neben dem Ellbogen. Die Gestalt des Vaters ist in dem Fitnessraum zu erkennen, den sie über die Garage gebaut haben. Der Mann rudert wie ein Wahnsinniger, als müsste er einen Ertrinkenden erreichen.

Das Haus auf der anderen Straßenseite gehörte früher den

Platts und davor den McCarthys. Damals, als er und Mimi hierherzogen, als die Division Street noch den begehrteren Teil der Stadt von den Häusern in der Nähe des Bahnhofs trennte (obwohl es als unfein galt, darüber zu reden), gab es noch keine angebauten Fitnessräume, keine Poolhäuser wie das, das scheinbar über Nacht hinter dem alten Haus der Berkelhammers aus dem Boden geschossen ist, keine Außenkamine und raffinierten Soundsysteme in moosbewachsenen Steinmauern.

Ein einsames Auto kommt die Division Street herunter und biegt ab auf die Poplar Street. In der Ferne kreischt eine Katze. Die harten Blätter des Ilexstrauchs kratzen unten am Küchenfenster. Eigentlich hatte Ben den Gärtner im letzten Herbst bitten wollen, ihn auszugraben, bevor die Pflanze die alte Holzverschalung des Hauses noch mehr angreift, aber er hatte so viel anderes um die Ohren, dass es ihm entfallen war. Jetzt wird sich bald jemand anders darum kümmern müssen. Die neuen Besitzer, ein Paar, das er nicht kennengelernt hat, ziehen aus Cleveland hierher. Zusammen mit zwei kleinen Kindern. Und einem von diesen Basset-Hunden, die immer traurig dreinblicken.

So wird er also diese letzte Nacht verbringen? In seinen Flanellbademantel gehüllt, aus dem Schlafzimmerfenster blickend, die Bilder und Geräusche dieser Gegend aufsaugend, in der er mehr Jahre verbracht hat als irgendwo sonst? Er will sich alles einprägen, als würde er zum letzten Mal den Körper einer Geliebten nachzeichnen.

Vierzig Jahre.

Mimi und er haben sich oft über die Leute lustig gemacht, die so kitschige, alberne Dinge sagten wie: *Alles geht so schnell vorbei*. Aber jetzt steht er hier. Vierzig Jahre nachdem er und Mimi in dieses Haus eingezogen sind. Mimi war mit Theo schwanger, und Sarah trug noch Windeln. Wahrscheinlich waren sie nicht viel anders als das Paar aus Cleveland, als sie sich ausmalten, wie das Leben sein würde. In sämtlichen Räumen unten sind Umzugskartons bis zur Decke gestapelt und mit ihrem Bestimmungsort beschriftet:

S. W. steht auf denen mit Porzellan, Mimis Silberbesteck, dem Großteil der guten Bettwäsche. Sie alle gehen an Sarah in Santa Monica, obwohl ihm schleierhaft ist, warum sie noch mehr Zeug haben will, als sie schon hat. Seine Tochter war nie der sentimentale Typ, aber vielleicht wird sie jetzt, im mittleren Alter, etwas weicher.

T. W. auf den Kartons mit Tausenden von Schallplatten – echtes Vinyl –, für die Theo in seinem Loft in Brooklyn einen Schallplattenspieler gekauft und wieder ans Laufen gebracht hat. Außerdem bekommt Theo Kartons mit der Aufschrift *B. W. Akten* geliefert. Sie stammen aus Bens Praxis und reichen zurück bis in seine Zeit als Assistenzarzt. Was soll er sonst damit anstellen? Verbrennen? Nein. Er wird sie in der Obhut seines Sohnes lassen.

Der Junge hat ihn bemerkt. Wie schon in den letzten Nächten hebt er die Hand und winkt – ein Kinderwinken, mit flatternden Fingern. Ben entriegelt sein Fenster und schiebt es hoch. Die kalte Luft trifft auf seine Brust.

»Hey, du!«

Er weiß genau, wie der Junge heißt. Waldo, ein einprägsamer Name – aber es kommt ihm zu vertraulich vor, ihn zu benutzen. Obwohl die Familie nun schon seit einem Jahrzehnt gegenüber wohnt, bleibt sie meist für sich. Als sie einzogen, hatte Mimi nie die Gelegenheit gehabt, wie gewohnt mit einem Teller Kekse und einem Briefchen bei ihnen vorbeizuschauen, um sie als Nachbarn willkommen zu heißen. Sie hatte immer eine Liste mit hilfreichen Tipps parat: Beim A & P auf der Grandview Street gibt es frischen Fisch von der Fulton Street; die Lehrerin der zweiten Klasse lässt zu wünschen übrig, aber Mrs Hill unterrichtet die dritte Klasse und ist eine wahre Perle. Noch immer kann Ben die Mimi von damals sehen, als junge Mutter zu einer Zeit, in der über Kindererziehung noch nicht so gesprochen wurde wie heute, als wäre es eine Leistung wie Joggen oder Bergsteigen. Ihr dunkles, welliges Haar zu einem lockeren Knoten gebunden. Die langen Beine in Skischuhen. Ihr unbeschwertes Lachen.

Die Leute von gegenüber fahren immer am frühen Morgen los, der Vater in einem nagelneuen Lexus Hybrid, die Mutter in einem Prius – geräuschlose Autos –, und in der Abenddämmerung kehren sie zurück, gleiten leise in die Garage, deren automatisches Tor sich hinter ihnen schließt. Der Junge spielt nicht auf der Straße wie Sarah und Theo früher. Keines der Nachbarskinder ist je draußen im Garten. Sie werden von ihren Eltern oder Nannys herumkutschiert, schleppen Geigen- oder Cello-Kästen, wuchten Rucksäcke, die schwerer sind als sie selbst. Sie tragen Fußballtrikots oder blütenweiße Anzüge mit bunten Karate- oder Judogürteln um die schmalen Taillen.

»Hey, du!«, ruft Ben erneut. »Was machst du da?«

Der kleine Waldo hebt das Gerät – würde es nicht leuchten, könnte man es für ein schwarzes Buch halten, etwas größer als ein Paperback – Richtung Himmel, als wollte er Gott vorschlagen, ihm eine Gutenachtgeschichte vorzulesen. Ben kramt in der Bademanteltasche nach seiner Fernbrille. Jetzt kann er den Schriftzug auf dem Sweatshirt des Jungen lesen. Ein Fan der Boston Red Sox. Erstaunlich, hier im Territorium der New York Yankees. Bestimmt hat er es damit nicht leicht in der Schule. Besonders dieses Jahr, wo der Schlachtruf *Red Sox suck!* sich als allzu wahr erwiesen hat. Der lange Pony des Jungen fällt ihm über die Augen.

»Ein Jammer, das mit Pedroia«, ruft Ben.

»*Und* Youkilis. *Und* Ellsbury.« Der Junge klingt persönlich beleidigt. Seine Stimme ist unerwartet hell und melodisch, wie eine Flöte. Noch immer hält er das schwarze Buch zum Himmel gerichtet.

»Was hast du da?«, fragt Ben.

»Star Walk«, antwortet der Junge.

»Ist das ein Spiel?«

Der Junge wirft ihm einen teils enttäuschten, teils fassungslosen Blick zu, wie Ben selbst über die Division Street hinweg erkennen kann.

»Nein. Das ist kein Spiel.«

»Okay, was dann?«

»Wollen Sie mal sehen?«

»Na ja, ich –«

Ben zögert. Obwohl er den Jungen über die Jahre hinweg im Auge behalten hat, kennt er ihn eigentlich nicht.

»Bitte, ich zeig's Ihnen.«

Durchs Küchenfenster hebt sich die Silhouette der Mutter vor dem flimmernden Licht des Fernsehers ab. Der Vater rudert immer noch.

»Müsstest du nicht längst im Bett sein?«

»Ich bin nicht müde.«

Waldo erinnert Ben ein wenig an Theo in dem Alter. Theo war größer, kräftiger, und wenn er nicht schlafen konnte, tapste er runter in die Küche, klatschte Salamischeiben und Dijon-Senf auf eine Scheibe Brot und goss sich ein Glas Milch ein, als könnte nur das Gewicht einer vollen Mahlzeit ihm eine ruhige Nacht bescheren. Mimi schimpfte dann immer mit Theo, weil er sich doch schon die Zähne geputzt hatte, und insgeheim fürchtete sie, dass Theo zu dick wurde. Ach, wie sehr wünschte Ben, sie hätten damals auch nur einen Bruchteil von dem gewusst, was er heute weiß! Dass all die kleinen Sorgen (Karies! Ein paar Pfund Babyspeck zu viel!) doch im Grunde völlig unbedeutend waren.

»Wir treffen uns am Zauberbaum«, ruft der Junge. »In zwei Minuten!« Er zieht den Kopf ein und schließt das Fenster, verschwindet in seinem dunklen Zimmer.

Ben schließt einen Moment lang die Augen. *Der Zauberbaum.* Er weiß, dass diese Generation von Nachbarskindern ihn so nennt. Und warum auch nicht? Eine majestätische Eiche an der Ecke von Division und Birch Street (alle Straßen westlich der Division sind nach Bäumen benannt), der Stamm inzwischen fast anderthalb Meter dick. Um den Baum herum wachsen – je nach Jahreszeit – Dutzende Arten von Wildblumen, hohe, duftende Gräser. Jedes andere Fleckchen Grün im Viertel wird regelmäßig von Landschaftsgärtnern gepflegt und getrimmt, doch die Eiche wacht über ihren eigenen kleinen Dschungel, eine urwüchsige Parzelle. Menschen, die die Geschichte nicht kennen – Neuzugezogene –, gehen davon aus, dass die Familie, die in Division Nr. 18 wohnt, Bens Haus, sich um den Baum kümmert. Sie könnten falscher nicht liegen. Doch Ben wird sie nicht aufklären.

Er geht nach unten und durch den schmalen Korridor zwischen den deckenhoch gestapelten Kartons auf beiden Seiten der Diele. Nimmt seinen alten Daunenparka von der Garderobe neben der Tür und zieht ihn über den Bademantel. Was für einen Anblick er wohl bietet! Ein alter Mann, der auf seine Veranda tritt und allem Anschein nach einen bodenlangen Rock, flauschige Hausschuhe und eine schäbige, verschlissene Skijacke trägt.

Der Junge wartet schon an dem Baum. Von hier aus kann auch er seine Mutter sehen, die sich im Haus auf der anderen Straßenseite das nächste Glas Chardonnay eingießt, seinen rudernden Vater. Aber er achtet nicht auf das geheime Leben seiner Eltern, das sich da wie auf einem Fernsehbildschirm abspielt. Nein, er interessiert sich mehr für das Ding, wie hieß es doch gleich … irgendwas mit Sternen. Er hält es hoch Richtung Himmel.

»Hi!« Ben streckt ihm die Hand entgegen. »Wir haben uns noch gar nicht richtig vorgestellt. Ich bin Dr. Wilf.«

»Ich weiß«, sagt der Junge. Natürlich weiß er das. Sonst hätte er nicht mitten in der Nacht sein sicheres Zuhause verlassen, um sich mit einem Wildfremden zu treffen. Oder? Ben spürt einen Anflug von Beschützerinstinkt gegenüber dem Jungen. Am liebsten würde er über die Straße marschieren und an die Haustür klopfen. *Es ist elf Uhr abends. Wissen Sie, wo Ihr Sohn ist?* Aus der Nähe betrachtet ist das Gesicht des Jungen so schön wie das aller Kinder in dem Alter, die Haut glatt und schimmernd. Die Wimpern sind so lang, dass sie Schatten auf die Wangen werfen. Der dünne Hals, die schmalen Schultern. Zehn, beinahe elf. Ein Junge kurz vor einer gewaltigen Veränderung. Ein Junge (dabei denkt er mit einem schmerzlichen Stich an Theo), der im Begriff ist, in ein Meer der Ungewissheit zu waten, aus dem er erst nach Jahren zurückkehren wird.

»Ich bin Waldo.«

»Hallo, Waldo!«

Ben betrachtet das Gerät. Der Bildschirm scheint den klaren, mondhellen Himmel zu spiegeln. Sterne leuchten vor einem bläulich schwarzen Hintergrund. Musik dringt aus dem Teil – fremd, außerirdisch. Jetzt erkennt Ben, dass es sich um eines dieser neuen, heiß begehrten Geräte handelt, aber ihm fällt nicht ein, wie es heißt. In den Nachrichten hat er Berichte über Leute gesehen, die die ganze Nacht vor Geschäften Schlange standen, nur weil sie zu den Ersten gehören wollten, die es kauften. Er fragt sich, ob der Vater des Jungen auch angestanden hat. Der Intensität nach zu schließen, mit der er rudert, vermutet Ben, vielleicht zu Unrecht, dass er ein Mann ist, der stets der Erste sein muss.

Als Waldo den Bildschirm neigt, bilden sich Linien, Formen erscheinen, als würde sich ihnen der Himmel öffnen. Ein Stier. Eine Schlange. Ein Krebs. Ein Kind mit einer Leier.

»Sehen Sie mal.« Waldo fährt mit dem Zeigefinger seitlich am Bildschirm hinunter. Die Bildschirm-Sterne wirbeln durch den Bildschirm-Himmel, während über ihnen, hoch über der Division Street, ein Flugzeug durch die Nacht gleitet. Die Lichter an den Tragflächen blinken gleichmäßig. Es ist höchstwahrscheinlich unterwegs zum Flughafen JFK. Die realen Sterne sind seltsam unbeweglich, weniger überzeugend als das Flugzeug oder die Sternensimulation auf Waldos Bildschirm.

»Wann ist Ihr Geburtstag?«, fragt Waldo unvermittelt.

»Sechzehnter Januar.«

»Welches Jahr?«

»Willst du wissen, wie alt ich bin?«

»Nein – darum geht's nicht!« Der Junge wirkt immer wie kurz vor einer extremen, fast explosiven Frustration, als ob die Welt um ihn herum seinen Erwartungen nicht genügen kann oder will.

»Neunzehnhundertsechsunddreißig«, sagt Ben. »16. Januar 1936.«

»Um wie viel Uhr ungefähr?«

Ben muss nachdenken. Weiß er das überhaupt? Die letzte Person, der die Uhrzeit seiner Geburt wichtig genug war, um sich daran zu erinnern, war seine längst verstorbene Mutter. Aber dann fällt es ihm ein.

»Kurz vor neun Uhr abends.«

»Und wo?«

»In New York, Brooklyn, um genau zu sein.«

Der Junge setzt etwas in Bewegung, lässt die Galaxie kreisen, und das Datum auf dem Bildschirm läuft mit atemberaubender Geschwindigkeit rückwärts, rückwärts, rückwärts. Obwohl der Boden kalt und feucht ist, noch nicht ganz gefroren, und obwohl Ben weiß, dass er morgen mit Gliederschmerzen dafür bezahlen wird, setzt er sich zwischen zwei mächtige Wurzeln der Eiche auf die Erde. Seine mageren Altmännerbeine lugen aus dem Bademantel hervor, und er bedeckt sie mit dem weichen karierten Flanellstoff. Der Junge kniet sich in Red-Sox-Pyjama und Skijacke neben ihn. Die Daten auf dem Bildschirm rasen weiter, die Formen im Himmel verwandeln sich, gehen ineinander über. Ben kommt kaum noch mit. Ein Bär. Ein Löwe. Ein Segelboot.

Er blickt die Division Street hinunter, sieht die wenigen noch brennenden Lichter in den Häusern, deren Bewohner er nicht mehr kennt. Früher hätte er praktisch alles über die Familien, die in diesen Häusern lebten, erzählen können. Wohl oder übel – wohl *und* übel – wusste er von Jimmy Platts kleinem Drogenproblem, von Karen Russos Affäre mit Ken dem Golflehrer, von der Spielsucht, die schließlich zur Folge hatte, dass das Haus der Gelfmans zwangsversteigert wurde. Er wusste, dass Julie Heller regelmäßig einen Joint rauchte, wenn sie mit ihrem Königspudel spätabends Gassi ging, dass Eric Walker einen Entzug gemacht hatte, wenngleich keiner je herausgefunden hatte, wovon.

Ihre Straße war wie jede andere, mit den Geheimnissen, dem Kummer und den Lügen, den Triumphen und Augenblicken des Anstands, wie sie sich durch alle Gemeinschaften ziehen. Er hatte sich oft davon eingeengt gefühlt – und Mimi hatte es schier wahnsinnig gemacht –, aber dennoch hatte er einen gewissen Trost darin gefunden, dass es nun mal *seine* Straße war. *Seine* Nachbarn. Mit der Entscheidung, in ein bestimmtes

Haus auf einer bestimmten Straße zu ziehen, hatten sie alle ihr Schicksal miteinander verknüpft. Ihre Kinder waren in den Häusern der anderen ein und aus gegangen. Hatten ihre ersten Zigaretten gemeinsam geraucht, waren beste Freunde gewesen, dann erbitterte Feinde, dann wieder Freunde. Wie die Ranken, die am Stamm der Zaubereiche emporwuchsen, hatte die Kindheit sie von innen heraus geformt. Die Eltern waren wie Zeugen, wie Zuschauer, lernten, miteinander auszukommen (*den Kindern zuliebe*, sagte Mimi oft), und manchmal mochten sie einander immerhin so sehr, dass sie gemeinsam Urlaub machten.

Jetzt hat die Straße die Bürgersteige hochgeklappt für die Nacht. Alarmanlagen eingeschaltet. Lipitor eingeworfen oder Fluctin oder Clonazepam. Ein paar Glückliche vielleicht Viagra. Paare, hauptsächlich Männer und Frauen Mitte dreißig oder vierzig – fast halb so alt wie er –, liegen zusammen oder getrennt im Bett, lesen oder dämmern ein, während sie noch irgendeine Arztserie gucken. Babys, Kleinkinder, Schulkinder, Teenager – alle lassen den Tag los, ergeben sich dem Morgen.

Alle außer Waldo.

»Sie sind vierundsiebzig«, sagt Waldo.

»Das hast du im Kopf ausgerechnet.«

»Gucken Sie mal.« Waldo reicht Ben das Gerät, das schwerer ist, als es aussieht. »Da ist er.«

Ben braucht ein paar Sekunden, bis er begreift, was er da sieht: den Himmel seiner Geburt. »Canis Major«, sagt Waldo. »Ein richtig cooles Sternbild. Canis Major enthält Sirius – den Hundsstern. Der hellste Stern am Nachthimmel.«

Ben berührt den Bildschirm, zeichnet den Hund mit dem Zeigefinger nach: ein Tier mit großen Pfoten, sitzend, den Kopf aufgerichtet, als wartete es auf weitere Anweisungen. Waldo beugt sich vor und tippt auf einen Kreis in der oberen linken Bildschirmecke.

»Das Sternbild Canis Major gehört zu den achtundvierzig Sternbildern, die im zweiten Jahrhundert von dem Astronomen P...Ptol...Ptolemäus beschrieben wurden«, liest Waldo vor, »und zu den achtundachtzig modernen Sternbildern. Sein lateinischer Name bedeutet ›größerer Hund‹, und meistens wird er sy...symb...«

»Symbolisch«, hilft Ben dem Jungen weiter.

»Ich weiß!«

»'tschuldige.«

»... als einer der Hunde dargestellt, die dem Jäger Orion folgen. Siehe auch Canis Minor, der ›kleinere Hund‹.«

»Da bin ich aber froh, dass ich unter einem größeren Hund geboren bin, nicht unter einem kleineren«, sagt Ben.

Waldo sieht ihn empört an.

»Sie machen sich über mich lustig.«

»Nein.«

»Dann war das ein Witz.«

»Na ja, schon.«

»Das ist aber ernst.«

Im Licht des Geräts sieht Ben, dass Waldo Tränen in den Augen stehen.

»Okay, mein Junge.« Ben tätschelt ihm unbeholfen die Hand. »Tut mir leid. Ich wollte dich nicht –«

»Alle denken, das ist blöd oder so.«

Der Junge versucht mit aller Kraft, nicht zu weinen, doch sein spitzes kleines Kinn bebt.

»Wer ist denn ›alle‹?«, fragt Ben.

»Weiß nicht.«

»Na komm.«

Eine lange Pause, in der Ben bemerkt, dass die Haut um die Fingernägel des Jungen wund und rissig ist, abgekaut und abgezupft.

»Mein Dad«, sagt Waldo schließlich. Zum ersten Mal blickt er über die Straße zu den Fenstern über der Garage, die jetzt dunkel sind.

»Na, ich bin sicher, das stimmt nicht«, sagt Ben, obwohl er das nicht beurteilen kann.

Waldo zuckt mit den Schultern, konzentriert sich wieder auf den Bildschirm und tippt auf ein anderes Sternbild.

»Pyxis«, sagt er mit bebender Stimme.

Die Form eines Kompasses erscheint unter dem großen Hund Canis am Himmel. »Pyxis«, liest Waldo, »Lateinisch für ›Büchse‹, ist ein kleines und schwaches Sternbild am Südhimmel. Der lateinische Name bedeutet auch ›Schiffskompass‹. Es wird leicht mit Circinus verwechselt, doch das sym…«

Ben lässt Waldo, dessen Stirn vor Konzentration gerunzelt ist, allein mit dem Wort ringen. Der Junge bricht ihm das Herz; er ist noch so klein, versucht aber trotzdem, die ganze Welt auf seinen schmalen Schultern zu tragen.

»… *symbolisiert* einen Zirkel«, beendet Waldo den Satz. Er weint jetzt.

Ben möchte ihn an sich ziehen, doch stattdessen schlingt er einen Arm um Waldos Schultern. Der Junge lehnt den Kopf an ihn, eine so schlichte und arglose Geste, dass Ben beinahe selbst die Fassung verliert. Der ganze Kinderkörper bebt.

»Ist ja gut, Kleiner«, flüstert Ben. »Alles wird gut.«

Unwillkürlich schwankt er hin und her, wie früher mit Theo, mit Sarah, nicht nur, als sie Babys waren, sondern bis zu diesem Alter, diesem Abgrund. Er umarmte sie fest, merkte dann, dass er schwankte, sich wiegte wie auf einer Tanzfläche, nachdem die Musik aufgehört hat.

»Mein Dad will nicht, dass ich über so was rede«, sagt Waldo. Er blickt geradeaus zu seinem Elternhaus auf der anderen Straßenseite. »Er hat gesagt« – ein tiefer, schwerer Atemzug –,

»er hat gesagt, wenn ich weiter darüber rede, nimmt er mir Star Walk weg und mein Teleskop auch.«

»Was glaubst du, warum er nicht will, dass du darüber redest?«, fragt Ben.

»Er sagt, ich verschwende meine Zeit mit unwichtigem Kram. Er sagt, ich lebe in einer Traumwelt.«

Waldo neigt das Gerät von links nach rechts, und der ganze Sternenhimmel, die unzähligen Sternbilder mit den Umrissen ihrer Formen und Gestalten, dehnt sich in beide Richtungen.

»Und was meinst du, warum es dir so wichtig ist?«, fragt Ben. War er je mit seinem eigenen Sohn so geduldig? In den Jahren bevor Theo unerreichbar wurde, in diesen kostbaren Jahren, als er noch zuließ, dass er gesehen und gehört wurde, dass er verstanden wurde, hatte Ben sich da die Zeit genommen? Die Antwort ist kein einfaches Ja oder Nein – aber dennoch ist es zu schmerzhaft, über die verpassten Gelegenheiten nachzudenken. Er kann diese Zeit nicht zurückholen. Er bekommt keine zweite Chance.

»Wahrscheinlich, weil ich mich dann besser fühle«, sagt Waldo.

»Wieso?«

»Wenn ich Angst kriege … wenn ich schlechte Gedanken habe … dann denke ich, dass da draußen …« Er verstummt, als hätte ihn die schiere Anstrengung, so viele Wörter auszusprechen, erschöpft.

»Was denn für schlechte Gedanken?«, fragt Ben.

»Ach, Sie wissen schon.«

»Nein, weiß ich nicht. Sag's mir.«

»Na ja, Gedanken an Sterben und so.«

Ben nickt. Sterben und so. Natürlich.

»Jedenfalls, das da draußen« – Waldo zeigt nicht zum Himmel über ihnen, sondern auf den Bildschirm, und Ben begreift konsterniert, dass er für ihn realer ist als die Sterne da oben – »ist so gewaltig groß, und wir hier, wir sind bloß …«

»Was?«, fragt Ben. Der Junge ist eine sonderbare Mischung aus extrovertiert und verschlossen, als läge sein Geist im Clinch mit allem, was er nach Meinung anderer sein solle.

Waldo springt auf.

»Andromeda, Antlia, Apus, Aquarius, Aquila«, rattert er herunter. »Ara, Aries, Auriga, und das sind bloß die mit *A*. Mit *B* gibt's nur eins: Bootes. Aber jede Menge mit *C*. Caelum, Camelopardalis, Cancer –«

»Du hast die Sternbilder auswendig gelernt.«

»Jetzt übe ich die Sterne.«

Ein Frösteln durchläuft Ben, und er hievt sich langsam vom Boden hoch, stützt sich am Stamm des Zauberbaums ab. Wie lange sind sie schon hier draußen in der Eiseskälte? Er spürt seine Fingerspitzen kaum noch. Er ballt die Hände zu Fäusten, löst sie dann wieder. Auf der anderen Straßenseite macht die Mutter das Licht in der Küche aus.

»Waldo, ich glaube, wir sollten jetzt beide besser schlafen gehen.«

»Warte«, sagt Waldo. »Eine Sache muss ich Ihnen noch zeigen, ja? Bitte.«

Ben glaubt eigentlich nicht, dass er noch eine Sache verkraftet, aber was bleibt ihm anderes übrig? Waldo tippt auf die untere rechte Bildschirmecke, und plötzlich fliegen sie über die Krümmung der Erde hinweg, gleiten über Ozeane und Kontinente, bis der ganze Planet zurückweicht und zwei neongrüne Linien sich kreuzen, um ihre exakte Position auf dem Globus anzuzeigen. Eine kleine Neonfigur steht im Zentrum eines Kreises am äußersten Ostrand der Vereinigten Staaten, im Staat New York, in der Kleinstadt Avalon, auf der Straße … ihrer Straße. Division Street.

»Da sind wir«, sagt Waldo und zeigt auf die kleine Figur. »Das sind wir.«

Ben berührt den Bildschirm. Er bewegt den Finger ein wenig nach rechts. Die Namen von Ortschaften, Städten, Staaten schwirren vorbei: Danville, Ohio; Roseville, Michigan; Erie, Pennsylvania; Concord, North Carolina. Kontinente versinken. Lyon, Istanbul, Phuket, Taipeh, Kairo, Tel Aviv. Aus dieser Entfernung ist alles miteinander verbunden. Die Ostküste mit dem Mittleren Westen und dem Süden. Amerika mit Europa und Asien. Der Himmel von 1936 mit dem Himmel von 2010. Aus dieser Entfernung scheint es möglich, dass alles gleichzeitig geschieht: dieses Leben, jenes Leben – eine unermessliche Anzahl von Leben, die sich alle parallel abspielen. Er ist ein Neugeborenes im Brooklyn Jewish Hospital und zugleich ein Kind, das auf der Classon Avenue Baseball spielt, ein Bar-Mizwa-Junge, der sich im ungewohnten, kratzigen neuen Anzug beim Lesen seines Thora-Abschnitts verhaspelt. Er ist ein College-Student, ein übernächtigter Assistenzarzt, ein frisch verheirateter Ehemann. Er erlebt die Geburt seiner Tochter. Er zieht mit seiner jungen Familie in die Division Street. Er hört den ersten kräftigen Schrei seines Sohnes. Er blickt nach unten auf den Bildschirm und sieht Mimis Gesicht, als wäre sie selbst ein Sternbild. *Mein Darling. Ich komme.*

SHENKMAN

Er stößt sich mit den Beinen ab, gleichmäßig und kraftvoll. Denkt an das Wort seines alten Trainers: *fließend*. Beugt den Oberkörper und gleitet nach vorne, die Arme gestreckt. Die minimale Freilaufphase, während das Schwungrad rotiert. Zug, Freilauf. Zug, Freilauf. Er zählt. *Eins, zwei*. Beim Setzen einatmen, während des Zugs ausatmen. Er wirft einen kurzen Blick auf den RowPro-Monitor. *Scheiße!* Er hat sechstausend Meter des Rennens hinter sich und liegt an dritter Position. Darauf darf er sich nicht konzentrieren. An der Wand vor ihm zeigt der Flachbildschirm die Oberfläche eines Sees. Im Geist ist Shenkman dort, nicht hier, gleitet über den Winnipesaukee-See. Er hat es mit Musik probiert, aber festgestellt, dass er nicht gern Musik hört. Er hat es mit sämtlichen Serien probiert, die an seinem Arbeitsplatz in aller Munde sind. Aber er kann sich beim Rudern keine Serie angucken, die in einer Werbeagentur der 1960er spielt. Das macht ihn irre. *Meschugge*. Er hat eine Weile gebraucht, um herauszufinden, dass er genau das braucht: das tiefe dämmrige Blau des Sees, die kleinen Wellen, die die Ruderblätter in seiner Fantasie verursachen. Hier, in dem mit Kredit bezahlten Fitnessraum über der Garage, hier kann er sein sonstiges Leben vergessen.

Alice ist auf der anderen Seite des Hauses, und Shenkman weiß, dass sie einsam ist und etwas sauer – dass sie diese Stunden des Tages mit ihm verbringen und reden will. Über irgendwas. Was im Büro los ist. Seine Mutter. Ihre Pläne für die Osterferien. Waldo. Und vor allem dieses Thema will er unbedingt vermeiden.

Eins, zwei. Seine Trapezmuskeln brennen.

Es ist fast eine Stunde her, dass er Waldo ins Bett gebracht hat, aber er ist ziemlich sicher, dass sein Sohn nicht schläft. Shenkman weiß, dass Waldo aufsteht und sein Fenster öffnet – das Display der Alarmanlage zeigt ihm alle offenen Türen und Fenster des Hauses. Er hat versucht, darüber hinwegzusehen. Gehofft, dass Waldo irgendwann damit aufhört. Das Ganze grenzt an Besessenheit, und immer, wenn er und Alice darauf zu sprechen kommen, haben sie beide schlaflose Nächte. Nein, das hier ist besser. Lieber durchpflügt er das Wasser des Winnipesaukee-Sees, bis seine Arme schlappmachen.

Mindestens einmal am Tag führt Shenkman ein langes Selbstgespräch. Er nimmt sich fest vor, nachsichtiger mit Waldo zu sein. Er hört den Ton seiner Stimme, wenn er seinen Sohn kritisiert. Was er sagen will, was er eigentlich meint, ist: *Ich hab dich lieb, und ich will, dass dir irgendwann die Welt offensteht.* Was stattdessen herauskommt, klingt eher so: *Herrje, kau nicht dauernd an deinen Fingernägeln* oder *Leg dir die Serviette auf den Schoß, verdammt noch mal.* Sein Sohn hat etwas an sich, das Shenkman völlig unerträglich, unergründlich, unerreichbar findet. Er versucht, nicht zu viel darüber nachzudenken, aber es schleicht sich in alles hinein, jede wache Minute seines Tages. Er hat es aufgegeben, Waldo zu den typischen Vater-Sohn-Sachen überreden zu wollen, von denen Shenkman glaubt, sie sollten sie gemeinsam unternehmen. Sie spielen zum Beispiel nicht zusammen Baseball. Und das eine Mal, als er trotz aller Einwände, die Alice vorbrachte, Waldo zwang, bei den Avalon Astros mitzumachen, sollte aus den Annalen ihrer Familiengeschichte gestrichen und nie wieder erwähnt werden. Noch immer sieht er Waldo – seinen Wunderknaben – mit hängenden Armen mitten auf dem Fußballplatz stehen, völlig verloren und verwirrt, während seine Mannschaftskameraden um ihn herumdribbeln.

Shenkman hat noch zweihundert Meter bis zum Ziel. Auf seinem RowPro-Monitor ist er nur noch vier Meter hinter dem führenden Ruderer. Lindgren, wer sonst. Lindgren liegt knapp vor ihm, und acht andere sind weit abgeschlagen. Gestern hat Shenkman hart trainiert, volle vierzig Minuten lang Sprints mit eingelegten Ruhephasen gemacht. Vielleicht hat er übertrieben. *Eins, zwei.* Der Bildschirm zeigt immer einen perfekten Tag, der Himmel unnatürlich blau. Ein paar Bäume leuchten wie Smaragde. Sein Puls ist etwas höher, als ihm lieb ist, aber er legt noch einen Zahn zu. Zieht um Haaresbreite an Lindgren vorbei. *Fick dich, Lindgren!* Noch achtundfünfzig Meter. Shenkman ist wieder auf dem Winnipesaukee-See. *Eins, zwei.* Er stellt sich die Bojen der Ziellinie vor, neonfarben in der Ferne hinter ihm. Er hört das Klatschen seiner Ruderblätter, wenn sie parallel zur Wasseroberfläche ausholen, dann senkrecht aufdrehen und lautlos nach unten tauchen. Er zwingt sich, nicht auf den Monitor zu schauen, nur an die Ziellinie zu denken.

Er überquert sie keuchend. Schweiß strömt ihm über den Rücken. Erst dann blickt er auf und liest die endgültigen Ergebnisse auf dem RowPro. Das letzte Boot – der Typ aus Neuseeland – gleitet über die Ziellinie, und jetzt sind alle Boote säuberlich aufgereiht, wie brave kleine Soldaten. Er betupft seine brennenden Augen mit einem Handtuch, schielt dann zum unteren Rand des Monitors, um den Namen des Siegers zu lesen. Lindgren. Er war eine Achtelsekunde schneller.

Shenkman schält sich aus seinen durchschwitzten Sachen und wirft sie in den Wäschekorb des Fitnessraums. Er zieht eine frische Jogginghose an und bereut nicht zum ersten Mal, dass er beim Anbau des Fitnessraums auf ein Badezimmer verzichtet hat. Mit Sauna, Dampfbad, allem Drum und Dran. Aber es war ohnehin schon ein Luxus – ein eigener Fitnessraum, den nur er nutzen würde –, und er hätte das bei Alice niemals durchgekriegt. Anfangs hatte er versucht, sie dazu zu bringen, auch hier zu trainieren, hauptsächlich um sein schlechtes Gewissen zu beruhigen, doch Alice wollte nichts davon hören. *Deine Männerhöhle*, nannte sie den Raum. Und stellte den Wäschekorb hinein, damit er sich selbst um seine stinkenden Sportklamotten kümmern konnte. Alice setzt keinen Fuß in den Fitnessraum. Sie weiß nichts von RowPro und schon gar nichts von Lindgren.

Unten geht die Haustür auf und wieder zu. Shenkman durchquert den Durchgang zwischen Fitnessraum und Haus und sieht gerade noch das Dunkelblau eines Red-Sox-Sweatshirts die Treppe hinauf verschwinden.

»Waldo.«

Waldo erstarrt.

»Was zum Teufel machst du hier?«

»Nichts, Dad.«

»Warst du etwa draußen?«

»Nein.«

»Lüg mich nicht an.«

»Tu ich nicht!«

Shenkman versucht, sich an seinen eigenen Vorsatz zu halten, aber es ist, als würde er ins Leere greifen. Er spürt, wie er im Handumdrehen auf hundertachtzig ist. Er atmet tief durch. Schwitzt noch immer. Er beschwört sich, nicht zu streng mit Waldo zu sein. Das macht alles nur noch schlimmer. Und er will schon ein Auge zudrücken, seine Kiefermuskulatur verkrampft sich dabei vor Anstrengung, doch dann sieht er das iPad unter Waldos Arm.

»Warst du gerade –«

»Dad! Dad, es tut mir leid!«

»Jetzt reicht's.« Shenkman stürmt immer zwei Stufen auf

einmal nehmend die Treppe hinauf und entreißt Waldo das iPad. Er muss sich schwer beherrschen, damit er es nicht mit voller Wucht die Treppe hinunterwirft. »Schluss damit!«

»Bitte nimm's mir nicht weg. *Bitte.*«

»Sag nicht, ich hätte dich nicht gewarnt.«

Waldo sieht sogar noch kleiner und blasser aus als sonst, sein Gesicht grünlich weiß. Wie lange ist er draußen gewesen? Und wie konnte er sich aus dem Haus schleichen, ohne dass Shenkman oder Alice es mitbekommen haben? Er ist noch nicht mal elf, Herrgott noch mal! Welcher Elfjährige schleicht mitten in der Nacht aus dem Haus? Alice kommt aus dem Schlafzimmer oben an der Treppe. Sie hat ihre Lesebrille auf der Nase und hält ein paar juristische Unterlagen in der Hand.

»Was ist denn los? Waldo?«

Der Junge läuft zu ihr und drückt sich an sie, vergräbt das Gesicht an ihrer Brust.

»Mein Gott, du bist ja eiskalt!«

Sie sieht Shenkman wütend an, als wäre das seine Schuld.

»Mom, sag ihm, dass er mir Star Walk nicht wegnehmen soll.« Waldo schluchzt in die dicke Chenille von Alice' Bademantel.

»Schätzchen, lass uns später darüber reden«, sagt sie und streichelt sein Haar. »Wenn wir uns alle wieder beruhigt haben.« Immerzu tröstet sie Waldo, versucht, die Situationen kurzfristig zu entschärfen. Aber Shenkman sieht das anders. Er ist überzeugt, dass Waldo zu sehr verwöhnt wird – nicht bloß so, wie alle Kinder heutzutage verwöhnt werden, sondern dass er regelrecht innerlich verrottet, Stück für Stück, dass seine Persönlichkeit durch das mangelnde Durchsetzungsvermögen seiner Eltern erodiert. Shenkman hält das iPad fest umklammert, ruft sich in Erinnerung, dass das Teil fast fünfhundert Dollar gekostet hat.

»Er war draußen, Alice.«

»Das kann nicht sein.«

»Frag ihn doch.«

Alice umfasst Waldo an den Schultern und schiebt ihn von ihrer Brust weg, hält ihn auf Armeslänge und blickt forschend in sein Gesicht, als könnte sie dort eine Landkarte der Wahrheit finden.

»Waldo?«

Er blinzelt Tränen weg.

»Stimmt das? Bist du nach draußen gegangen?«

Ein winziges Nicken.

Shenkman sieht Alice an, dass sie jetzt auf der langen Talfahrt in das gefährliche Terrain ist, wo er sich die meiste Zeit aufhält. Sie wird nicht so schnell zornig wie er, aber die Angst macht sie wütend, überwältigt sie. Auf ihren beiden Wangen erscheint ein hellroter Fleck.

»Was hast du da draußen gemacht?«

»Ich hab mir bloß den –«

»Was fällt dir ein?« Sie schüttelt seine Schultern, heftig, beinahe brutal. »Weißt du denn nicht, dass das gefährlich ist?«

»Es tut mir leid.«

»Hör auf, dich zu entschuldigen!« Shenkman platzt der Kragen. Er ist überrascht, dass es so aus ihm herausbricht. Er wollte eigentlich Alice die Führung überlassen, zumindest dieses eine Mal vermeiden, der Böse zu sein. Aber nein. Die Liebe zu seinem Sohn ist etwas Gewaltiges und Mächtiges. Alles, was eine Gefahr für Waldo ist, muss vernichtet werden. Aber wenn Waldo sich selbst in Gefahr bringt, was kann Shenkman da machen? Was kann er machen?

»Du hast Hausarrest!«, schreit Shenkman. Er hört die Stimme seines eigenen Vaters in seinem Kopf widerhallen. Worte, Sätze, von denen er gedacht hatte, er würde sie nie aussprechen, gehören zu seinem Alltagsvokabular: *Weil ich das sage* und *Jetzt pass mal auf, Freundchen* und *Solange du die Füße unter meinen Tisch stellst.*

Gott, er hasst sich selbst.

Waldo löst sich von seiner Mutter und rennt in sein Zimmer. Er knallt die Tür so fest zu, dass der Kristallkronleuchter im Esszimmer klimpert – ein merkwürdig fröhliches Geräusch angesichts der Umstände. Seine Schluchzer sind durch die Tür zu hören. Seine Fäuste trommeln gegen das Kopfteil des Betts. Shenkman weiß, dass Waldo ihn jetzt am liebsten umbringen würde. Und wer sollte ihm das verübeln? Shenkman will sich niedergeschlagen abwenden und in seine Männerhöhle zurückgehen, doch Alice sieht ihn kopfschüttelnd an. Ihr Haar hat sich aus dem Haargummi gelöst und fällt ihr weich ins Gesicht, so wie Shenkman es mag. Ist es so falsch, in dem Moment den Gedanken zu haben, dass seine Frau hübsch ist? Waldo hat ihre feinen Gesichtszüge geerbt, ihren blassen Porzellanteint.

»Das war unnötig«, sagt Alice leise.

»Findest du?«, entfährt ihm zorniger, als er wollte. Alles scheint zornig aus ihm herauszukommen, als hätte er nur diese eine Grundeinstellung.

»Du hättest die Situation entspannen können, statt …«

»Alice, ich wusste nicht, wie. Ich hab gesehen, wie er mit diesem verdammten iPad von draußen reingekommen ist, und da hab ich einfach –«

»Die Beherrschung verloren«, vollendet Alice den Satz für ihn.

»Genau.«

»Und du hast ihn zu Hausarrest verdonnert.«

»Ja.«

»Und wie sollen wir das bitte schön machen? Seine Klavierstunde und das Judotraining ausfallen lassen? Ihm befehlen, morgen von der Schule direkt nach Hause zu kommen, damit er in einem leeren Haus sitzt und die Wände anstarrt? Was genau soll das bringen?«

Shenkman merkt, dass Alice noch wütender auf ihn ist als sonst.

»Ich hab nicht groß nachgedacht.« Doch dann geht er zum Gegenangriff über. »Du bist auch ganz schön sauer geworden.«

»Aber ich hab nicht rumgebrüllt.« Ihre Augen, dieselben dunkel umrandeten Augen, mit denen sie Waldo fixiert hat, blitzen ihn an. »Ich hab nicht gedroht. Ich war nicht … *bedrohlich.*«

»Ich auch nicht!«, schreit Shenkman.

Alice' Schultern sacken herab. Ihr ganzer Körper erschlafft wie ein Ballon, aus dem die Luft entweicht.

»Lass gut sein. Wir reden morgen noch mal drüber.«

Fast wäre es Shenkman lieber, wenn sie weiter mit ihm streiten würde. Als Anwältin ist sie stets um Schadensbegrenzung bemüht.

»Alice, ich …«

Aber sie ist schon wieder auf dem Weg nach oben, geht zu Waldos Zimmer. Bestimmt wird sie sich an ihn kuscheln, seine Tränen trocknen, irgendeinen Kompromiss finden. Sie wird Waldo sagen, dass sein Vater ihn liebhat, dass er es nicht so gemeint hat. *Natürlich* kann Waldo Star Walk wiederhaben. *Natürlich* hat er keinen Hausarrest.

Shenkman kehrt in den Fitnessraum zurück. Nicht, um weiter zu trainieren, obwohl er kurz mit dem Gedanken spielt. Er lässt sich auf eine Matte sinken, streckt die Beine aus und versucht, seine Zehen zu berühren. Seine Muskeln sind verhärtet. Er hat Kreuzschmerzen, und ein jähes Stechen schießt ihm von der Außenseite der rechten Hüfte bis runter ins Bein.

Er will bloß hoffen, dass es nicht der Ischias ist. Er ist zweiundvierzig Jahre alt und rudert noch immer, als wäre er achtzehn. Verdammt, was glaubt er eigentlich, wer er ist? Im mittleren Alter, das ist er. Sein Körper erinnert ihn daran, nur für den Fall, dass er es mal vergisst.

Das iPad oben auf dem Wäschekorb pingt. Er hat sich noch immer nicht daran gewöhnt, konnte die Anschaffung nur damit rechtfertigen, dass er sich das Gerät mit Waldo teilt, aber damit ist jetzt Schluss. Er nimmt es, scrollt nach unten. Ein Dutzend Nachrichten, alle vom Büro. Der Nikkei ist schlecht gestartet. Spam von Weinhändlern, Golfresorts. Werbung von Kreditkartenanbietern. Eine Eilmeldung, dass ein achtundneunzigjähriger Senator gestorben ist, dessen Name ihm nichts sagt. Und dann – war ja klar – Lindgren. Im Betreff: *Hey, Alter!*

Echt jetzt? Shenkman hat keine Ahnung, was Lindgren in den letzten zwanzig Jahren so getrieben hat, weiß bloß, dass der Bursche gut genug in Form geblieben ist, um eine Achtelsekunde schneller zu sein als er. Ohne RowPro hätte er wahrscheinlich nie mehr einen Gedanken an Lindgren verschwendet. Schon als Shenkman sich zum allerersten Mal für ein Rennen einloggte, stand da Lindgrens Name auf der Tafel, so klar, als wären sie beide wieder auf dem Winnipesaukee-See und würden die Meredith-Bay-Regatta rudern.

Lindgren auf dem Sitz vor Shenkman, ihre Bewegungen so präzise aufeinander abgestimmt wie in einem Corps de Ballet. Lindgren, dessen weizenblondes Haar im Wind flattert.

Was geht ab?, lautet der Text der E-Mail. Sonst nichts. Bloß drei Wörter. *Was geht ab?* Was geht bei dir ab, Lindgren? Eine Mitteilung für ein Ehemaligentreffen sähe eher so aus: *Jack Lindgren und seine reizende Frau Melinda haben kürzlich ihr drittes Kind, einen Sohn namens Chip, in der Familie willkommen geheißen. Die Lindgrens leben in Manhattan und Newport und arbeiten beide erfolgreich als die-verdammte-Leerstelle-ausfüllen.*

Shenkmans Daumen schwebt über dem Löschen-Icon. Will er sich wirklich dahin zurückbegeben? Sich auf Lindgren einlassen? Im College schien es, als würden sie ewig in Kontakt bleiben, doch in Wahrheit hatten sie schon damals nichts gemeinsam. Nichts außer dem sehr speziellen sportlichen Talent, das ihnen die zweite und dritte Position in der Rudermannschaft einbrachte. Wenn er Lindgren antwortet, wird er ihm von seinem Leben erzählen müssen. Er wird Rechenschaft über die vergangenen zwanzig Jahre ablegen müssen. *Was geht ab?* Hochschulabschluss, ja. Karriere auf halber Höhe ins Stocken geraten, ja. Das starke Gefühl, an irgendeiner Weggabelung möglicherweise falsch abgebogen zu sein, ja. Reizende Frau, die seit Kurzem Antidepressiva nimmt, ja. Vorstadthaus knapp oberhalb seiner Gehaltsklasse, ja. Aber vor allem, vor allem: ein schöner, komplizierter, zarter, genialer, verträumter, beängstigender Junge, ja.

Er fährt das Teil runter, und Lindgren wird dunkel.

SARAH

Sie daddelt auf ihrem Handy. Das Spiel ist wie Scrabble auf Speed. S-I-E-G wird zu S-I-E-G-E-N. Sie sieht ein T, und es wird zu S-I-E-G-T-E-N. Hauptsache nicht nachdenken. Wäre sie jemand, der einen Flachmann bei sich trägt (könnte sie tatsächlich jemand werden, der einen Flachmann bei sich trägt?), würde sie jetzt einen Schluck trinken oder zwei. Die Wirkung des Weins aus dem Flugzeug ist abgeklungen, weshalb sie sich bedauerlich unangesäuselt fühlt. Der Fahrer trägt eine Mütze, seine Hände liegen genau auf zehn vor zwei Uhr am Lenkrad. Er hat sie nicht in ein Gespräch verwickelt. Ihre Assistentin hat den Fahrdienst gebucht und sie wahrscheinlich als VIP angemeldet.

S-E-H-E-N. S-E-H-E-R. S-E-H-E-N-D. Ihr Handy klingelt. Ein Bild von Peter ersetzt das Wort auf dem Display. Eine frühmorgendliche Aufnahme am Strand: Er trägt einen Neoprenanzug und stützt sich auf ein Surfboard. Frühmorgens ist die Brandung in Malibu ein großartiger Gleichmacher. Oscar-prämierte Regisseure, hochkarätige Agenten, arbeitslose Drehbuchautoren – den Wellen ist das egal. Sie würden jeden von ihnen mit sich reißen.

»Hey«, meldet sie sich.

»Alles okay bei dir?« Peter hat sie auf Lautsprecher in seinem Auto.

»So ziemlich.«

»Wo bist du?«

»Fahre gerade durch Irvington.«

»Dann bist du gleich da.«

Eine Pause. Lenkt ihn der Verkehr ab? Er hatte ein Pitch-Meeting am frühen Nachmittag. Sie überlegt, ob sie ihn fragen soll, wie es gelaufen ist. Es ist lange her, dass er einen Hauch von Optimismus versprüht hat, und sie ist gerade einfach nicht in der Stimmung für die Enttäuschung, die Bitterkeit, die *Story*. Als sie ihn das letzte Mal gefragt hatte, hatte er angedeutet, dass man ihn vielleicht nur deshalb einlud, weil er ihr Mann ist.

»Ich sollte bei dir sein«, sagte er.

Sie schließt die Augen.

»Ich weiß.«

»Sarah, ich fühl mich echt schlecht deswegen. Wenn du es

mir nur einen Tag früher gesagt hättest, hätte ich Sachen verschieben können.«

»Ich weiß«, wiederholt sie. Ihre Stimme klingt in ihren eigenen Ohren hölzern. Warum bestraft sie Peter? Er hat doch vollkommen recht. Sie hat das überteuerte Business-Class-Ticket erst gestern spät in der Nacht gekauft. Total bescheuert eigentlich. Aber so was passiert, wenn du bis zur letzten Minute wartest. Du gibst zu viel Geld aus, stößt deine Kinder noch mehr vor den Kopf und bringst deinen Mann dazu, sich schuldig und nutzlos zu fühlen. Dabei ist sie es, die sich schuldig fühlen sollte. Die sich schuldig fühlt.

Sie holt tief Luft, versucht, sich vernünftig zu geben. »Ich weiß, es war impulsiv, Pete.«

Impulsiv. Ha! Dr. Baum würde das für eine sehr interessante Wortwahl halten. In letzter Zeit hat er das häufiger angesprochen. Zum Beispiel: *Wir müssen diesem impulsiven Verhalten auf den Grund gehen*. Zum Beispiel: *Das sind Impulse, die Sie in eine schwierige Lage bringen werden.*

»Ich hab wirklich nicht gedacht, dass ich hier sein müsste«, redet sie rasch weiter. »Aber dann hab ich mir vorgestellt, wie Dad das alles allein macht, und Theo ist einfach unfähig –«

Stopp! An Jom Kippur hat sie sich fest vorgenommen, nicht schlecht über ihren Bruder zu reden. *Laschon Hara*, eine der zwei schlimmsten Sünden nach der jüdischen Überlieferung. Die andere wäre Mord. Üble Nachrede ist eine Form von Mord, oder nicht? Sie selbst würde einem derart prüfenden Blick nicht standhalten.

Der Fahrer biegt links ab in die Poplar Street und dann rechts in die Division. Sarah fühlt sich nicht bereit dafür. Nicht für das schräge Licht der Straßenlaterne auf dem dunkelblauen Briefkasten, nicht für das Knirschen – ein Ostküstengeräusch – der Autoreifen über das letzte am Straßenrand zusammengeharkte Herbstlaub, nicht für die blinkenden weißen Lichter des Adventskranzes an der Haustür der Hellers, denn das Haus wird für sie immer das Haus der Hellers bleiben, egal, wer jetzt drin wohnt. Und da ist dieser verdammte Baum. Sie wirft ihm einen kurzen Seitenblick zu, als könnte er sie blenden. Was hatte sie denn gedacht? Dass sich irgendwas geändert hätte? Oder dass vielleicht *sie* sich geändert hätte?

Peter sagt etwas.

»Sarah? Ich glaube, ich –« Die Verbindung bricht ab. Er muss in das Funkloch am Mulholland Drive geraten sein.

Der Fahrer bremst und hält an. »Da wären wir, Ma'am.«

»Einen Moment noch bitte.«

Sie kramt in ihrer Handtasche nach einer Puderdose, klappt sie auf und betrachtet sich in dem kleinen Spiegel. Im Innenlicht des Autos wirkt ihre Haut fleckig, die Augen glasig. Und zwischen den Augenbrauen bekommt sie einen Pickel. Falten *und* Pusteln: auf der Liste der Dinge, die sie nicht gewusst hatte, als sie in die Vierziger kam. Es müsste einen Ratgeber fürs mittlere Alter geben nach dem Vorbild der Erziehungsklassiker: *Man sollte in der Lage sein*, ein anständiges Coq au vin zu kochen, finanziell zurechtzukommen, einen Haushalt zu führen. *Vielleicht in der Lage sein*, nachts ohne die Wunderwirkung von Ambien zu schlafen. *Vielleicht sogar in der Lage sein*, sexuelle Beziehungen zu genießen, jedoch nicht notwendigerweise mit dem eigenen Ehemann.

Sie bleibt sitzen, der Motor im Leerlauf, und betrachtet das Haus ihrer Kindheit durch das geschlossene Fenster. Das Verandalicht ist an, als erwartete ihr Vater Besuch, obwohl er keine Ahnung hat, dass sie gerade in einem Wagen vorgefahren ist. Die Korbbank und die zwei Sessel werfen lange, wuchtige Schatten über die breiten Eingangsstufen. Wenn ihre Mutter da wäre, hätte sie die Möbel abgedeckt, mit maßgefertigten Planen vor dem Winter geschützt. Das Haus sieht ein bisschen heruntergekommen aus, müsste dringend gestrichen werden. Die schwarze eiserne 1 in der 18 über der Tür hängt schief. Einer der vorderen Fensterläden fehlt, und die Blumenkästen sind mit den braunen Überresten verwelkter Geranien gefüllt. Der starke Wind, der vom nahen Hudson River nach Osten fegt, hat ganze Arbeit geleistet. Die Feuchtigkeit. Sarah kann sie spüren, noch bevor sie die Autotür öffnet.

Ihr Handy klingelt erneut. Sie erwartet Peter, doch stattdessen steht auf dem Display *Unbekannte Nummer*.

»Ich kann jetzt nicht mit dir reden.«

»Wo bist du? Ich hab eine Stunde gewartet.«

»Ich bin in New York.«

Langes Schweigen. Dann:

»Sonst hast du mir nichts zu sagen?«

»Was denn zum Beispiel?«

»Dass es dir leidtut zum Beispiel? Dass du mir hättest Bescheid sagen sollen, damit ich nicht wie ein Vollidiot an der Bar rumhänge zum Beispiel?«

»Es tut mir leid«, sagt sie.

»Tja, du klingst aber nicht so. Eins sag ich dir, wenn du denkst, du könntest –«

Sie legt auf und stellt das Handy auf lautlos.

Sie tritt auf den Bürgersteig und blickt zum ersten Stock hinauf. Im Schlafzimmer ihrer Eltern brennt Licht. Ihre Zähne klappern. Sie zieht den Kragen des leichten Kaschmirmantels enger um den Hals. Sie hätte ihrem Vater Bescheid geben sollen, dass sie kommt, aber sie konnte sich nicht dazu überwinden. Die ganze Zeit über hatte sie gedacht, sie würde es sich vielleicht noch anders überlegen. Als sie am Flughafen von Los Angeles auf der Anzeigetafel nach ihrem Flug suchte, wäre sie fast von dem Wunsch übermannt worden, einfach die Augen zu schließen und wahllos auf irgendein Ziel zu deuten. Madrid. Acapulco. Tucson. Sie hätte es tun können. Sie hatte eine Kreditkarte und einen Reisepass. Und was jetzt? An der Tür klingeln? Anklopfen? Die Fußmatte anheben und nach dem Ersatzschlüssel tasten?

Ihr wird bewusst, dass der Fahrer darauf wartet, dass sie ins Haus geht.

»Alles in Ordnung, wirklich«, sagt sie. »Ich mach noch einen kleinen Spaziergang.«

Er sieht sie unschlüssig an. Kann er diese leicht wackelige, fröstelnde VIP-Kundin auf einem menschenleeren Bürgersteig zurücklassen?

Sie nimmt Haltung an. Sieht ihm in die Augen. »Wirklich«, wiederholt sie. »Alles in Ordnung.«

Der Wagen fährt davon, seine Rücklichter verschwinden allmählich. Sie blickt über die Straße. Das alte Haus von Johnny Platt. Sie hat keine Ahnung, wer da jetzt wohnt. In Johnnys altem Zimmer brennt Licht. Sie wird nur einmal um den Block gehen, schwört sie sich. Mehr nicht. Außerdem ist es zu kalt, um länger draußen zu bleiben. In ihren unpraktischen Stöckelschuhen stakst sie vorsichtig den unebenen Bürgersteig entlang. Es ist über dreißig Jahre her (eine unfassbare Tatsache, die sie rasch verdrängt), dass sie als Kind auf diesen Betonplatten Himmel und Hölle gespielt hatte. Susan Stern stürzte genau hier, vor dem Haus der Gelfmans, mit dem Fahrrad und brach sich den Knöchel. Noah Kantrowitz kotzte einen Monat nach seiner Bar-Mizwa in die Azaleenbüsche. Wie viele Tausend Mal ist sie in ihrem Leben an der Ligusterhecke um den Garten der Mintzes vorbeigegangen? (*Unglaublich*, hatte ihre Mutter geschnaubt. *Eine Ligusterhecke in Avalon.*) Als Sarah endlich alt genug war, die Fußgängerampel auf der North Elm allein zu überqueren, ist sie diesen Weg jeden Tag zur Schule gegangen, mit Theo im Schlepptau.

Warte auf mich!

Lauf schneller!

Ich kann nicht – meine Bücher sind zu schwer.

Dein Pech.

Gott, sie war eine miese Schwester. Sie ist noch immer eine miese Schwester.

Ein einzelnes Blatt schlittert über die Straße und verfängt sich an einem Gullydeckel. Keine Autos so spät am Abend. Sie biegt um die Ecke. Bereit oder nicht. Versucht, tief einzuatmen. Es ist sogar noch kälter als gedacht. Die Absätze klackern laut auf dem Weg zur Haustür, ein unnatürliches Geräusch inmitten des Raschelns von Ästen, der tiefen Vorstadtstille. Das Licht in Johnny Platts Zimmer ist ausgegangen. Jetzt ist die einzige Nachteule nur noch –

»Waldo?«

Eine Stimme – die Stimme ihres Vaters – scheint aus dem Nichts zu kommen, erschreckt sie. Sie macht einen Schritt rückwärts, stolpert beinahe über einen losen Stein. Sie fährt herum.

»Waldo!« Erneut die Stimme ihres Vaters. »Bist du das?«

Sarah begreift, dass die Stimme von oben kommt.

»Wer ist da?« Ihr Vater klingt ängstlich. »Waldo, im Ernst, sag mir jetzt sofort, ob –«

Das Schlafzimmerfenster ihrer Eltern im ersten Stock ist offen. Sie blinzelt nach oben, geblendet von einer Taschenlampe, die den Rasen beleuchtet.

Eine lange, fassungslose Stille. Sie kann nur den Kopf ihres Vaters als Silhouette sehen, seine abstehenden, verstrubbelten grauen Haare.

Mimi? Es kommt lediglich als Flüstern heraus. Dennoch, er

hätte es genauso gut schreien können. Oh nein. Er denkt doch nicht – bitte nicht.

»Dad, ich bin's«, sagt sie hastig. »Sarah. Ich bin gerade gelandet –«

Das Fenster wird heruntergeschoben, und kaum eine Minute später fliegt die Haustür auf, und da ist er, Benjamin Wilf, in seinem weiten alten Flanellbademantel und den uralten Fellhausschuhen, um den Hals einen Schal gewickelt, den sie in der Middle School für ihn gehäkelt hat.

»Meine liebe Sarah.«

Er breitet die Arme aus. Drei große Schritte, und sie fällt praktisch gegen ihn, der Bademantel kratzt an ihrer Wange. Obwohl es zehn Jahre her sein muss, dass er eine Pfeife geraucht hat, nimmt sie einen schwachen Hauch Black-Cavendish-Tabak wahr. Ihr ist zum Heulen zumute. Die Hand ihres Vaters streichelt ihren Hinterkopf, als wäre keine Zeit vergangen, gar keine. Sie ist keine zweiundvierzigjährige Frau, die eine dumme, dumme Affäre hat. Sie kämpft nicht gegen einen beginnenden Kater an. Als sie da in der Tür ihres Elternhauses steht und ihren alten Vater umarmt, wird die Luft für einen kurzen Moment golden und hell. Sie ist wieder ein junges Mädchen, und er – er ist ein Mann in den besten Jahren. So gut aussehend, so kompetent, dass du ihm dein Leben anvertrauen würdest. Ein sehr guter Arzt (das sagten immer alle über Benjamin Wilf, bis sie das nicht mehr taten, bis auf die Erwähnung seines Namens nur noch langes, betretenes Schweigen folgte). Jetzt schwanken sie hin und her wie ein altes Paar beim Tanz. Mit geschlossenen Augen, dem Black-Cavendish-Duft in der Nase, kann sie sich beinahe einbilden, sie wären noch dieselbe schöne junge Familie, die alle ein ganzes Leben vor sich hätten, das nur darauf wartet, gelebt zu werden.

»Sarah, mein Schatz.« Er reißt sie aus ihrer Träumerei. »Was in aller Welt machst du hier?« Er schiebt sie ins Haus. Die Diele ist mit Umzugskartons vollgestellt.

Im gelben Licht des Kronleuchters sieht sie ihn an. Es ist bloß ein paar Monate her, seit sie Anfang September am Labor-Day-Wochenende alle einen Ausflug nach Santa Barbara gemacht haben, doch Benjamin wirkt um zehn Jahre gealtert. Die dunkle Haut unter seinen Augen ist runzelig und geschwollen. Tiefe Falten um die Mundwinkel lassen selbst sein Lächeln angestrengt wirken.

»Ich wollte dir helfen«, sagt sie.

Sein Blick löst sich kurz von ihrem. Natürlich. Er ist ein zu gütiger, zu freundlicher Mensch, um es auszusprechen: Die zahllosen Kartons, zugeklebt, säuberlich beschriftet, bis zur Decke gestapelt, sind allein gepackt worden. Sie verdrängt das Bild, wie ihr Vater durchs Haus geht, von Zimmer zu Zimmer. Was behalten? Was einlagern? Was in die großen Müllsäcke werfen, die sie im Wohnzimmer aufgehäuft sieht? Jetzt gibt es nichts mehr zu tun. Er muss nur noch das Haus verlassen. Und dafür hätte er vielleicht gar keine Hilfe gebraucht. Erst jetzt kommt ihr der Gedanke, dass er womöglich niemanden um sich haben wollte.

Sie macht eine vage Geste mit der Hand. »Es tut mir leid. Theo und ich hätten dir –«

»Es ist nicht eure Aufgabe, euch um mich zu kümmern«, sagt er. »Außerdem zieh ich ja nicht weit weg.«

Es wirft Sarah einen Blick zu, um zu sehen, ob sie ihm widersprechen wird. Nein, nicht weit, jedenfalls nicht räumlich. Vier Häuserblocks – bloß auf die andere Seite der North Elm Street. Aber sein neues Zuhause ist Lichtjahre entfernt, und das wissen sie beide. Sie erwidert nichts. Was soll sie auch sagen? *Wenigstens wohnen du und Mom dann wieder zusammen, unter demselben Dach?*

»Na komm, Schätzchen. Mal sehen, ob ich uns noch einen Tee machen kann.«

Tee ist nun wirklich das Letzte, wonach ihr ist. Sie kann der wohltuenden Wirkung von Kamille und Honig schon lange nichts mehr abgewinnen. Sie folgt Ben durch die schon immer schmale, jetzt nahezu unpassierbare Diele in die Küche. Das Handy surrt in der Vordertasche ihrer Jeans. Wieder und wieder vibriert es an ihrem Hüftknochen. Kann sie ihren Vater fragen, ob er einen richtigen Drink hat? Sie kennt dieses Abwägen nur zu gut: Scham gegen Verlangen. Nie weiß sie, was von beidem sich durchsetzen wird. Nein, das ist Schwachsinn. Das Verlangen gewinnt. Das Verlangen ist stets stärker als die Scham.

Sie moduliert ihre Stimme so, dass sie superbeiläufig klingt.

»Hast du die Minibar schon weggepackt, Dad? Ich hätte Lust auf einen Absacker.«

»Du hast Glück«, sagt er, ohne mit der Wimper zu zucken. Er wendet sich von einem offenen Karton mit Küchenutensilien ab und geht zu einem anderen neben der Hintertür. »Ich wollte den ganzen Alkohol dem Gärtner dalassen.« Er schlitzt das Klebeband mit einem Messer auf, zieht dann eine verstaubte Flasche Cognac heraus, die wahrscheinlich seit einem Jahrzehnt nicht mehr angerührt worden ist.

Ben hebt einen Stapel Geschirrtücher von einem Stuhl und bedeutet ihr, sich hinzusetzen. Er nimmt ein einsames Wasserglas vom Abtropfgestell, gießt ihr einen kräftigen Schuss ein. Dann zieht er eine große Holzkiste neben den Stuhl und lässt sich darauf nieder. Er tätschelt ihr Knie, während sie einen hoffentlich vertretbaren Schluck Cognac trinkt.

»Dein Bett ist leider nicht bezogen«, sagt er.

»Dann schlaf ich in meinen Klamotten.«

»Du hättest mir sagen sollen, dass du kommst.«

»War eine spontane Entscheidung.«

Er nickt.

»Dein Bruder hat heute angerufen.«

Gut. Wenigstens hat er dran gedacht.

»Er sagt, er kommt im Lauf der Woche vorbei. Ich glaube, das hier war einfach zu schwer für ihn«, sagt Ben.

Jetzt ist sie es, die nickt. Und noch einen Schluck trinkt. *Zu schwer.* Was heißt das, zu schwer? Schon wieder das verdammte Handy. Sie hat sieben entgangene Anrufe. Klar. Von allen Männern, mit denen sie Sex hätte haben können – sie bildet sich nichts darauf ein, aber es waren wirklich so einige –, musste sie sich ausgerechnet einen aussuchen, der … wie hat Dr. Baum gesagt … *unausgeglichen* ist? Jetzt scheint es unausweichlich, dass Peter davon erfährt. Dass ihre Mädchen sie verachten werden. Sie werden bei der hässlichen Scheidung, die mit Sicherheit folgen wird, zu ihrem Vater halten.

Ihr Blick fällt auf die leere Küchenwand, die Stelle, wo immer der Terminplaner für die ganze Familie hing. Mimi organisierte das Leben von ihnen allen auf einer Schreibtafel von Pottery Barn. In Bens Spalte war die Sitzung der Eigentümergemeinschaft vermerkt, der Krankenhausball (*Smoking reinigen lassen!*). In Theos ging es immer nur um Nachhilfeunterricht. Wenn sie gewusst hätten, dass er mal eines der hipsten Restaurants in Brooklyn aufmachen würde (sie hat sämtliche Rezensionen online gelesen), hätten sie viel Geld sparen können. Und in Sarahs ging es ausschließlich um Freizeitgestaltung. *Samstag Pyjamaparty bei Amy. Laurens sechzehnter Geburtstag.* Jeden Sonntagnachmittag nahm Mimi den Schwamm und machte kleine, effiziente Kreise auf der Tafel. Es war ungemein befriedigend, dabei zuzuschauen, wie ihre Woche sich in Staub auflöste, der noch zu füllenden Zukunft Platz machte.

Ben gähnt mit weit offenem Mund, sodass seine Goldplomben zu sehen sind. Er muss todmüde sein. Hier ist es fast Mitternacht, aber für sie ist es noch früh. Sie hofft, dass sie sich noch einen Cognac eingießen kann, sobald er zu Bett geht.

»Ich will ja nicht unhöflich sein«, sagt er.

»Kein Problem, Dad.«

»Die Umzugsleute kommen Punkt sieben«, sagt er. »Meinst du, du kommst allein zurecht? Im Kühlschrank sind noch Cracker und Käse, glaube ich. Und der Fernseher ist noch angeschlossen.«

»Dad?«

Sie hatte nicht vorgehabt, etwas zu sagen. Sie atmet tief ein – Sauerstoff fürs Gehirn –, versucht, ihre Gedanken zu ordnen. Sie ist kurz davor, mehr zu sagen, als sie will. Worte, die sie morgen bereuen wird. Sie möchte ihm von ihrem Leben erzählen, aber das wäre der Gipfel der Egozentrik, oder etwa nicht? Je älter sie wird, desto einsamer fühlt sie sich. Das Chaos, das sie in ihrem Leben angerichtet hat, geht ihren Vater nichts an. Besonders jetzt nicht.

»Alles in Ordnung, Sarah?« Ben wirkt plötzlich hellwach. Sie erinnert sich an diesen Blick. Doktor Ben. Gütig, einfühlsam und zugleich hochfokussiert.

»Mir geht's gut, Dad.«

»Du wirkst aber gar nicht so.«

Wieder surrt das Handy an ihrer Hüfte.

»Herrgott!«

»Was? Was ist los? Um Himmels willen, Sarah, steckst du in irgendwelchen –«

Sie versucht, sich zusammenzureißen. Sie ist nicht von Küste zu Küste geflogen, um ihren Dad aufzuregen. Sie ist hier, um zu helfen. Um eine gute Tochter zu sein. Um einmal das Richtige zu tun.

»Nein, nein – alles gut.«

»Offensichtlich ist nichts gut.«

»Perimenopause – Stimmungsschwankungen und so.« Sie lächelt ihr kalkuliertes Roter-Teppich-Spitzenproduzentinnen-Lächeln. »Bitte, mach dir keine Sorgen. Mir geht's gut.«

Einen kurzen Moment lang huscht eine Welt der Trauer wie ein flüchtiger Schatten über Bens Gesicht, doch dann wird seine Miene wieder vertraut und verbindlich. Wie die Tochter, so der Vater. Sie werden durchhalten.

»Na schön. Bist du sicher?«

Sie schweigt, weil sie ihrer eigenen Stimme nicht traut.

»Ich bin für dich da, falls du mal reden willst«, sagt er.

Ihre Augen brennen. Wie oft in ihrem Leben hat sie ihn genau das sagen hören?

Und es war die Wahrheit. Er war immer verfügbar. Stets bereit, unvoreingenommen zuzuhören. Manchmal hatte gerade die Verlässlichkeit ihres Vaters dazu geführt, dass sie sich ein wenig einsam gefühlt hatte.

Er steht auf und reckt sich. Seine dichte weiße Brustbehaarung lugt hervor, als der Bademantel ein wenig aufklappt.

»Gute Nacht, Kleines. Tut mir leid, dass ich jetzt der Spaßverderber bin.«

»Ich komm mit hoch«, sagt sie.

Sie gehen hintereinander durch die enge Kartonschlucht in der Diele. Ben schaltet das Außenlicht aus, wie er es vierzig Jahre lang jeden Abend getan hat. Denkt er, während sie Arm in Arm die Treppe hinaufgehen, an die Jahre, in denen er sie huckepack hier hochgetragen hat, daran, wie sie vor Freude mit ihren kurzen Beinen gestrampelt hatte? An das Licht, das unter Theos Tür hervordrang, untermalt von Led Zeppelin? Denkt er an die Familienfotos, die an den jetzt kahlen Wänden hingen? Mimi hatte jedes Schulfoto von Sarah und Theo rahmen lassen, vom Kindergarten bis zum Highschool-Abschluss, und wenn man die Treppe hochging, war es, als würde man ihrer beider Leben im Zeitraffer sehen. Mit jeder Stufe wurden sie älter: Zahnlücken, pubertäre Verlegenheit, Talare zur Schulabschlussfeier.

Oben angekommen, verharrt er, als wüsste er nicht, wohin er sich wenden soll. Die Schlafzimmer sind leer geräumt, die Böden übersät mit Kleiderbügeln, Klebebandrollen, zusammengefalteten Kartons. Ihr stockt der Atem beim Anblick der fleckigen Matratze auf dem Boxspringbett im Elternschlafzimmer. Es kommt ihr obszön vor, fast grotesk, wie nackte alte Körper. Als wäre das Haus, in dem sie aufgewachsen ist, lediglich eine aufwendige Theaterkulisse gewesen. Jetzt ist die Aufführung zu Ende. Die Kritiken sind gedruckt. Und das ganze Bühnenbild wird abgebaut.

Sie reißen die Kulisse ein. Ein brutales Bild.

Ihr Vater seufzt, streicht ihr übers Haar, als wäre sie noch ein Kind. »Bis morgen dann«, sagt er.

Sie bleibt stehen und schaut ihm nach, wie er zu der fleckigen Matratze schlurft. Gleich wird sie wieder nach unten gehen, sich noch einen Cognac eingießen und eine Weile zwischen den verpackten Überresten ihres Elternhauses sitzen. Sie glaubt nicht an Geister, aber Geister sind überall um sie herum: die Menschen, denen das Haus vor ihnen gehörte, und die Besitzer davor, und diejenigen, die Division Street Nr. 18 um die Jahrhundertwende erbauten. Sie muss einfach glauben, dass sie alle hier sind. Dass sie eine unauslöschliche Spur hinterlassen haben. Dass all ihre Freuden und Sorgen, ihre Triumphe und Fehler, ihre Hoffnungen und Kümmernisse noch so lebendig sind wie eh und je. Dass niemand jemals wirklich so ganz verschwindet.

THEO

Der neue Souschef hat es irgendwie geschafft, den Roux zu versauen. Oder besser gesagt, der ehemalige neue Souschef, denn jemandem, der den Roux versauen kann, ist alles zuzutrauen. Aber er hätte ihn nicht so anbrüllen und auf der Stelle rausschmeißen sollen. Das muss ein neuer Rekord sein: drei Stunden von Anfang bis Ende, und jetzt hat er die Küche für sich allein, was ihm ehrlich gestanden auch am liebsten ist.

Elf Uhr, und die zweite Belegung hat gerade den Zwischengang gegessen, ein simples Sorbet aus Blutorangen mit Minze. Er arrangiert den letzten Gang auf den Tellern – ein Trio von kleinen Lammkoteletts an karamellisierten Karotten –, während Carlos die Sorbet-Gläser hinter ihm in der Spüle stapelt. Zwei Desserts, und dann wird Theo durch den schweren burgunderroten Vorhang treten, der den Restaurantbereich des »Twelve Tables« von der kleinen Küche trennt. Als das Restaurant aufmachte, gab es den Vorhang noch nicht, doch nach der Kritik in der *New York Times* wurde das Konzept unmöglich. Alle wollten sich mit ihm anfreunden, rückten ihm auf die Pelle, während er schnippelte und sautierte. Er bewegte sich nie von der einen Stelle im Zentrum der Küche, von wo aus alles in Reichweite war: die glänzenden Kupfertöpfe über ihm, die Spüle, der Doppelbackofen, der Block mit den deutschen Messern.

Theo, den Wein musst du unbedingt probieren.

Und dann das umständliche Dekantieren.

Das ist ein 1989er Domaine Leflaive Chevalier-Montrachet aus unserem Keller.

Das langsame, atemlose Extrahieren des bröselnden Korkens. Eine Dramatik, als wären sie Soldaten in Schutzanzügen, die eine Bombe entschärfen. Dann das Kreisenlassen des Glases und das Schnuppern. Der Wein, satt und golden wie ein Sonnenuntergang an der Côte de Beaune. Und die ganze Zeit lief er Gefahr, die Butter anbrennen zu lassen oder das knusprige französische Brot zu vergessen, das auf der untersten Schiene erwärmt wurde.

Theo, ab wann gibt's bei dir Morcheln?

Hast du Silvester geöffnet?

Können wir für unsere Freunde einen Tisch reservieren? Die würden unheimlich gern mal hier essen.

Also hatte er schließlich den Vorhang angebracht und Carlos eingestellt. Hängte ein *LEIDER GESCHLOSSEN*-Schild in das Fenster zur Vanderbilt Avenue. Die Menschen, die eine Reservierung im »Twelve Tables« haben, wissen, dass sie das Schild ignorieren können, und die anderen hält es davon ab, anzuklopfen oder einfach hereinzukommen. Sie spähen durch die Fensterscheibe, die von ihrem Atem beschlägt. Was ist das für ein Laden? Theo hat das knallgelbe, wellige Metallvordach des alten Geschäfts behalten. *SÜSSWAREN – LEBENSMITTEL – TROPISCHE FRÜCHTE.*

Die Restaurantkritik in der *Times* hat Broker von der Wall Street und Hedgefonds-Typen aus Manhattan hergelockt. Leute, die früher ein paar Tausender für ein Dinner im »Per Se« hinblätterten, lassen es jetzt sparsamer angehen. Sie kommen in Limousinen angefahren, ohne reserviert zu haben. Verwirrt kurven sie einmal um den Block. Wo ist das Restaurant? Sie konsultieren ihren Zagat-Restaurantführer oder OpenTable. Sie greifen sogar auf den Stadtplan zurück.

»Bedaure«, erklärt Carlos ihnen schließlich. »Wir haben nur zwölf Tische, und wir sind heute komplett ausgebucht.«

»Können wir für morgen Abend einen Tisch reservieren? Für nächste Woche?«

»Bedaure.« Carlos bleibt stets höflich. Es ist sein erster Job nachdem er einen Entzug gemacht und die Stellenanzeige auf Craigslist gesehen hat. »Wir sind komplett ausgebucht.«

Sie können es nicht fassen, diese Leute, die es gewohnt sind, alles zu bekommen. Es macht sie verrückt. Also versuchen sie es wieder und wieder. Ihre persönlichen Assistenten rufen an. Sie schicken Pralinen von Vosges, Schwarzmarktkaviar, handgemachte Salumi. Sie lassen prominente Namen fallen. Sie werden mit einer sehr wichtigen Persönlichkeit kommen: Fran Lebowitz, Derek Jeter, Nancy Pelosi.

Das erste der beiden Desserts heute Abend ist ein gehaltvoller Gateau au Chocolat, der mit einem Gläschen Schwarznusslikör aus eigener Herstellung serviert wird. Danach gibt es eine mundgerechte, mit Karamellsoße beträufelte Donut-Kugel. Mit einem Holzlöffel rührt er den Karamell. Kostet, gibt eine Prise Meersalz hinzu. Das sind die schönsten Momente: Das leise Gemurmel des ausklingenden Abends auf der anderen Seite des Vorhangs. Die Perfektion des Menüs. Die Einsamkeit, die er in einer Stunde empfinden wird, wenn die letzten Gäste gegangen sind, wenn Carlos das letzte Geschirr gespült hat, wenn es nichts mehr zu tun gibt, außer nach Hause zu gehen – diese Einsamkeit ist noch weit weg.

»Hey, Big T.« Carlos bringt die letzten Teller des Lamm-Trios herein. »Die sind pappsatt. Sagen sie, nicht ich.«

An diesem Punkt des Abends schieben manche Gäste – hauptsächlich die Ladys – ihr Essen auf dem Teller hin und her. Zugegeben, es ist der achte Gang eines Zehn-Gänge-Menüs. Foie-gras-Ravioli auf einem geschmorten Kohlblatt. Eine Scheibe Pancetta auf einem Bett aus gedünstetem Blattspinat mit pochiertem Ei. Er versucht, die Portionen klein zu halten. Die Consommé mit Hummerschwanz hat er in einem Auflaufförmchen serviert, das in seine Handfläche passt.

Extrem-Essen haben manche Kritiker geschrieben. Pathologisches Essen. Der Kritiker vom *New York Magazine* unterstellte Theo, er sei ein Kontrollfreak. Backlash, aber es wurmte ihn dennoch. Was ist falsch an Wohlfühlessen? So nennt er es insgeheim. Beruhigendes Essen in beunruhigenden Zeiten. Er bietet sehr viel mehr als bloß ein Dinner. Jeden Abend lugt er durch den Vorhang und sieht kleine Wunder. Im flackernden farbigen Licht der türkischen Laternen, die von der Decke baumeln, sieht er über die zusammengewürfelten Tische hinweg – manche mit karierten Tischdecken, andere nackt und zerkratzt –, dass sich die Gesichter der Gäste in den letzten paar Stunden von Anspannung in Zufriedenheit verwandelt haben. Von Herzschmerz zu so etwas wie Freude.

Das junge Paar an Tisch zwei – Freunde seines Fischhändlers – hatte sich angeschwiegen, als es heute hereinkam. Als Carlos ihnen den Friséesalat servierte, hielten sie bereits Händchen. Die Theaterschauspielerin Anouk Levy sitzt allein an ihrem Stammtisch am Fenster. Sie ist seit sechs Monaten verwitwet. Anfangs las sie zwischen den Gängen ein Buch oder schaute verbissen auf ihr iPhone. Sie aß nicht auf, behielt die Finger nervös im Schoß. Jetzt trinkt sie ihre Demi-Flasche Cabernet, tunkt das pochierte Ei mit einem Stück Brot auf. Wenn sie geht, groß und majestätisch und in dem schwarzen Samtnerz so gar nicht zu Prospect Heights passend, wird sie Theo ein schwaches Lächeln und ein Nicken schenken. *Merci.*

Die Menschen, die regelmäßig bei ihm essen, seine Stammgäste, sind seine Familie, und er liebt sie wirklich. Er sieht sie zwar so gut wie nie außerhalb des Restaurants (er hat kaum ein Leben außerhalb des Restaurants), aber im »Twelve Tables« bedeuten sie ihm alles. Er träumt von ihnen. Frieda und Joe Glasser, die von ihrem Stadthaus in der Nähe vom Brooklyn College hergefahren kommen. Marty Adelson, sein langjähriger Steuerberater, der jeden Freitag mit seinem alten Vater bei ihm isst. Celia Gabriel, eine Food-Journalistin, die zur Bloggerin wurde. Dutzende Menschen, deren Woche von ihren Dinner-Reservierungen geprägt ist.

Und was denken sie über Theo Wilf?

Er gibt den Gateau au Chocolat auf die Teller. Gießt den Nocino in zarte Likörgläschen, die er auf eBay ergattert hat. Schiebt die Donut-Kugeln in den Ofen, um sie aufzuwärmen.

Dass er ein übergewichtiger Mann mit einem dicken Kugelbauch ist. Ein Mann mit Gelüsten.

Kein Ehering. Sie fragen sich vielleicht: Lebt er allein? Ist er hetero oder schwul?

Er reicht Carlos zwei Teller. Er sollte in der Küche bleiben, bis die Donut-Kugeln serviert, die Espresso-Bestellungen aufgenommen sind.

Sie ist seit Beginn der zweiten Belegung im Restaurant. *Sie.* Er kennt ihren Namen – Harper Loomis –, versucht aber, ihn nicht auszusprechen oder auch nur zu denken. Seit seiner Kindheit vermeidet er die Namen von Mädchen, die ihm gefallen, als wären schon allein die Silben zu belastend. *Sie.*

Er hat Fragen an sie – eine nach der anderen, sorgfältig aufgereiht –, Fragen, die er nie stellen wird.

Waren deine Eltern Fans von Wer die Nachtigall stört*?*

Was ist das Letzte, woran du denkst, bevor du einschläfst?

Wenn ich dir ein perfektes Essen kochen könnte – was wäre das?

Stattdessen beobachtet er sie verstohlen durch den burgunderroten Vorhang. Jede Woche kommt sie in wechselnder Begleitung. Manchmal mit Männern, manchmal mit Frauen. Heute ist es eine Frau. Sie waren den ganzen Abend ineinander vertieft, die Köpfe eng zusammengesteckt, Oberschenkel (da ist er sicher) aneinandergedrückt, während sie auf der einzigen

Bank des Restaurants nebeneinandersitzen. Sie geben ein schönes Bild ab, die beiden. Sie mit ihrer glänzenden schwarzen Haarmähne, den blitzend weißen Zähnen, ihre Begleiterin, klein und blond, die Augen mit dunklem, rauchigem Kajal umrandet.

Er kostet den Nocino. Stellt sich vor, neben ihr zu sitzen. Er würde sie mit kleinen Bissen des Gateau füttern. Ihr das Glas Nocino an die Lippen halten. Zuschauen, wie die Schwarznuss ihre Lippen färbt. Dann würde er sich vorbeugen und –

Ach, Scheiße. Mach dir doch nichts vor.

Die Donut-Kugeln im Ofen sind warm. Er zieht das Blech heraus, arrangiert sie auf einem kleinen Porzellanteller, beträufelt jede mit einer hauchdünnen Schicht Karamell.

»Big T?« Carlos schon wieder.

Theo wünscht, Carlos würde ihn nicht so nennen. Er weiß selbst, dass er irgendwann die Grenze zwischen stämmig und dick überschritten hat. Er weiß auch – sein Vater sagt es ihm oft genug –, dass er kein junger Hüpfer mehr ist. Männer um die vierzig haben Herzattacken. Schwere Myokardinfarkte, von denen sie sich nicht mehr erholen. Vor allem Männer, die jeden Abend Zehn-Gänge-Menüs kochen und dabei jede Zutat kosten: die Foie gras, den Schweinebauch.

»Big T, da ist eine Frau für dich am Telefon. Sie sagt, es ist wichtig.«

Theo stellt das Telefon im Restaurant immer auf lautlos. Und er hat kein Handy dabei.

Und die Nummer steht nicht im Telefonbuch. All das aus gutem Grund. Wie also ist das möglich, verdammt?

Er sieht Carlos wütend an. Erst der Souschef und jetzt das. Menschen enttäuschen dich. Umso mehr, wenn du ihnen vertraust.

Carlos hält ihm den Hörer hin. »Sorry, Mann!«

Wahrscheinlich ist es die Frau von *Bon Appétit*, die ständig anruft. Je öfter er ihr eine Abfuhr erteilt, desto hartnäckiger wird sie. Sie will einen Artikel über ihn schreiben. Eine Homestory. Er hat versucht, ihr klarzumachen, dass nichts an seinem Leben auch nur ansatzweise von Interesse ist.

»Sie soll eine Nachricht dalassen.«

»Die Frau klingt ganz fertig, Mann.«

Er nimmt den Hörer, klemmt ihn sich zwischen Kinn und Schulter und macht die Espressomaschine an. Starrt auf das blinkende grüne Lämpchen, während sie aufheizt.

»Theo Wilf«, sagt er.

»Theo, ich bin's. Sarah.«

Einen verwirrenden Moment lang ergibt das keinen Sinn. Die Geräuschkulisse des Restaurants – der gedämpfte Klang von Löffeln gegen Geschirr, Gabeln gegen Kristall, der raunende Chor von Stimmen –, alles weicht einer wattigen Stille. Und im Zentrum dieser Stille ist eine namenlose böse Vorahnung, die ihn so jäh durchbohrt, als wäre ein Glassplitter in seine Blutbahn eingedrungen.

Dass Sarah ihn hier anruft, bedeutet – was? Er wusste nicht mal, dass sie die Nummer hat. Sie klingt aufgewühlt, spricht undeutlich. Er versucht, tief in den Bauch einzuatmen. Seinen ganzen Körper mit Luft zu füllen wie einen Heliumballon.

Er will etwas antworten, bringt aber kein Wort heraus.

»Mom ist verschwunden, Theo.«

Der Satz ergibt keinen Sinn. Hier, im innersten Teil seines Allerheiligsten, seiner Küche, der Herzkammer seines Restaurants, überkommt ihn ein jähes Schwindelgefühl. Er hält sich am Rand der Arbeitsplatte fest.

Momistverschwundentheo.

»Ganz ruhig.« Er räuspert sich. »Sarah, ganz ruhig. Ich kann dich nicht verstehen.« Das grüne Lämpchen an der Espressomaschine hat aufgehört zu blinken. Mit langsamen, methodischen Bewegungen presst er einige Löffel dunkle italienische Röstung mit dem Tamper im randvollen Siebträger fest, dreht den Griff, um ihn zu arretieren. *Verschwunden.* Stellt eine Mokkatasse unter den Auslauf. Drückt den Hebel. Als könnte er, indem er einfach mit dem weitermacht, was er getan hatte, bevor das Telefon klingelte, die letzten Minuten rückgängig machen. Er hatte sich vorgenommen, Harper Loomis ihren Espresso persönlich zu bringen.

Verschwunden.

»Gerade hat jemand von dem … Haus angerufen. Avalon Hills. Die können sie nicht finden.«

Er sieht auf die Uhr am Ofen. Es ist fast Mitternacht. Alles ist gedämpft und fremdartig. Er fühlt sich wie festgenagelt von dem, was seine Schwester sagt, und von dem kindlichen Wunsch, es zu ignorieren. Was sagten sie zueinander, als sie Kinder waren? *Nimm das zurück!* Als könnten Taten, Worte, der Übergang von einem Moment zum nächsten, aufgehoben werden.

»Ich bin hier, in Avalon. Bin heute Abend angekommen.«

»Ach, Scheiße, tut mir leid. Ich weiß, ich hätte –«

»Theo, sei still und hör mir zu.« Er presst den Hörer fest ans Ohr. Sie spricht noch immer leicht lallend. Ist sie betrunken? »Seit dem Bingo hat niemand mehr Mom gesehen. Das haben sie gesagt. Seit dem Bingo.«

»Wie kann das sein?«, sagt er eher zu sich selbst.

Carlos lungert in der Nähe herum, tut so, als würde er nicht lauschen. Theo dreht ihm den Rücken zu, beugt sich über das schmutzige Geschirr in der Spüle.

»Die haben überall gesucht. Sie ist weg.«

Carlos tippt ihm auf die Schulter.

Boss?, flüstert er.

»Jetzt nicht!«

Aber Carlos zeigt auf die Espressomaschine. Die Mokkatasse ist übergelaufen, und Kaffee ergießt sich auf die Arbeitsplatte, tropft auf die Dielen.

»Scheiße!«

»Theo!«

»Nein, nicht du«, sagt er. »Was anderes.«

Er leert die Tasse und fängt von vorn an.

»Lass mich das machen, T«, sagt Carlos leise.

Während Carlos routiniert die Bestellungen erledigt – Espresso, Cappuccino, Doppio, Macchiato –, versucht Theo, die Nachricht zu verarbeiten. Seine Mutter. Er hat sie zuletzt vor gut einem Monat besucht, an einem nasskalten Novembertag. Der Wind peitschte ihm ins Gesicht, als er auf seinem Motorrad den Saw Mill River Parkway entlangfuhr. Sie stand direkt hinter den Schiebetüren der Lobby. Sie trug eine alte Jeans und einen Pullover seines Vaters. An ihrer linken Hand: der Ehering. Ihr Haar – jetzt komplett weiß – lag in einem lockeren Zopf auf ihrem Rücken.

Sie sah so sehr aus wie immer, dass er es vergaß. Für den Bruchteil einer Sekunde vergaß er es und schloss sie in die Arme. In ihrer Familie hatten sie sich immer oft und gern umarmt. Selbst in seiner Pubertät, als sie kaum miteinander redeten, nahm er seine Mutter oft in die Arme, und es war, als wäre ihnen beiden klar, dass eine starke und unerschütterliche Liebe sie zusammenhielt, komme, was da wolle.

Doch in dem Moment fühlte sie sich in seinen Armen an wie ein Vogel. Ein gefangener, panischer Vogel mit flatternden Flügeln. Sie wich zitternd von ihm zurück.

Mom, ich bin's – Theo.

Sie starrte ihn hart an, wie über eine weite, gefährliche Landschaft hinweg. Dann reichte sie ihm unsicher, höflich die Hand, als ob sie wüsste, dass sie ihm schon mal begegnet war, ihn aber nicht einordnen könnte.

Natürlich. Hallo, Theo. Freut mich.

»Theo?« Die Stimme seiner Schwester. »Hast du aufgelegt?«

Seine Wangen sind nass.

»Theo! Bist du noch dran?«

Seine Mutter erkennt ihren Mann, ihre Kinder, ihren eigenen Namen nicht mehr. Sie weiß nicht, welcher Tag ist oder wer Präsident ist. Und sie ist irgendwo da draußen allein. Wurde seit dem verdammten *Bingo* nicht mehr gesehen. Das darf nicht wahr sein. Vielleicht schlurft Mimi gerade in ihrem Pyjama über die Straßen von Avalon. Laut Wetterbericht wird es schneien.

»Ich bin noch dran.«

Er bindet die Schürze ab und schnappt sich seine Lederjacke von dem Haken neben dem Notausgang. Auf der anderen Seite des Vorhangs, in einem Paralleluniversum, ertönt lautes Lachen. Er wirft Carlos die Schlüssel des Restaurants zu. Sein Motorrad steht draußen. Von Brooklyn bis Avalon braucht er höchstens vierzig Minuten.

»Alles klar, T?«

»Heute musst du hier abschließen, Bro.«

»Kein Problem.«

Er hält den Hörer noch immer ans Ohr gedrückt. Am anderen Ende kann er seine Schwester atmen hören. Ein Geräusch, das vertraut und schwer fassbar zugleich ist, wie die vergessene Melodie eines Schlaflieds aus seiner Kindheit.

»Ich schaff das nicht allein«, sagt Sarah. »Ich hab Dad noch nicht geweckt, um es ihm zu sagen, und – oh Gott, Theo, stell dir bloß vor … Bitte, kannst du nicht –«

Er ist nicht gut in so was. Reden ist nicht seine Sache. Er war noch nie imstande, seine Gefühle auszudrücken. Aber niemand sollte daraus den voreiligen und falschen Schluss ziehen, dass er keine Gefühle hat. Er hat sehr starke Gefühle.

»Bin unterwegs«, sagt er. *Ich liebe dich*, möchte er sagen, kann es aber nicht. *Es tut mir leid.* Doch er bringt kein Wort heraus. Er möchte sie beruhigen. *Alles wird gut.* Aber das wäre eine Lüge. Seine Schwester ist betrunken. Seine Mutter wird vermisst. Seine Familie ist unmerklich Stück für Stück aus den Fugen geraten. Es gab nichts, was man hätte tun können – redet Theo sich ein –, rein gar nichts, was es hätte verhindern können. Jetzt sind sie voneinander getrennt. In ihren einzelnen, kaputten Universen. Er füllt eine Wachspapiertüte mit ein paar übrig gebliebenen Donut-Kugeln und stopft sie in seinen Rucksack.

WALDO

Hinter ihm schließt sich die Haustür mit einem leisen Klicken. Aber sie hören ja sowieso nicht hin. Er hat die letzte halbe Stunde im Flur gehockt, ein Ohr an ihre Schlafzimmertür gepresst, und die beiden Stimmen belauscht, die er am besten in der Welt kennt. Das angespannte Flüstern seiner Mutter. Das tiefe, beharrliche Knurren der Stimme seines Vaters. Dann, von Zeit zu Zeit, das ein oder andere verständliche Wort – *Psychiater, Medikamente, nicht normal* –, wie die ersten Steinchen eines Erdrutsches, die einen Berg hinunterrollen. So fangen Erdrutsche doch an, oder? Mit einem einzigen Stein? Er hat viel darüber nachgedacht. Wie erkennt man das? Wie erkennt man den Unterschied zwischen normal und beängstigend?

Sie sind lange auf, seine Eltern. Und es ist seine Schuld. Es ist immer seine Schuld. Sein Vater wird morgen früh mürrisch sein. Er wird seine Krawatte binden, mit verkniffenem Mund sein Jackett anziehen. Seine Mutter wird blass aussehen, übernächtigt in Rock und Stöckelschuhen, während sie mechanisch sein Sandwich einpackt. *Nicht normal.*

Sie werden seinen Namen rufen. *Waldo! Es wird Zeit!*

Nach wenigen Minuten werden sie ihn erneut rufen. Diesmal schon gereizt.

Waldo, jetzt komm endlich runter, du Schlafmütze!

Noch ein paar Minuten länger, und sein Vater wird die Treppe hinaufstürmen, immer zwei Stufen auf einmal. *Wehe, wenn ich reinkommen muss, Freundchen!*

Sein Vater hat recht. Er ist nicht wie die anderen Jungen in Avalon. Er hat keine Lust, Baseball zu spielen – obwohl er die Leistungsstatistiken für jeden Spieler in der Stammmannschaft der Red Sox aufsagen könnte, falls jemand ihn danach fragen würde. Er hasst Football und die Kinder, die Football spielen. Dasselbe gilt für Lacrosse. Und von Harry Potter will er gar nicht erst anfangen. Basilisken, Grindelohs, Niffler – was soll der Quatsch? Wenn es im Universum so viel Reales gibt, wozu dann Sachen erfinden?

Draußen auf der Division Street haben Wolken den klaren, mondhellen Himmel bedeckt. Der Mond ist ein verschwommener Klecks. Schnee liegt in der Luft. Auf der anderen Straßenseite brennt kein Licht mehr in Dr. Wilfs Schlafzimmer. Waldo bleibt stehen und überlegt: Hat er alles, was er braucht? Handschuhe, Mütze, Schal, Jacke. Lange Unterwäsche unter dem Pyjama. Wollstrümpfe. Sneakers. Er hat sogar eine Tüte Chips eingepackt, für den Fall, dass er Hunger kriegt. Und er hat zehn Dollar – sein ganzes Taschengeld – dabei, zusammen mit einer halben Rolle Fruchtbonbons. Viel weiter hat er nicht geplant. Sein Verstand ist in Aufruhr und gleichzeitig ruhig, genau wie manchmal, wenn er zu viele Videogames gespielt hat. Bald wird das Flüstern seiner Eltern einer Stille weichen, die nur vom Schnarchen seines Vaters unterbrochen wird.

Waldo, verdammt noch mal, wie oft muss ich dir noch sagen –

Am Morgen wird sein Vater die Tür zu Waldos Zimmer aufreißen. Und was wird er sehen? Ein perfekt gemachtes Bett: Decke glatt gezogen, Kissen aufgeschüttelt, seine beiden Stoffbären aufrecht angelehnt, genau so, wie die Haushälterin sie jeden Tag hinsetzt.

Alice! Alice! Waldo ist weg!

Das haben sie nun davon. Waldo läuft flink die Stufen hinunter und – wo will er hin? – geht in Richtung North Elm Street. Er zieht die Kapuze über die Wollmütze. Senkt den Kopf und macht sich kleiner. Sein Herz rast. Er will nicht an seine Mutter denken. Wenn er an sie denkt, wird er umdrehen und nach Hause rennen. Sie ist überall um ihn herum, innen und außen, wie ein Geruch. Wie Haut. Wie der Dampf, den sein Atem in der eiskalten Luft erzeugt.

Das iPad steckt in seiner bis zum Hals geschlossenen Jacke, dicht an der Brust. Er wusste, dass er es im Fitnessraum finden würde. Und da war es auch, neben dem blöden Rudergerät – sein Vater liebt das Ding so sehr, er hätte es *heiraten* sollen –, und als er es wieder einschaltete, war es noch fast voll aufgeladen. Er fragt sich, wie lang es dauern wird – wie viele Stunden –, bis der Akku leer ist. An der Ecke Birch Street und Poplar bleibt er stehen und holt es hervor, hält den Bildschirm so, dass er zum wolkigen Himmel zeigt. Star Walk kann durch die Wolken sehen. Die Sternbilder sind da, haben sich nicht verändert, seit er sie vor gefühlt tausend Millionen Stunden Dr. Wilf gezeigt hat. Chamäleon, die Eidechse. Die Kleine Wasserschlange natürlich. Die Schlüssellochform von Mensa.

Was soll das? Er schließt die Augen. Die Stimme seines Vaters ist nie weit weg. *Wieso interessierst du dich so für diesen Mist?* Er hat es nie erklären können. Wie soll er seinem Vater begreiflich machen, dass in seinem Kopf ständiger Lärm herrscht, der nur hierdurch zum Schweigen gebracht wird? Durch die Stille des Nachthimmels. Die kreisenden Sterne. Die uralten Formen. Sie geben ihm ein Gefühl von Geborgenheit und Behütetsein, als wäre er unter einer riesigen Decke. Als würde seine Mom ihn zudecken, sich auf die Bettkante setzen und mit der Handfläche kleine Kreise auf seinem Rücken beschreiben. Als würde sie die ganze Nacht dort sitzen, über ihn wachen.

Ein Auto braust vorbei, Musik wummert durch die geschlossenen Fenster. Er versteckt sich hinter einem Baum und wartet. Was passiert, wenn ihn jemand sieht? Und die Polizei ruft? Er ist klein, selbst für einen Elfjährigen. Seine Handgelenke sind dünn, seine Beine wie Stöcke. Sein Hals so schlank, dass sein Kopf groß wirkt. Manchmal fragen ihn Leute, in welche Klasse er geht, und wenn er dann sagt, in die sechste, können sie ihr Erstaunen nicht verbergen. Obwohl er nur ein Jahr übersprungen hat, sieht er höchstens aus wie ein Viertklässler. Und Sechstklässler, die wie Viertklässler aussehen, sollten nicht kurz nach Mitternacht in Avalon herumspazieren.

Vielleicht sollte er einfach wieder nach Hause gehen. Seine Eltern würden gar nicht merken, dass er weg gewesen ist. Der Ersatzschlüssel liegt im Garten unter einer losen Terrassenfliese, er kennt den Code für die Alarmanlage. Sein Bett wäre jetzt schön warm, und er denkt an die Stoffbären darin, an ihre Knopfaugen und das abgegriffene Fell. Ein wehes Gefühl durchfährt ihn, tief und schmerzlich, als würde etwas an seinem Innersten herumsägen. Er fühlt sich hier draußen nicht sicher – aber zu Hause fühlt er sich auch nicht sicher. Immer wieder sieht er seinen Vater, die hervorgetretene Ader in der Stirn, wie er ihm Star Walk aus den Händen reißt, das iPad umklammert, als würde er es am liebsten zertrümmern.

Nein. Er lugt um den Baum herum. Das Auto ist weg. Er setzt einen Fuß vor den anderen, und jeder Schritt trägt ihn weiter von zu Hause fort. Ein vages Ziel nimmt in seinem Kopf Gestalt an, ein Ziel, das nicht so richtig greifbar ist, aber er will darauf vertrauen wie den Sternbildern jenseits der Wolkendecke. Ein Fuß vor den anderen. Er summt eine Melodie. Die Titelmelodie von *SpongeBob Schwammkopf*.

Er kommt zur North Elm Street, die er nicht allein überqueren soll. Aber er soll auch nicht von zu Hause weglaufen. Die Regeln, nach denen er gelebt hat, *Iss dein Gemüse auf, Sag Bitte und Danke, Schau Erwachsenen in die Augen*, sie alle und noch viele mehr sind verschwunden, haben sich in Luft aufgelöst wie jede Atemwolke, die einen Moment lang da ist, sichtbar, real, dann weg.

Seine Nase läuft. Seine Augen tränen. Er hätte seine Skimaske mitnehmen sollen, die Skibrille. Und er hat den Fettstift für die Lippen vergessen, der nach Mango riecht und von dem seine Mutter immer sagt, er solle ihn regelmäßig benutzen. Jetzt sind seine Lippen schon ganz rissig, weil er in der Kälte mit der Zunge drüberfährt.

Was jetzt? Er blickt die North Elm rauf und runter. Kein Auto in Sicht. Die Ampel springt von Rot auf Grün. Wieder auf Rot. Wieder auf Grün. Er bleibt wie erstarrt stehen. Wovor hat er Angst? Die Kinder in der Schule machen sich dauernd über ihn lustig, nennen ihn eine Memme. Seine Lehrerin, Mrs Hardy, sagt, er soll sich nichts draus machen. Dass er eines Tages zuletzt lachen wird, aber dieser Tag scheint unheimlich weit weg zu sein. Auf Facebook sind sie gemein zu ihm. Sie bezeichnen sich als seine Freunde, aber sie sind keine Freunde. Sie schreiben alles Mögliche. *Beantworte eine Frage zu Waldo Shenkman. Mit welchem Wort würdest du Waldo Shenkman beschreiben? Blödmann. Träumer. Nasenbohrer.* Er hat aufgehört mitzulesen.

Er hält die Luft an und rennt über die North Elm, als würde er in einen See hechten. Atmet erst wieder aus, als er die andere

Seite erreicht hat. Jetzt ist er in einem fremden Land, hat die Häuser und Straßen und Bäume seiner Nachbarschaft hinter sich gelassen. Von hier ist es nur ein Katzensprung bis ins Zentrum von Avalon, aber er weiß nicht genau, wie man zu Fuß dahin kommt. Der Bahnhof ist ganz in der Nähe. Und er ist sich ziemlich sicher, dass nicht allzu weit von hier die Schnellstraße und die Mall sind.

Es hat leicht zu schneien begonnen. Er streckt die Zunge raus. Der Schnee schmeckt nach Metall. Wie kann etwas, das direkt vom Himmel herunterfällt, nach etwas schmecken, das schon auf der Erde ist? Mit solchen Fragen handelt er sich in der Schule Ärger ein. Fragen, die seinen Lehrern Kopfzerbrechen bereiten und seine Klassenkameraden dazu bringen, ihn zu hassen. Aber er kann doch nichts dafür, dass er über solche Dinge nachdenkt! *Nicht normal.* Er schiebt die Hände tief in die Taschen und geht weiter. Jetzt hinterlässt er eine Fußspur.

In der Ferne ein seltsames *Wusch.* Er hört es durch die dicke Wolle der Mütze, die seine Ohren bedeckt. *Wusch … Wusch …* Weiter vor sich, unten an der Straße, sieht er ein grünes Schild. Die Einfahrt zu der breiten Straße – den Namen weiß er nicht –, die in die Schnellstraße mündet, die schließlich nach New York City führt.

Er will nicht nach New York City. Nein, nein, nein. Das ist zu weit weg, und er kennt da niemanden. Er war ein paarmal mit seinen Eltern dort und kann sich bloß noch an den Wind erinnern, der durch die tiefen grauen Schluchten pfiff, die Menschen auf der Straße, die alle viel zu schnell unterwegs waren. Den Geruch von Brezeln, gerösteten Kastanien. Das verschwommene Ziel in seinem Kopf wird ein bisschen deutlicher, als würde an einem Regler in ihm gedreht. Linker Fuß, rechter Fuß. Der Schnee bleibt jetzt liegen. Er hätte Winterschuhe anziehen sollen. Er stapft weiter, seine Zehen sind kalt. Er trägt keine Uhr. Wie lange ist er schon hier draußen?

Er holt das iPad hervor, das 0.53 Uhr anzeigt. Er ist noch keine Stunde unterwegs und schon ganz verunsichert. Vielleicht haben die Kinder in der Schule ja recht. *Heulsuse. Memme.* Er trottet an der Rampe entlang, die zu der breiten Straße führt. *Wusch.* Er muss ganz vorsichtig sein. In der dunkelblauen Jacke mit hochgeschlagener Kapuze und der Pyjamahose mit Schottenmuster ist er praktisch unsichtbar. *Pass auf die Autos auf!* Er kann die Stimme seiner Mutter hören. *Wo bist du nur mit deinen Gedanken!* Er hält sich dicht am Straßenrand, klettert schnell auf die andere Seite der verbeulten Leitplanke. Falls er recht hat – und bitte lass ihn recht haben –, hat er nur noch ein kurzes Stück vor sich. Er ist die Strecke schon tausendmal mit seiner Mutter gefahren. Er wünschte, er hätte besser aufgepasst.

Ihm ist flau. Es sind nicht viele Autos unterwegs, aber sie fahren richtig schnell, als wollten alle so spätnachts möglichst schnell nach Hause. Er bemerkt eine schnelle Bewegung in dem dürren Gehölz unweit der Straße: ein kleines Rudel Hirsche, Hälse in seine Richtung gereckt, glänzende Augen. Wie nennt sein Vater sie? *Ungeziefer. Schädlinge.* Sie fressen die teuren Rosenbüsche ab. Er bleibt in Bewegung. Zählt seine Schritte. Versucht, an nichts Schlimmes zu denken, zum Beispiel daran, wie weit er von zu Hause weg ist. Zu weit, um zurückzugehen. Er kann nicht umkehren.

Da, jetzt kann er es sehen. Heureka! Der Eingang zur Mall leuchtet hell wie ein gastfreundlicher Planet. Die Neonschilder – WHOLE FOODS, POTTERY BARN, WILLIAM SONOMA, NEIMAN MARCUS – sind ihm vertraut. Der Parkplatz scheint sich meilenweit zu erstrecken. Als er noch klein war, sind seine Eltern mit ihm hierhergefahren, um ein Klettergerüst für den Garten zu kaufen: ein maßgefertigtes Gewirr aus Zedernholz mit Rutschen und Türen und einem Sandkasten. Er hat nie wirklich viel drauf gespielt. Aber da ist der Laden. Er sieht ihn ganz am Rand der Mall in der Nähe von einigen kleineren Geschäften, die Grußkarten und Süßigkeiten und Schlafanzüge verkaufen. »Play Heaven« heißt er. Wenn er überlegt, wann er seinen Dad das letzte Mal richtig glücklich erlebt hat, dann war das wohl an dem Tag damals. *Such dir aus, was du willst*, hatte sein Vater gesagt. *Die größte Rutsche. Wie wär's mit einer Kletterwand? Nur das Beste für meinen Jungen.*

Der Wind ist schneidend, als er den Parkplatz überquert. Überall Weihnachtsbeleuchtung. Santa und seine Rentiere tanzen über die Schaufenster von Pottery Barn, und die Kleiderpuppen von Neiman Marcus tragen glitzernde Roben. Die Musik, die normalerweise nach draußen übertragen wird, ist für die Nacht ausgestellt worden. Kein »Joy to the World«. Kein »Jingle Bells«. Er wünschte, die Musik würde spielen. Er wünschte, in der ganzen Mall wären die Lichter an und der Parkplatz voller Autos. Er wünschte – und das macht ihn wütend auf sich selbst –, aber er wünschte so sehr, seine Eltern wären hier. Alle beide. Sein Vater und seine zornigen Augen. Seine Mutter und die Art, wie sie ihn sanft in die Arme schließt. Er ist zu weit weg, und die Entfernung ist plötzlich unerträglich. Es kommt ihm so vor, als könnte er einfach davonschweben. Als könnte er vom Boden abheben und verschwinden, höher, höher, höher, bis er Teil der großen Decke über ihm wird. Er wird in Tausende Stücke zerbrechen und zum Sternbild Waldo werden.

Auf dem Bürgersteig vor dem »Play Heaven« ist ein Klettergerüst aus Zedernholz ausgestellt, kleiner als seins, aber auch mit Rutsche und Sandkasten und mit einer Spielhütte. An der Holztür ist ein handgemaltes Schild mit der Aufschrift WILLKOMMEN! Vielleicht kann er sich ja bloß ein paar Minuten ausruhen. Überlegen, was er machen soll. Da drin muss es wärmer sein als auf dem Parkplatz. Er hat angefangen zu weinen, und die Tränen hängen an seinen Wimpern, gefrieren an den Wangen.

Er bückt sich – eigentlich ist er zu groß für so was – und drückt die Tür auf. Im Innern der Spielhütte ist es dunkel. So dunkel, wie wenn er mitten in der Nacht aufstehen muss, um zu pinkeln. Wenn die Dinge, die bei Tageslicht so vertraut sind – die Treppe, die Kommode im Flur, die Waage im Badezimmer, die Toilette –, unheimlich und fremd wirken. Wenn er gegen das Alleinsein ankämpft, indem er sich sagt, dass seine Eltern ja gleich am Ende des Flurs sind.

Nur dass seine Eltern jetzt nicht gleich am Ende des Flurs sind. *Wusch … Wusch …* Er ist in einer Spielhütte am Rande der Mall, an einer Straße, deren Namen er nicht kennt, fünf Meilen weit weg von zu Hause. Er setzt sich auf den kalten Betonboden und holt wieder das iPad aus seiner Jacke. Es ist 1.18 Uhr. Der Akku ist noch fast voll. Die Musik verlangsamt den Rhythmus seines Herzens. Er holt zittrig Luft.

Wischt sich die Augen. Die Sterne über ihm sind unverändert. Ganz gleich, was hier unten passiert, Chamäleon ist noch immer da oben. Und die Kleine Wasserschlange. Und Mensa. Nichts Schlimmes wird geschehen. Nicht, solange er sich das immer wieder sagt.

Er kramt in seinem Rucksack nach der Tüte Chips und reißt sie auf, isst immer zwei, drei auf einmal. Wann wird es draußen hell? Er befragt Star Walk. Die Sonne geht um 7.08 Uhr auf. Er zählt an den Fingern ab. Kann er so lange durchhalten? Morgen sieht die Welt schon wieder anders aus. Das sagt seine Mom immer. Er drückt sich in eine Ecke und zieht die Jacke möglichst fest um seinen Körper, wie einen Schlafsack. Und wie ein Kind, das Schäfchen zählt, schließt er die Augen und fängt ganz vorne an: *Andromeda, Antlia, Apus, Aquarius, Aquila, Ara, Aries …*

MIMI

Wo ist ihre Familie? Sie hat sie vor Stunden zuletzt gesehen. Sie waren am Strand in der Nähe des Hotels. Die Kinder haben eine Sandburg mit einem Dach aus Muscheln gebaut.

Ihre braun gebrannten, gekrümmten Rücken, die Wirbelsäulen wie zwei perfekt aufeinander abgestimmte Perlenstränge. Dunkles, nasses Haar, das an den kleinen Köpfen klebte wie bei jungen Robben. *Theo, warte … lass mich!* Sarahs Stimme übertönte die Wellen. Aber Moment. Augenblick mal. Das stimmt nicht. Ihre Pantoffeln klatschen auf den Schnee. Theo und Sarah sind noch nicht alt genug, um allein zu sein – jedenfalls nicht so viele Stunden.

Sarah ist gerade dreizehn geworden, und Theo ist elf. Sie sollten nicht allein am Strand auf einer fremden Insel sein. Welche Insel ist das überhaupt? Bermuda? Barbuda? Sie war ganz vertieft in ihr Kreuzworträtsel, und dann ist sie kurz eingeschlafen – *26, 5, 17, Bingo!* –, und jetzt kann sie sie nicht finden.

Sie folgt der weißen Linie. Bestimmt wird die weiße Linie sie zu ihren Babys führen. Ben sucht sicherlich auch schon nach ihnen. Er war ins Hotel gegangen, bevor sie einschlief. Irgendwas mit einem Patienten, ein Notfall mit einem Patienten. *Pagerruf an Dr. Wilf.* Aber er hatte ihr einen Urlaub versprochen. Einen richtigen Urlaub, weit weg vom Krankenhaus, von seinem Pager, von dem ständig klingelnden Telefon. Jäher Zorn durchzuckt sie. Er hatte es versprochen! Und jetzt wissen sie nicht, wo ihre Kinder sind.

Ihre Finger sind steif, ihre Hände blau vor Kälte. Wer hätte gedacht, dass es auf Bermuda/Barbuda so kalt sein kann? Sie muss dieses lästige Armband loswerden, das ihr zu schwer wird. Leder, Gummi – was ist das? Ben muss es ihr am Strand bei einem der fliegenden Händler gekauft haben. Ein neumodisches Ding, aber hässlich, mit dieser wulstigen, uhrenförmigen Oberseite. Sie reißt es sich mit einer jähen, verblüffenden Kraft vom Handgelenk und lässt es zu Boden fallen, während sie der weißen Linie folgt.

Ein Lastwagen kommt mit blendenden Scheinwerfern auf sie zugerumpelt. Ein langes, lautes Hupen ertönt. Sie springt zurück, als der Wagen vorbeirauscht. Der Fahrer lässt sein Fenster herunter, schreit ihr irgendwas zu, das sie nicht versteht. Sie merkt, dass sie zittert. Wo ist sie? Sie hat den Faden verloren. Bilder, Erinnerungen durchströmen sie wie Sand ein Stundenglas. Ihre Kinder sind Neugeborene, sie sind Teenager. Sie kann ihnen nicht folgen. Sie scheinen überall gleichzeitig zu sein. Was ist das? Theo mit fünf Jahren, wie er einen Fliederzweig hochhält, damit sie daran schnuppert. Seine mollige Hand an ihre Wange legt, sie nachahmt. Seine weichen Lippen an ihre gedrückt. Ihr kleiner, lieber Junge. Und Sarah, das nasse Haar in zwei Zöpfen, am Küchentisch über ihre Hausaufgaben gebeugt. Ein Glas kalte Milch neben ihrem Ellbogen. Sie ist in der sechsten Klasse, der siebten, der achten. Sie wächst, wächst, jetzt ist sie –

Stopp, sagt eine innere Stimme. *Stopp!* Doch die Bilder wirbeln weiter. In ihr ist ein einziger Ozean. Wellen branden auf, weichen zurück, branden wieder auf. Sarah, keuchend auf der Veranda, die Augen panisch. *Was ist passiert?* Ihre Tochter starrt sie wortlos an. Blutflecken auf dem weißen T-Shirt. Dreck am Kinn. Der Buick um die große Eiche gewickelt wie ein Stück Alufolie. Rauch steigt aus der Motorhaube. Das Jaulen einer Sirene.

Mimi stolpert auf ihr kleines Mädchen zu. *Sarah! Mein Gott, Sarah – um Himmels willen.* Der Moment ist so frisch wie eh und je, als wäre sie selbst ein Baum, der aufgeschlitzt wurde und eine Geschichte nach der anderen preisgibt.

Aber halt. Wo ist sie?

Genau. Sie ist auf der Suche nach ihren Kindern. Sie hat sie am Strand verloren.

Die Kinder haben sich verirrt, und sie folgt der weißen Linie.

Weiter vorne sind helle Lichter. Buchstaben, Wörter, Leuchtschriften. Sie kann sie in der Ferne fast erkennen. Es sieht aus wie ein Rummelplatz, ein Jahrmarkt. Eine Achterbahn, ein Riesenrad. Sie riecht einen Hauch von Zuckerwatte. Erleichterung durchflutet sie wie etwas Behagliches und Warmes. Das muss es sein. *Gott sei Dank Gott sei Dank Gott sei Dank.* Bestimmt sind Theo und Sarah zu der Kirmes gelaufen. Na, die beiden können sich auf was gefasst machen. Sie wissen genau, dass sie nicht einfach so losziehen dürfen, erst recht nicht an einem fremden Ort.

Die weiße Linie krümmt sich und führt auf den Jahrmarkt. Blinkende Lichter, rot und grün. Sie bedeuten etwas, aber sie weiß nicht, was. Auf dem weiten leeren Platz ist niemand! Er dehnt sich vor ihr aus. Schwarz, endlos. Sie müssen alle da drüben sein, bei den blinkenden Lichtern. Ben hat sie wahrscheinlich gefunden. Und bestimmt hat er ihnen schon riesige Portionen Zuckerwatte gekauft.

Der Platz ist voll mit Tausenden weißen Linien, die in der Dunkelheit leuchten. Sie bleibt in der Mitte stehen, weiß nicht, wohin. Sie richtet den Blick auf die roten und grünen Lichter und geht auf sie zu, in die Richtung von Ben und den Kindern. Sie ist kurzatmig. Der Saum ihres Nachthemds hart und nass an den Waden. Sie fasst den Kragen ihres Frotteebademantels und schließt ihn um den Hals wie eine Winterjacke.

Wo ist ihr Auto? Das hat sie wohl auch irgendwo verloren. Wie so vieles. Wenn sie ihr Auto hätte, könnte sie Theo und

Sarah von der Schule abholen. Sie stehen bestimmt schon davor und warten auf sie. Sie hasst es, zu spät zu kommen. Normalerweise laufen die beiden zu Fuß nach Hause, aber nicht, wenn es schneit. Sarah wartet wahrscheinlich auf dem Bürgersteig in ihrer leuchtend orangen Daunenjacke und der Angoramütze, die Mimi ihr gestrickt hat. Hüpft auf der Stelle, um warm zu bleiben. Theo, Jacke offen, Kopf unbedeckt. Nackte Beine, die aus seiner Sportshorts ragen, weil er direkt vom Basketballtraining kommt. *Du holst dir noch den Tod!* Nein. Moment. Sie sind in Urlaub. Das Auto steht in der Garage ihres Hauses in Avalon. *Klatsch, klatsch, klatsch*, machen ihre Pantoffeln auf dem schneebedeckten Asphalt.

Der Wind fühlt sich an, als wäre er greifbar. Wie eine Mauer, die sie mit jedem Schritt einreißen muss. *Klatsch, klatsch.* Wieder: Sarah auf der Veranda. Ihre Lippen bewegen sich. Ein Wort jagt das nächste – unmöglich zu erfassen oder zu verstehen. Mimi guckt einen Film, einen Horrorstreifen, bei abgestelltem Ton. Ihre Tochter hat Blut auf dem weißen T-Shirt. Der Buick ist um die große Eiche gewickelt. Das Radio läuft noch. Cyndi Lauper singt *if you're lost, you can look, and you will find me*. Die Windschutzscheibe ist geborsten. Glas glitzert überall auf dem Bürgersteig, dem Sommerrasen. *Time after time*. Ein Polizeiauto – nein, zwei Polizeiautos kommen quietschend um die Ecke. Ben kniet auf dem Boden, über ein Mädchen gebeugt. Ein Megafon krächzt. *Sir! Treten Sie weg von dem Mädchen.* Ohne auf die Cops zu achten, ruft Ben zurück: *Schon gut – ich bin Arzt.*

Jetzt hat Mimi den weiten Rummelplatz fast überquert. Sie schaut sich nach den blinkenden roten und grünen Lichtern um. Wo ist das Riesenrad geblieben? Die Achterbahn? Eben waren sie doch noch da. Wie können die einfach so verschwunden sein? Ihre Kehle ist vor Angst wie zugeschnürt. Ihre Finger und

Zehen so taub, dass sie kaum noch gehen kann. Aber dann sieht sie es. Da! Sie müssen in dem niedlichen Häuschen sein. Aha, sie spielen ihr einen Streich. Verstecken sich. Diese Kinder. Es hat ihnen schon immer großen Spaß gemacht, ihr Streiche zu spielen. Herauszufinden, ob sie sie reinlegen, erschrecken können.

Sie beschleunigt ihre Schritte, strauchelt beinahe. *Ich komme!* Jetzt ist sie fast da. Wie dumm von ihr, dass sie sich Sorgen gemacht hat. Sie sind beide da drin in dem Häuschen mit dem schiefen Schild an der Tür. Sie weiß es genau. WILLKOMMEN. Das Wort fällt ihr ein, obwohl es lange her ist, dass Buchstaben sich ordneten und einen Sinn ergaben. WILLKOMMEN. Sie bückt sich tief und drückt die Tür auf. Der Wind knallt sie hinter ihr wieder zu.

In der mattgrauen Dunkelheit kann sie kaum etwas sehen. Die Wände knarren und beben im Wind. Sie ist auf einem Boot. Sie überquert einen See in – wo sind sie noch mal? New Hampshire? Maine? Egal. Irgendwo in Neuengland. Sie ist auf dem Weg, ihre Kinder abzuholen, aber das Boot bewegt sich einfach nicht schnell genug, so angestrengt sie auch rudert. Die Uferlinie verschiebt sich. Verändert sich immerzu.

»Wer sind Sie?«

Eine Kinderstimme. Heiser, fast ein Flüstern. Da ist er, kauert in der Ecke – *Gott sei Dank Gott sei Dank Gott sei Dank.* Das dunkle Haar fällt ihm ins Gesicht. Die Knie sind an die Brust gezogen. Ihr Junge, ihr wunderbarer Junge.

»Theo!«

Sie stürzt auf ihn zu. Er ist nur zwei Schritte von ihr entfernt. Er drückt sich noch tiefer in die Ecke, seine Lippen zittern. Er presst die Hände aufs Gesicht, sieht sie zwischen seinen Fingern hindurch an.

»Theo!« Sie steht jetzt vor ihm, verliert beinahe das Gleichgewicht. »Wo ist Sarah? Warum seid ihr einfach weggelaufen?

Mein Gott, Theo, ich hab mir solche Sorgen gemacht. Ich hab euch überall gesucht –«

»Ich heiße nicht Theo!« Der Junge fängt an zu weinen. »Gehen Sie weg! Verschwinden Sie!«

»Wir waren am Strand – ihr habt eine Sandburg gebaut und dann –«

Er springt auf und schiebt sich langsam, den Rücken an die Wand gedrückt, Richtung Tür. Er lässt sie nicht aus den Augen. Er ist anscheinend … ja was? Sie hat keinen Bezugsrahmen für den Ausdruck im Gesicht ihres kleinen Jungen. Was ist es? In all den Jahren als Mutter hat sie so etwas noch nie gesehen, und sie spürt es im Herzen. Ein Zerbrechen. Eine Verwüstung. Ihr Sohn hat Todesangst. Der Gedanke kommt ihr aus weiter Ferne. Er hat schreckliche Angst vor ihr.

»Los! Verschwinden Sie! Meine Eltern … meine Eltern sind gleich da … die sind ganz in der Nähe. Echt.«

»Was sagst du denn da? Ich bin deine –«

»Lassen Sie mich in Ruhe, Lady!«

Ihre Beine geben nach, und sie kippt nach vorne. Ihr Kopf prallt seitlich auf den kalten Boden, aber es tut nicht weh. Überhaupt nicht. Sie weint, und auch das kommt aus weiter Ferne. Tränen sammeln sich in einem schmalen Riss im Beton. Was kann sie nur getan haben, um Theo so zu verletzen?

Sie sieht zu ihm hoch. Klaubt die wenigen Wörter zusammen, die sie hat, zieht sie aus der Tiefe.

»Es tut mir leid«, sagt sie. »Was immer ich getan habe, es tut mir leid.«

Er bleibt stehen.

»Bitte.«

In den dünnen Lichtstreifen, die die schattenhafte Dunkelheit durchdringen, kann sie sehen, dass er am ganzen Körper zittert.

»Ich würde dir nie wehtun. Ich schwöre.«

Sein Blick huscht durch das dunkle Häuschen, als suchte er nach einem anderen möglichen Ausweg. Dann streckt er langsam eine behandschuhte Hand aus und zieht sie auf die Beine. Sie weint jetzt haltlos. Die Laute, die aus ihr herausdringen, sind kaum noch menschlich. Was ist bloß los mit ihr? Es war so ein schöner Tag am Strand, und jetzt hat sie alles kaputtgemacht.

»Lady?« Theo hält sie an den Schultern. Warum nennt er sie so. »Lady, Sie bluten.«

Sie berührt ihre Schläfe, und ihre Hand ist blutverschmiert.

Sie will ihn beruhigen. Bloß ein Kratzer. Ben wird ihn später verarzten. Er wird Wasserstoffperoxid und antibiotische Salbe auftragen. Aber die Wörter fallen ihr nicht ein. Ihr Mund bewegt sich, aber sie kann nicht mehr sprechen.

»Ihnen geht's nicht gut.« Er löst den Schal um seinen Hals. »Hier, nehmen Sie den.«

Sie starrt ihn an. Ihr Junge. Sie lässt zu, dass er ihr den Schal umlegt.

»Und hier.« Er greift in seine Jackentasche und zieht eine Wollmütze heraus.

Er hält sie ihr hin. »Setzen Sie die auf.«

Sie kann sich nicht bewegen.

»Lady, setzen Sie die Mütze auf. Sonst erfrieren Sie.«

Theo, wo ist deine Schwester? Wo ist dein Vater? Wo sind denn alle?

Er wischt sich mit dem Handschuhrücken die Nase. *Wie oft hab ich dir schon gesagt, du sollst ein Taschentuch benutzen?* Er streckt die Arme aus und zieht ihr behutsam die Mütze über das lange graue Haar, bis die Ohren bedeckt sind.

»Ich kann Ihnen meine Jacke nicht geben, weil ich dann auch erfriere.«

Ihre Zähne klappern.

Er holt irgendeinen Apparat aus seiner Jacke, drückt einen Knopf, und der Bildschirm wird hell wie ein Fernseher. Sein Gesicht ist blass, leuchtend.

»Also, es sind noch vier Stunden bis Sonnenaufgang«, sagt er. »Wenn die Sonne aufgeht, sieht die Welt schon wieder anders aus.«

Sie versucht zu nicken.

»Das sagt meine Mom jedenfalls immer.« Er stößt ein flattriges Seufzen aus.

Aber ich bin doch deine Mutter!

»Rücken Sie lieber ganz dicht an mich ran«, sagt er. »Im Zeltlager hab ich gelernt, dass wir uns mit der Körperwärme warm halten können.«

Er hilft ihr in die Ecke, in der er gesessen hat. Sie rutscht auf dem kalten Boden näher, bis sie an ihn gedrückt ist. Ein Pantoffel fällt ihr vom Fuß, der nackt und blau ist.

»Warten Sie«, sagt er. Er wühlt in seinem Rucksack und holt ein paar zusammengerollte Kniestrümpfe hervor. »Hier.«

Sie starrt ihn an. Stumm, reglos. Er starrt zurück.

»Okay.« Er rollt die Strümpfe auseinander. »Okay«, sagt er wieder, »ziehen Sie die an.« Sie beugt sich vor, zieht den rechten Strumpf hoch. Dann den linken. Ihre Haut ist ein bisschen nass, was die Sache erschwert, aber sie kriegt es hin. Sie schiebt die Füße wieder in die Pantoffeln.

»So ist es besser, oder?«

Er setzt sich wieder neben sie, sodass sich ihre Arme und Beine berühren. Ihre Atemwolken vermischen sich in der Luft.

Sie fängt wieder an zu weinen. *Wo ist Sarah? Wo ist Ben?* Sie wischt sich über die Wangen, wütend auf sich selbst.

»Mögen Sie Sterne?«

Er spricht langsam, leise, als wäre er selbst kein Kind.

»Ja«, bringt sie heraus. Egal was, Hauptsache er bleibt nahe bei ihr.

»Ich hab hier was richtig Cooles. Wollen Sie mal sehen?

Er lässt den Bildschirm wieder aufleuchten, und als sie in der Dunkelheit nach unten blickt, sieht sie den ganzen Nachthimmel. Da ist ein Stier. Eine Schlange. Ein Krebs. Ein Kind mit einer Leier.

»Das ist Taurus«, sagt er und zeigt darauf. »Und der Stern da ist Alpha Persei, der hellste Stern im Sternbild Perseus.«

Er fährt mit dem Finger über den Bildschirm, und sie bewegen sich zurück, zurück, zurück, weg von der Erde, weg von diesem Ort, und alles dreht sich.

»Sehen Sie? Es kann uns genau zeigen, wo wir sind.«

Sie sind hoch im Weltraum, blicken auf die Erde hinab. Seltsame Musik umgibt sie. Sie sieht Ozeane, Kontinente. Von hier aus scheint alles so einfach. Das Drehen hört auf. Sie sieht eine winzige Figur in einem Kreis mitten in einem Gitter.

»Das sind wir«, sagt er. »An dem Punkt sind wir in der Welt. Sehen Sie? Fühlen Sie sich nicht besser?«

Sie betrachtet ihren Jungen. Seine weiche, flaumige Wange, blassblau im Licht des Apparats. Nicht auszudenken, wenn sie ihn verloren hätte. Ihr Atem wird langsamer. Die Musik wird zu einem Schlaflied ohne Worte.

Sie war noch nie so glücklich.

31. DEZEMBER 1999

SHENKMAN

Silvester, das Fest, das er am wenigsten mag. Alle müssen unbedingt feiern. Leute besaufen sich, und dann folgt das Umarmen und Abknutschen. Wofür das Ganze? Als Kind, wenn alle anderen Kinder in der Nachbarschaft versuchten, mindestens bis Mitternacht aufzubleiben, um den Countdown und das Feuerwerk mitzuerleben, versuchte Shenkman immer, auf Teufel komm raus einzuschlafen. Dieser Moment, wenn die Uhr Mitternacht schlug – wenn das Ende eines Jahres augenblicklich zum Beginn eines neuen wurde –, dieser Moment war unerträglich. Wer wollte denn für so was Enttäuschendes wach bleiben? Ticktack.

Dieses Jahr ist das anders. Dieses Jahr war der Trommelwirbel laut und unaufhörlich. Y2K-Kompatibilität und -Bereitschaft – oder zumindest der Anschein von Kompatibilität und Bereitschaft – waren das Hauptaugenmerk der Firma. Es ist ein PR-Problem, mehr nicht. Kunden sind in Panik. Anwälte sind in Lauerstellung, um Sammelklagen einzureichen, falls der Jahreswechsel Schlag Mitternacht Chaos auslöst. Was nicht der Fall sein wird. Der Ereignishorizont ist ausgiebig bearbeitet worden. Die IT-Leute beschäftigen sich seit Jahren damit. Datenexpansion, Windowing, Umpartitionierung – das Rollover-Problem ist erfolgreich auf das Ende der 2900er-Jahre verschoben worden, und vielleicht sollte er sich dafür interessieren, aber er tut es nicht. Trotzdem geben die Nachrichtensprecher keine Ruhe. Sie füllen den Äther mit endlosem Gequatsche. Jeder Silicon-Valley-Boss ist Dauergast in Talkshows geworden. Shenkman kann nur staunen, wie viel dummes Zeug als Scharfblick verkauft wird. Volltrottel stehen Schlange, um Gold zu kaufen, Konserven, Schusswaffen. Sie decken sich mit Batterien, Transistorradios und Wasser ein, nur für den Fall, dass die Zeit auf 1900 zurückgestellt wird, die Stromversorgung zusammenbricht, die Märkte kollabieren und Randalierer die Straßen unsicher machen.

Und außerdem – jetzt wird ihm klar, dass er seine Prioritäten womöglich falsch gesetzt hat – bekommt Alice ein Baby. Das heißt, *sie* bekommen ein Baby. *Er* bekommt ein Baby. Einen Jungen. Den Beweis dafür hat er bei den zahllosen Ultraschalluntersuchungen gesehen, die sie seit dem Tag über sich haben ergehen lassen, als der Schwangerschaftstest zwei parallele hellrote Linien zeigte – wie Eisenbahnschienen ins Unbekannte –, aber er kann es trotzdem noch immer nicht ganz glauben. Die dreihundert Knochen, die ein Baby ausmachen, der Kopf, die Zehen, der Penis mit Skrotum (folglich ein Junge), die Wellen, die über Alice' Bauch laufen wie die Dünung eines Ozeans. Die jüngsten Aufnahmen trägt er im Geldscheinfach seiner Brieftasche bei sich, und mehr als einmal hat er das dünne grauweiße Stück Papier herausgeholt und nach Hinweisen abgesucht. Wer ist dieser kleine Shenkman-Junge? Und was weiß er, Shenkman, über das Vatersein? Er weiß gar nichts. Null. Er weiß nur, was er *nicht* sein sollte, wie er sich *nicht* verhalten sollte.

Alles in Ordnung, sagt er sich. *Du kriegst das hin.* Er legt sich innerlich in die Riemen. Er gleitet durch die Tiefen, ein Teamplayer. *Du kriegst das hin.* Er beschwört die andere Stimme in seinem Kopf – die Stimme, die sich verdächtig nach seinem Vater anhört, der ihm sagt, er sei ein Stück Scheiße –, die Klappe zu halten.

»Schatz?«

Alice ruft nach ihm. Er lässt sich noch einen Moment Zeit, bleibt am Küchenfenster ihres neuen Hauses stehen und blickt über die Division Street. Er ist einunddreißig Jahre alt und hätte sich dieses Haus eigentlich gar nicht leisten dürfen. Na ja, das stimmt nicht ganz. Zugegeben, sie haben jetzt einen Arsch voll Schulden, er und Alice. Aber sie haben stundenlang über Tabellen und Kalkulationen gebrütet, die Risiken abgeschätzt. Sie haben allen Grund der Welt, auf einen stetigen Aufstieg – ihre beiden Gehälter und Zulagen, der robuste Immobilienmarkt – in eine verheißungsvolle Zukunft zu bauen. Dennoch, er kommt nicht dagegen an. Gegen diese Stimme in seinem Kopf: *Für wen hältst du dich eigentlich? Du bist ein Niemand. Ein Nichts.*

»Schatz?«

Noch fünf Wochen. Mehr Zeit zu zweit bleibt ihnen nicht mehr vor der Ankunft des Shenkman-Nachwuchses. Sie haben sich noch nicht auf einen Namen geeinigt. Die biblischen stehen nach wie vor zur Debatte. Isaac, Aaron, Moses. *Moses Shenkman*. Sein Sohn wird mal Boxer. Der erste große jüdische Boxer des einundzwanzigsten Jahrhunderts. *Isaac Shenkman*. Sein Sohn wird mal Neurowissenschaftler mit Harvard-Abschluss. *Aaron Shenkman*. Sein Sohn wird mal Schauspieler, einer von diesen gut aussehenden jüdischen Komikern wie Adam Sandler oder Ben Stiller.

Die Dämmerung senkt sich über die Division Street. Gegenüber biegt das ältere Ehepaar, das in dem hübschen holzverkleideten Haus wohnt, in seine Einfahrt. Sie steigen aus dem Auto, beide mit einer Einkaufstüte von »Stew Leonard's«, dem örtlichen Supermarkt, in der Hand, beide in dunkelblauen Daunenjacken. Der Ehemann fasst seine Frau am Ellbogen, hilft ihr über eine vereiste Stelle auf dem Weg zur Haustür. Sie scheinen sich wegen des Jahrtausendwende-Problems keine großen Sorgen zu machen. Sie sind ein attraktives Paar, wirken dynamisch und kultiviert. Wie Shenkman und Alice in rund dreißig Jahren. Bestimmt haben sie erwachsene Kinder. Vielleicht sogar Enkel.

Er öffnet den Kühlschrank, um sich zu vergewissern, dass der Champagner kalt gestellt ist. Dieses eine Mal hat er seine grinchartige Silvester-Phobie unterdrückt und sich was richtig Gutes gegönnt. Roederer Cristal und eine kleine Dose Beluga. Er weiß nicht, ob Alice Kaviar essen darf oder ob der auf der Verboten-Liste steht, so wie Sushi, gepökeltes Fleisch und Rohmilchkäse. Aber er findet, sie haben Grund zum Feiern. Sie werden auf sich anstoßen, auf das neue Jahrtausend, auf den ungeborenen Isaac/Aaron/Moses, auf den Beginn ihres Familienlebens in diesem Einfamilienhaus, in dieser Vorstadt, für die sie sich wegen des guten Schulangebots und der praktischen Verkehrsanbindung in die Stadt entschieden haben.

Sie waren umsichtig.

Sie haben ihre Hausaufgaben gemacht. Alles wird gut.

»Ich hab dich gerufen.« Alice steht im Durchgang zur Küche. Sie hält sich am Türrahmen fest, und ihr Gesicht ist kalkweiß.

Sie krümmt sich über ihren dicken Bauch.

»Meine Fruchtblase ist geplatzt«, sagt sie gepresst.

Erst dann sieht er den dunklen Fleck, der ihre Schwangerschaftsleggings tränkt, auf den Boden tropft. Er überlegt fieberhaft, was er tun soll. Was ist zu tun? Er weiß, wie man die Risiken einer vertikalen Fusion analysiert, geeignete Ziele identifiziert, Eigenkapital umstrukturiert, aber seine schwangere Frau – Alice! – geht jetzt in die Hocke, kauert auf dem Boden, eine wulstige Ader auf der Stirn, und sie schreit etwas, zumindest klingt es wie Schreien, obwohl es aus weiter Ferne zu kommen scheint, und er ist wie versteinert, eine Dose Beluga in der Hand. *Tu was!*

Seine Füße bewegen sich, seine Hände bewegen sich, seine Finger wählen die dreistellige Notrufnummer, er kramt in der Küchenschublade hektisch nach der Geburtshilfe-Servicenummer, die sie dort vorsorglich aufbewahren, aber seine Hände zittern, und er findet bloß die Speisekarte eines Chinarestaurants und den Abholzettel für die Reinigung.

Alice ist in der Hocke und macht die Atemübung, die sie im Geburtsvorbereitungskurs gelernt haben.

»Hii, hii, huu!«

Zweimal kurz ausatmen, dann die Luft langsam durch den Mund entweichen lassen.

»Hii, hii, huu!«

Aber so soll sie erst atmen, wenn die Wehen voll im Gange sind.

Was macht sie denn? Er setzt sich auf den Boden. Der Krankenwagen ist unterwegs. Sie stolpert vorwärts, und er hält sie an den Schultern fest.

»Sieh mich an, Alice!«

Ihre Augen sind panisch. Sie ist irgendwo anders, und er kann sie nicht erreichen. Ihr Gesicht verzerrt sich vor Schmerzen.

»Das Baby kommt«, keucht sie.

»Das kann nicht sein«, sagt er, um sie zu beruhigen. Aber was weiß er schon? Ihre Fruchtblase ist geplatzt. Sie sind erst vor zwei Wochen eingezogen. Er kennt sich hier in der Gegend noch nicht aus. Wo zum Teufel ist das Krankenhaus? Er sollte wissen, wie man zum Krankenhaus kommt. Sie waren einmal dort, haben sich die neue Entbindungsstation zeigen lassen.

»Fick dich!«, schreit sie. »Fick dich, Shenkman – du kotzt mich an!«

Er hat gehört, dass so was passiert. Frauen drehen durch. Sie schleudern ihren Ehemännern wüste Beschimpfungen entgegen, die sie nicht ernst meinen. Er will ihr über den Kopf streichen, über das schweißverklebte Haar. Sie stößt ihn weg. *Tu was.*

Er sprintet in die Diele, reißt die Haustür auf und rennt hinaus auf den Bürgersteig, späht die Straße rauf und runter. Wo bleibt der Krankenwagen? Noch nie zuvor hat er die 911 gewählt. Wie lange dauert das normalerweise?

Im Haus stößt Alice wieder einen lauten Schrei aus.

Er dreht sich um, will wieder hineinlaufen, hält aber inne, als er etwas hört. Eine Stimme, die von der anderen Straßenseite ruft.

»Verzeihung?«

Es ist der ältere Mann in der blauen Daunenjacke. Er steht auf der Veranda und schirmt in der anbrechenden Dämmerung die Augen ab, als versuchte er, irgendetwas am Horizont zu erkennen.

»Alles in Ordnung bei Ihnen?«

»Meine Frau –«, stammelt Shenkman.

Der Mann wartet darauf, dass er weiterredet. Sein grau meliertes Haar glänzt im Licht der Wandleuchten rechts und links von der Haustür. Neulich erst hatten Shenkman und Alice die Wandleuchten bewundert und mit dem Gedanken gespielt, bei den Nachbarn anzuklopfen und sich zu erkundigen, wo sie die gekauft haben.

»Mein Frau hat Wehen«, sagt Shenkman. »Ihre Fruchtblase ist geplatzt, fünf Wochen zu früh, und –«

Er hat den Satz noch nicht zu Ende gesprochen, da kommt der Mann schon herübergelaufen, schneller, als Shenkman für möglich gehalten hätte, und ist jetzt bei ihm, führt ihn zurück in sein eigenes Haus.

»Ich bin Arzt«, sagt er. »Kommen Sie. Wo ist sie?«

»In der Küche – gleich da vorne links –«

»Ich kenn den Weg.«

Alice ist jetzt auf allen vieren, ihr Bauch hängt tief. »Hii, hii, huu!«

Der Mann beugt sich über sie. Sie wirft Shenkman über die Schulter einen fragenden Blick zu.

»Alice, das ist unser Nachbar – er ist Arzt«, sagt Shenkman. Als hätte er es tatsächlich geschafft, einen Arzt herbeizuzaubern.

»Ben Wilf«, sagt der Mann knapp. »Wann ist Ihre Fruchtblase geplatzt?«

»Vor einer halben Stunde«, keucht Alice.

»Wievielte Woche?«

»Vierunddreißigeinhalb. Ich will meinen eigenen Arzt!« Ihr Gesicht ist rot, der dunkle Pony klebt ihr an der Stirn. »Wo bleibt mein Arzt?«

»Wie weit sind Ihre Wehen auseinander, Alice?«

»Ich weiß nicht. Drei Minuten – vielleicht weniger.«

»Ihr wievieltes Baby ist das?«

»Das erste. Mein erstes Baby.«

»Handtücher.« Wilf dreht sich zu Shenkman um. »Jede Menge Handtücher.«

Ogott! Ogottogott!

Shenkman stürzt nach oben, öffnet zwei Türen, ehe er den Wäscheschrank findet.

Schnappt sich einen Armvoll Handtücher. Er und Alice haben sie erst letzte Woche bei »Waterworks« ausgesucht. Ein weiches Moosgrün, das ihn jetzt zu verhöhnen scheint. Schicke Handtücher, eine Poggenpohl-Küche, das Messingbett, das sie sich von einem Antiquitätengeschäft in North Carolina haben liefern lassen – für wen haben sie sich gehalten, dass sie ein derartiges Leben würden führen können?

Bitte, betet er unwillkürlich ins Leere. *Bitte, bitte, bitte.*

Alice hat die Schwangerschaftsleggings und ihre Unterhose ausgezogen und ist wieder in Kauerstellung.

»Decken Sie so viel wie möglich vom Boden ab«, befiehlt Wilf.

Shenkman geht auf alle viere und breitet die Handtücher in zwei dicken Schichten unter seiner Frau aus, eine moosgrüne Insel mitten auf dem Küchenboden.

Alice stöhnt, ein dunkler, tiefer Tierlaut. Wilf sieht auf die Uhr.

»Aber das Baby kann nicht hier kommen«, sagt Shenkman. Er merkt, wie lächerlich das klingt, aber ein Teil von ihm – ein nicht unerheblicher Teil – glaubt tatsächlich, wenn er es ausspricht, wird es wahr. Es sollte nicht so passieren. In seiner Vorstellung dieses beglückenden Augenblicks sind sie im hochmodernen Kreißsaal des Krankenhauses. Alice entspannt sich im Whirlpool. Das Licht ist gedämpft. Von einer CD kommen die gleichmäßigen, rhythmischen Klänge von Meereswellen, Vogelgesang. Die Doula ist vor Ort. Der Mohel ist verständigt worden. Jeder Punkt auf der Liste ist abgehakt.

»Wir schaffen es bestimmt noch rechtzeitig ins Krankenhaus, bevor –«

Das animiert Alice zu einem weiteren *Fick dich*. Gott, er wünschte, sie würde aufhören, das zu sagen.

»Haben Sie Einmalhandschuhe?«, fragt Wilf. Shenkman schüttelt den Kopf. Noch nie hat er sich so nutzlos gefühlt. Er ist der Mann für alle Fälle, alle Eventualitäten. Einer, der immer – schon seit seiner Kindheit – auf jede Situation vorbereitet ist.

»Laufen Sie rüber, und lassen Sie sich von meiner Frau meine Arzttasche geben«, sagt Wilf.

Shenkman steht einfach nur da wie der verdammte Idiot,

der er in Wirklichkeit ist, was er im tiefsten Innern schon immer gewusst hat.

»Na los!«

Alice stöhnt wieder.

Wilf sieht erneut auf die Uhr. »Zwei Minuten Abstand«, sagt er.

Er steht auf und geht zur Spüle. Lässt Wasser laufen, bis es dampfend heiß ist, und wäscht sich die Hände mit antibakterieller Seife. Wilf beherrscht die Küche wie einen OP-Saal. Er nimmt eine weiße Porzellanschüssel aus dem Schrank und füllt sie mit heißem Wasser.

Er trägt Schüssel und Seife zu Alice hinüber.

»Wir sterilisieren den Bereich«, sagt er. Seine Stimme ist sanft und ruhig. Er dreht sich zu Shenkman um und wirft ihm einen Blick zu. *Worauf warten Sie noch?* Shenkman reißt sich aus seiner Erstarrung. Rennt aus dem Haus, hält erneut Ausschau nach dem Krankenwagen, der noch immer nicht in Sicht ist. Nicht mal eine Sirene in der Ferne. *Eins, zwei. Eins, zwei.* Das Klatschen seiner Ruderblätter aufs Wasser. Der tiefe, kraftvolle Zug durch die Tiefe. Er weiß, was es bedeutet, sich selbst so weit zu pushen wie nur möglich. *Du kriegst das hin.*

Er sprintet über die Straße und auf die Veranda von Division Street 18, klopft an die Tür.

»Komme!« Er hört die melodische Stimme einer Frau. Die Verriegelung wird mit einem Klicken geöffnet, und die elegante, feingliedrige ältere Frau, die er vorhin aus dem Volvo-Kombi hat steigen sehen, steht in der Tür, angetan mit einer Kochschürze. Sie ist schön, mit strahlend grünen Augen und vollen Lippen. Ihr Haar ist lang und wellig, mit Silber durchzogen, wie das ihres Mannes. Shenkman schätzt sie auf Anfang sechzig.

»Meine Frau hat Wehen«, sagt er. Atemlos. Er will sich klar

und verständlich ausdrücken. Die Augen der Frau sind so freundlich, dass er losheulen könnte. »Ein Notfall. Dr. Wilf –«

Eine Hand fährt hoch zu ihrem Mund. »Oh!«

»Er hat gesagt, ich soll seine Arzttasche holen.«

»Sie meinen, Ihre Frau ist – aber Sie haben doch bestimmt einen Krankenwagen –«

»Es geht alles zu schnell.«

Ein Ausdruck huscht über ihr Gesicht, so flüchtig, dass Shenkman ihn kaum registriert. Erst später wird er darüber nachdenken, was der Ausdruck wohl bedeutete: Sorge, Stolz, wilder Beschützerinstinkt.

»Kommen Sie rein.« Sie zieht ihn in die Diele. »Bitte warten Sie hier. Ich bin gleich wieder da.«

Sie hastet die Treppe hinauf. Shenkman hört Dielenbretter knarren. Seine Handflächen sind feucht. Seine Augen sind wie erstarrt, als hätte er vergessen, wie man blinzelt. Abgesehen von Mrs Wilfs Schritten ist es im Haus so still, dass er das *Tick, tick, tick* der altmodischen Standuhr in der Diele hören kann – wahrscheinlich von den Großeltern geerbt, vielleicht sogar von den Urgroßeltern.

Er beobachtet das ruckelnde, mechanische Vorrücken des Sekundenzeigers. Im warmen Dielenlicht der Wilfs sieht er eine Reihe von Familienfotos, die das Treppenhaus säumen. Ein Junge und ein Mädchen, beide mit dem dunklen, welligen Haar ihrer Mutter. Werden Alice und er je solche Bilder aufhängen können? Oder steht er genau im Zentrum des Augenblicks, in dem alles den Bach runtergeht? Er schüttelt den Gedanken ab, als hätte schon allein der Gedanke die Macht, ihnen Unglück zu bringen.

Mrs Wilf kommt mit einer großen schwarzen Tasche eilig die Treppe herunter.

»Hier, bitte«, sagt sie und scheint einen Moment zu zögern,

ehe sie ihm die Tasche übergibt. Shenkman überlegt, ob er noch irgendwas sagen oder tun soll. Doch dann hält sie ihm die Tasche hin. »Sie sollten sich beeilen.«

Als er zurück über die Division Street läuft, hört er eine Sirene. Sie klingt zu weit weg. Vielleicht ist sie nicht mal auf dem Weg zu ihnen.

In der Küche kniet Dr. Wilf über Alice gebeugt. Sie liegt auf den Handtüchern und stützt sich mit einer Hand an der Wand ab.

»Okay, Alice.« Wilf hat noch immer diesen ruhigen, bedächtigen Ton. »Auf drei pressen Sie. Eins, zwei …«

Alice tut wie geheißen. Ihr verzerrtes Gesicht hat eine Farbe angenommen, von der Shenkman nicht wusste, dass sie überhaupt möglich ist.

»Gut. Jetzt ein paarmal schnell atmen.«

Tränen rollen ihr über die Wangen.

»Es ist … zu schwer …«

Shenkman will ihre Hand halten, doch wieder stößt sie ihn weg. Es ist, als wäre er auf der anderen Seite einer Plexiglasscheibe, ein einsamer Zuschauer, der einer Aufführung beiwohnt. Seine Frau und der Arzt sind in ihrer eigenen Welt. Einer Welt, in der für ihn kein Platz ist.

»Atmen Sie. Erst wieder pressen, wenn die nächste Wehe kommt.«

Sie starrt in Wilfs Augen, als wäre er ihre Rettung.

Wieder sieht er auf die Uhr.

Die nächste Wehe überwältigt sie, und sie stößt einen heulenden Schrei aus.

»Jetzt? Okay, *los*! Geben Sie alles, Alice!«

Sie liegt jetzt ausgestreckt, die Knie gespreizt. Shenkman faltet noch mehr Handtücher, damit sie eine zusätzliche Polsterung auf dem kalten Küchenboden hat. Sie umklammert die

Halskette, die Shenkman ihr zu Chanukka geschenkt hat – eine Goldkette mit einem unbeschrifteten Glücksbringer, in den der Name des Babys eingraviert werden soll. Wilf greift nach unten. Er hat seine Jacke zur Seite geworfen, die Hemdsärmel bis zu den Ellbogen hochgekrempelt. Wer zum Teufel ist dieser Wilf überhaupt? Das Schicksal hat sie in seine Hände gegeben. Nach der ganzen Recherche, dem sorgfältigen Studium einer Ausgabe des *New York Magazine*, in der die besten Ärzte vorgestellt wurden, dem Strippenziehen, um auf die absurd lange Warteliste zu kommen, sind sie bei ihrem Nachbarn von gegenüber gelandet. Er weiß praktisch nichts über den Mann, außer dass er eine Daunenjacke von L. L. Bean trägt und bei »Stew Leonard's« einkauft.

»Sehr gut«, sagt Wilf. Wie ein unaufgeregter Flugzeugpilot mitten in Turbulenzen.

Sehr geehrte Fluggäste, es wird jetzt ein bisschen holprig.

»Durch den Mund ausatmen.«

Shenkman sieht, wie seine Frau versucht zu atmen. *Bitte, bleib bei mir*. Er begreift mit grausamer Klarheit, warum Menschen anfangen, mit Gott zu verhandeln. Falls Alice und das Baby überleben, wird er … was? Er wird härter arbeiten, besser sein, gütiger sein. Verdammt, er wird der beste Vater auf der ganzen Welt sein. Er meint, eine Sirene zu hören, die näher kommt, aber er traut seinen eigenen Ohren nicht.

»Ich liebe dich, Al«, sagt er und hofft, dass sie nicht wieder anfängt, ihn zu beschimpfen.

»Ich sehe das Köpfchen«, sagt Wilf ruhig. »Noch mal pressen, Alice. Sie schaffen das.«

Sein Gesichtsausdruck verändert sich.

»Weiterpressen«, sagt er. Plötzlich sehr leise und wachsam.

»Was ist los?«

»Nichts«, sagt Wilf, aber es sieht nicht aus wie nichts. »Okay,

Alice, ich möchte, dass Sie jetzt einmal kurz pressen, damit der Kopf des Babys rauskommt.«

Schritte stampfen die Eingangstreppe hoch. Das Krächzen eines Funkgeräts.

»Sachte –«, murmelt Wilf.

Alice schreit.

Die Haustür – Shenkman hat sie weit offen gelassen – knallt zu, und drei Rettungssanitäter stürmen in die Küche, aber Wilf scheint sie gar nicht zu bemerken.

»Gut so –«

»Machen Sie Platz, Sir.«

Alices Oberschenkel versperren den Blick auf Wilfs Hände.

»Kommen Sie, Alice – weiterpressen.«

Shenkman tritt näher, damit er etwas sehen kann. Er ist an Alice' Seite, schaut zu ihr herab. Sie ist so klein und zartgliedrig, und ihr Bauch ist riesig. Das Ganze wirkt schier unmöglich.

Da ist der Kopf seines Babys. Der Kopf!

Wilf umschließt den Hinterkopf des Babys, der in seinen Handteller passt. Ein pulsierendes, dunkelrotes Etwas – oh Gott, die Nabelschnur ist um seinen Hals geschlungen. Wilf schiebt zwei Finger zwischen die Schnur und den Hals. Den Babyhals.

»Sir, bitte machen Sie Platz!«

Shenkman hebt eine Hand, Finger gespreizt. *Stopp!*

»Er ist Arzt«, sagt er leise.

Das Funkgerät krächzt erneut.

Alice ist ganz weiß geworden.

Mit einer einzigen fließenden Bewegung zieht Wilf die Nabelschnur hoch und über den Kopf, der sich prompt zur Seite dreht, als würde er einer Schlinge entkommen. Noch einmal pressen, und das Neugeborene rutscht mit einem rötlichen

Wasserschwall heraus – die Schultern, die erstaunlich kräftige Brust, die kleinen Beine.

Jetzt erst atmet Ben Wilf tief und langsam aus. Er sieht Shenkman in die Augen. »Na bitte«, sagt er. »Der kleine Kerl brauchte bloß ein bisschen Hilfestellung.«

Die Sanitäter, drei Männer in Gummistiefeln nebeneinander aufgereiht, sind verstummt.

Alice – Alice schluchzt.

Wilf legt das Neugeborene direkt auf Alice' Brust.

»Hier ist Ihr kleiner Sohn, Alice.«

Auf einmal ist alles verschwommen, und Shenkman begreift erst nach ein paar Sekunden, dass auch er begonnen hat zu weinen. Er setzt sich neben Alice auf den Boden, wischt ihr den Schweiß von der Stirn. Dann hebt er einen Arm – ganz zögerlich – und streichelt die winzige Hand. Er zählt fünf Finger. Dann fünf an der anderen Hand. Und zehn Zehen. Er sieht zarte helle Augenbrauen. Einen Penis, der im Verhältnis gesehen ziemlich groß ist, wie er mit Stolz bemerkt. Es ist alles da – sein Sohn –, alle dreihundert Knochen sind gewachsen und haben sich irgendwie an den richtigen Stellen miteinander verbunden.

Ben Wilf steht auf, überlässt den Sanitätern die restliche Arbeit. Er geht zur Spüle und wäscht sich das Blut von den Händen. Während er sich mit einem Geschirrtuch abtrocknet, schaut er zu, wie die Sanitäter die Nabelschnur kappen. Dann krempelt er seine Hemdsärmel runter und hebt die Daunenjacke vom Boden auf.

»Ich weiß nicht, was wir ohne Sie gemacht hätten«, sagt Shenkman.

Wilf tritt von einem Bein aufs andere. Der mögliche Ausbruch von Emotionen macht ihn verlegen, begreift Shenkman – schließlich ist er selbst ähnlich veranlagt. *Keine Bange*, möchte er sagen. *Ich werde Ihnen jetzt nicht um den Hals fallen.*

»Nachbarn helfen einander«, entgegnet Wilf.

»Ehrlich, ich –«

»Frohes neues Jahr«, sagt Wilf. Er stockt. »Haben Sie sich schon einen Namen überlegt?«

Shenkman und Alice schauen einander an. Plötzlich sieht Isaac/Aaron/Moses überhaupt nicht wie ein Isaac/Aaron/Moses aus. Die Umstände seiner Geburt haben ihn zu etwas Außergewöhnlichem gemacht. Ein außergewöhnlicher Junge, der einen außergewöhnlichen Namen haben sollte. Ein Junge – Shenkman schluckt schwer, denkt an seine Abmachung mit Gott, eine Abmachung, die er unter allen Umständen einhalten will –, ein Junge, der von heute an das Beste verdient.

»Waldo«, platzt Shenkman unvermittelt heraus.

Alice lächelt ihn beglückt an. Das Baby liegt schon an ihrer Brust. »Genau«, sagt sie. »Waldo Shenkman.«

SARAH

Sie hat sich noch immer nicht an L. A. gewöhnt, obwohl sie seit drei Jahren hier lebt. Nach ihrem Abschluss in Film und Englisch an der Wesleyan University hatte sie mit dem Gedanken gespielt, zu promovieren, dann aber stattdessen einen Job als Assistentin bei einer Produktionsfirma in New York angenommen. Sie blieb in einem Neunzig-Minuten-Radius von Avalon – nah genug, um gelegentlich übers Wochenende nach Hause zu fahren, was sie aber fast nie tat. In jenen halbwegs glücklichen frühen Jahren schleppte sie jeden Abend eine Tasche voll mit Drehbüchern nach Hause. Zusammen mit zwei Mitbewohnerinnen lebte sie in einer Dreizimmerwohnung in der Nähe der Columbia University, und da die Büros der Produktionsfirma Downtown am Broadway lagen, begann sie mit ihrer abendlichen Lektüre oft schon in der U-Bahn-Linie 1. Sarah denkt häufig an diese Zeit. Ihre frühen Zwanziger. Das alles kommt ihr jetzt so lange her vor. Sie hatte Peter noch nicht kennengelernt. Hatte die Zwillinge noch nicht. Hatte noch nicht den raschen Aufstieg in einem Job begonnen, von dem sie nicht mal wusste, dass sie ihn wollte.

Jetzt steht der seltsamste Silvesterabend überhaupt kurz bevor, und Peter und sie geben eine Party. Als sie in den Craftsman-Bungalow in West Hollywood einzogen, sagte einer ihrer neuen Bekannten, dass in L. A. jedes gesellige Beisammensein im Garten stattfindet. Sie verstand zunächst nicht, was er damit meinte, doch dann wurde ihr klar, dass die Menschen in Los Angeles – im Gegensatz zu den New Yorkern, deren Freundschaften und Beziehungen sich in der Öffentlichkeit abspielten, in Restaurants, Bars, Cafés und auf Bürgersteigen – ihre Freunde zu sich nach Hause einluden. Selbst die Gärten von bescheidenen Häusern wie ihrem waren dafür ausgestattet, Gäste zu bewirten. Eine Pergola, Wärmelampen für kühle Abende, ein Grill- und Pizzaofen, der in die Steinmauer eingebaut ist, der die Terrasse umgrenzt. Sie haben keinen Pool. Auch das war ein Tipp ihres Bekannten, als sie den Umzug nach Westen planten. *Kauft nicht gleich das große Haus.* Anders ausgedrückt: Die Branche ist launisch, euer Glück könnte sich ändern.

Sie hatte Peter zuerst auf dem Papier kennengelernt. Von ihm stammte eines der Drehbücher, die sie in ihrer Tasche mit nach Hause schleppte. »Rabbit Rabbit« (so hieß die Produktionsfirma) suchte nach einem Drehbuchautor, der den Debütroman einer jungen australischen Schriftstellerin für die Verfilmung bearbeitete, und Sarah hatte Dutzende Skripte durchgesehen in der Hoffnung, dass der zündende Funke übersprang. Das hatte sie in der Zeit gelernt, als sie jeden Abend mit einem dicken Packen Texte und einem Glas Wein ins Bett ging. Anfangs las sie im Bewusstsein ihrer Verantwortung noch jedes einzelne Wort. Doch dann wurde ihr klar, dass man auf der Suche nach einem zündenden Funken die Skripte auch einfach nur überfliegen konnte. Zündende Funken waren rar. Peters Drehbuch war klug, respektlos, frech. Er hatte eine unverwechselbare Stimme, und das war etwas, das man auf der Filmschule nicht lernen konnte. Sie legte ihrem Boss das Skript vor, und er bat sie, ein Meeting zu vereinbaren.

Jetzt stellt Sarah eine Vase mit Fliederzweigen auf den langen Teakholztisch unter der Pergola. Bei dieser Y2K-Dinnerparty werden sie zu zwölft sein, die vielen Kinder nicht mitgerechnet. Niemand will seine Kinder zu Hause lassen – nicht dieses Jahr, wo Gerüchte von großflächigen Computerausfällen und Massenhysterie die Menschen dazu veranlasst haben, Trinkwasser und Konserven zu horten und ihre Bankkonten zu leeren, nur für alle Fälle. In letzter Zeit schwang bei jeder Unterhaltung ein makabrer Weltuntergangshumor mit, und die letzten Wochen vor Silvester wurden kaum Deals geschlossen. Anscheinend befindet sich die ganze Welt in einem Schwebezustand und hält den Atem an, bis die Uhr um Mitternacht das neue Jahrtausend einläutet.

Sie hat ein paar Teenager aus der Nachbarschaft engagiert, die auf die Kinder aufpassen sollen, damit die Erwachsenen feiern können. *Party like it's 1999* verspricht ihre Einladung. Als sie den Tisch mit blassblauen Stoffservietten und taubengrauen Steinguttellern deckt, hört sie durch die offene Terrassentür, wie Peter mit raschelnden Einkaufstüten ins Haus kommt. Eine der Babysitterinnen ist mit Syd und Livvie im Wintergarten. Sie haben Zeitungen auf dem Holzboden ausgebreitet und machen Knete aus Mehl, Salz, Weinstein, Pflanzenöl und Lebensmittelfarbe. Es ist eine idyllische häusliche Szene, der hübsch gedeckte Tisch, der Ehemann vom Einkaufen zurück, die Zwillinge mit rosa und blau verfärbten Fingern – sie betrachtet das Ganze aus verschiedenen Perspektiven: eine Totale, ein langsamer Schwenk. Sie selbst, Sarah Wilf, ist es, die fehlt. Sie ist *hier*, klar. Aber irgendein wesentlicher Teil von ihr ist nicht wirklich präsent. Das trifft schon so lange auf sie zu, dass sie es kaum noch merkt. Und jemand anders schon gar nicht. Rein äußerlich entspricht sie ihrer Rolle, das weiß sie, und das war schon immer so. Sie ist klein, zierlich, sehr hübsch. Sie stellt das ohne jede Eitelkeit fest, es ist schlicht eine Tatsache. Sie hat die kräftigen Farben ihrer Mutter geerbt: Augen, die sich je nach Licht verändern, manchmal grün, manchmal bernsteinfarben leuchten; ein langes Gewirr dunkler Locken. Ein herzförmiges Gesicht. Eine ruhige Ausstrahlung. Es passt alles zusammen – der Abschluss an der richtigen Uni, der unaufhaltsame berufliche Aufstieg. Niemand käme auf die Idee, dass sie stets nur wenige Schritte vom Abgrund entfernt ist.

Peter kommt zu ihr auf die Terrasse. Er hat den Arm voll mit Feuerholz für den Aztekenofen.

»Die Schlangen bei ›Trader Joe's‹ waren der Wahnsinn«, sagt er. »Es ist wie am Vorabend von Armageddon.«

Sarah sieht zu, wie ihr Mann in dem Ofen eine kleine Pyramide aus Scheiten baut. Ihm gefällt das Leben in L. A., obwohl sie beruflich erfolgreicher ist als er, seit sie hergezogen sind. Sein Haar ist jetzt länger, und er trägt weite Kakishorts, verwaschene T-Shirts und – ohne jegliche ironische Distanz – Birkenstocksandalen. Meistens bringt er die Mädchen morgens in den Kindergarten und fährt danach zu einem Café, wo er stundenlang über seinen Laptop gebeugt sitzt, wie alle anderen Gäste auch. Sarah muss an einen Drehbuchautor denken, den sie kennen – ein Typ, der durch einen einzigen großen Blockbuster bekannt wurde, den er nicht mal selbst geschrieben hatte – und der ihnen erzählte, dass er oft auf seiner Veranda in Malibu sitzt und die startenden und landenden Flüge am Flughafen von L. A. beobachtet. *Ankommender Drehbuchautor*, denkt er, wenn eine Maschine landet. *Abreisender Drehbuchautor*, wenn ein Jet abhebt, erst in einem weiten Halbkreis übers Meer und dann Richtung Osten fliegt.

Peter hat auch die locker-flockige Art eines Kaliforniers angenommen. Sarah hält das für aufgesetzt, dieses ganze lässige Getue. L.A. ist eine von Ehrgeiz getriebene Stadt, und dieser Ehrgeiz bündelt sich in der Filmindustrie. Hier nennt man sie nur *die Industrie*. Alle anderen – die Immobilienmakler, Friseure, Zahnärzte, Steuerberater, Dermatologen, Personal Trainer, Restaurantbesitzer, Reinigungskräfte, Gärtner, sogar die Cops und Feuerwehrleute – kreisen um diese Industrie wie Satelliten um die Erde.

»Um wie viel Uhr kommen sie?«

»Acht. Ich wollte nicht zu früh anfangen, damit wir nicht schon vor Mitternacht eingeschlafen oder betrunken sind«, sagt sie. Sie hat für die Kinder einen Berg Schlafsäcke und Decken in den Wintergarten gebracht. Ihre Eltern machten das früher immer an Silvester. Sie gaben traditionell eine Dinnerparty für Nachbarn und Freunde, und alle Kinder kamen schon in Pyjamas. Sarah und Theo liebten diesen Abend immer, wenn mehr Kinder als Erwachsene da waren und sie das Gefühl hatten, dass alle bei ihnen zu Hause sein wollten. Wann haben sie diese Tradition aufgegeben? Schon gut. Sie weiß ganz genau, wann.

Eigentlich mag sie den Aztekenofen nicht – er sieht aus wie ein schickes Terrakotta-Krematorium –, aber er gehörte zum Haus, und heute Abend wird er festliche Stimmung verbreiten, das hofft sie jedenfalls. Die Familien, die kommen, sind alles neue Bekanntschaften, wie man sie schließt, wenn man kleine Kinder hat. Syd und Livvie gehen mit einigen der Kinder in denselben Kindergarten oder kennen sie aus der Synagoge. Sie fragt sich, wie lange sie in diesem Haus, in diesem Viertel bleiben werden. Anders als ihre Eltern, die in die Division Street 18 zogen, als sie ihre Familie gründeten, und nicht die Absicht haben, jemals wegzuziehen, scheinen die meisten Leute in Sarahs Bekanntenkreis alle paar Jahre umzuziehen, größere Häuser in besseren Lagen zu kaufen.

»Ich will noch ein paar Stunden arbeiten«, sagt Peter. »Ist das okay?«

Sie beißt sich auf die Zunge. Natürlich ist das okay. Sie würde ihnen lieber einen Cocktail machen – vielleicht eine Margarita – und mit ihm zusammen entspannen, bevor die Gäste kommen, aber sie will seiner Arbeit nicht im Wege stehen. Sie hat ein ausgeprägtes Feingefühl für das Ego ihres Mannes, denn so war das eigentlich nicht gedacht. Peter sollte der geniale und extrem erfolgreiche Drehbuchautor sein. Sie hatte ihn ja schließlich entdeckt. Und Sarah sollte die solide, aber weniger glamouröse Karriere haben, hinter den Kulissen, vielleicht Drehbücher sichten und kurze Zusammenfassungen schreiben, um sich allmählich hochzuarbeiten, womöglich bis zur Produktionsleiterin.

Stattdessen wurde ein Film, den sie vor zwei Jahren produziert hatte, für die größte aller Auszeichnungen nominiert: Bester Film. Es hatte mit einem Drehbuch begonnen, das sie in einem Haufen unverlangt eingesandter Manuskripte entdeckte und das zu einem Herzensprojekt wurde, bei dem ihre Chefs ihr freie Hand ließen. Der Film hatte weniger als fünf Millionen Dollar gekostet und räumte an den Kinokassen ab. Wodurch sie, Sarah Wilf, selbst zur heiß begehrten Ware wurde.

Studios rissen sich förmlich um sie, und größere Produktionsfirmen boten ihr einflussreiche Posten an. Sie gönnte sich ein trägerloses schwarzes Kleid von Dior für die Oscarverleihung, und Peter kaufte seinen ersten Smoking. Seine Adaption einer Kurzgeschichte von Kazuo Ishiguro war in der Entwicklung, und sie hatten beide das Gefühl, dass sie bald wieder im Dorothy Chandler Pavilion sein würden. Viele Male. Sie beide. *Kauft nicht gleich das große Haus.*

Peters Adaption wurde nie verwirklicht, genau wie alles andere, das er geschrieben hatte, einschließlich jenes ersten wunderbaren Drehbuchs, das am Anfang ihres gemeinsamen Lebens stand. Ein Drehbuch, das nicht verfilmt wird, ist wie ein Baum, der im Wald umfällt. Keiner sieht es, keiner liest es, bis auf die Produzenten, die ihm gelegentlich noch Hoffnungen machen, um sie dann wieder zu zerstören. Peter wird bald vierzig. Er sieht jünger aus. Er geht täglich surfen, was ihn gebräunt und fit hält, und sein hellbraunes Haar ist inzwischen von der Sonne strohblond gebleicht. Aber Sarah macht sich Sorgen. Hollywood hat eine Kultur des stillen Abstrafens. In letzter Zeit ruft Peters Manager ihn nicht mehr zurück. *Ich erreiche ihn gerade nicht*, sagt seine quirlige Sekretärin, die ausnahmslos Jennifer heißt. Meetings werden auf unbestimmte Zeit verschoben. Und wenn er doch mal ein Meeting hat, kommt nichts dabei heraus. Die Hollywood-Version einer Abfuhr ist schlicht Schweigen.

Vorläufig verdient Sarah mehr als genug, um die Familie zu finanzieren. Sie können die Mädchen in den besten Kindergarten schicken, an den sich dann gleich die beste Grundschule anschließt. Sie können ins Fitnessstudio und in die Synagoge am Wilshire Boulevard gehen. Sie fahren zwei anständige Autos, beschäftigen eine ganze Schar von Babysitterinnen. Gerade letzten Monat haben sie mit Syd und Liv ein Wochenende in

Disneyland über sich ergehen lassen. Aber auf lange Sicht macht sie sich Sorgen um Peter. Er hat mehr Talent als viele Drehbuchautoren, deren Skripte verfilmt werden, aber irgendwie bekommt er nie eine Chance. Dabei spielt Glück eine Rolle. Glück und, das muss sie zugeben, auch ein gewisses Auftreten. Die Autoren, die es schaffen, scheinen alle einen bestimmten Typ zu verkörpern. Sie sind spritzige, schnell redende Energiebündel, die das Gras wachsen hören und sämtliche wichtigen Player kennen. *Netzwerker.* Wie sie das Wort hasst.

Sie macht sich eine Margarita und stützt die nackten Füße gegen die Wand. Sie bricht eine ihrer Regeln – niemals allein trinken –, aber heute Abend muss sie ihre Einsamkeit ein wenig lindern, ehe die Gäste eintreffen. Vielleicht wird sie sogar eine weitere Regel brechen: nur ein Cocktail, danach bloß noch Wein. Sie hat viele Regeln, die hauptsächlich Drogen und Alkohol betreffen. Sonntags trinkt sie nie. Sie bleibt bei Weißwein und hört nach maximal drei Gläsern auf. Sie kokst nicht, obwohl das einige Freunde von ihnen tun. Peter kifft, aber sie kann dem nichts abgewinnen. Sie rationiert ihre Drinks, als wären sie Medikamente, was sie in gewisser Weise auch sind. Sie betäubt ihre Gefühle, weil sie größer sind als sie selbst – nicht nur die schmerzlichen Gefühle, auch die freudigen. Sie ist voller Liebe für ihre Töchter, voller Dankbarkeit für ihre Arbeit, für das Leben, das Peter und sie aufgebaut haben. All das schwillt an wie eine Welle, droht sie zu überwältigen: Glück, Stolz, Panik, Unsicherheit und diese schreckliche, schreckliche Einsamkeit, die nur nach ein paar Drinks verschwindet, wenigstens für kurze Zeit.

Aber sie will jetzt nicht darüber nachdenken. Sie will die wohlige Wirkung des ersten Drinks genießen und an den bevorstehenden Abend denken. Jemand klingelt an der Haustür, und sie überlegt erschrocken, ob sie den Leuten die falsche

Uhrzeit genannt hat. Aber nein, es ist wahrscheinlich eine Lieferung. Peter wird sich drum kümmern. Sie trinkt einen kräftigen Schluck.

Eine der Babysitterinnen streckt den Kopf heraus. »Hey, Sarah? Da ist Besuch für dich. Ich wusste nicht, ob ich aufmachen soll.«

Sie verdrängt ihren jähen, heftigen Ärger auf Peter (hat er das Klingeln nicht gehört?), späht durch die Glasscheibe neben der Haustür und sieht den Hinterkopf eines Mannes. Volles, dunkles, zotteliges Haar. Sie schaut genauer hin. Ein graues T-Shirt, das unter einem Parka hervorlugt, schmutzige Jeans. Sie hält eine Hand dicht über den Panikschalter der Alarmanlage, als sie den Knauf dreht und die Tür einen kleinen Spalt öffnet. Man weiß ja nie.

»Ja bitte?«

Er dreht sich um. Sonnengebräunt, dreißig Pfund leichter, Augen hinter einer verspiegelten Sonnenbrille. Da steht ihr Leben – ihre Geschichte, ihre ganze Kindheit – und tritt von einem Bein aufs andere. Fremd und zugleich zutiefst vertraut. Lächelnd, unsicher. Als hätte er womöglich an der falschen Tür geklingelt.

»Hey, Schwesterherz.«

»Theo.«

Sie spricht seinen Namen leise aus. Als müsste sie ihn vielleicht zurücknehmen. *Theo*. Sie hat ihren Bruder seit fünf Jahren nicht mehr gesehen. Während sie in New York lebte und für ein Jahresgehalt, das kaum für Miete und Essen reichte, Zusammenfassungen von unverlangt eingesandten Drehbüchern schrieb, oft ihre Eltern bitten musste, ihr mit ein paar Hundert Dollar über die Runden zu helfen, hatte Theo sein Studium abgebrochen und wohnte wieder zu Hause. Er war zweiundzwanzig Jahre alt und verbrachte seine Tage damit, sich in seinem Kinderzimmer zu verkriechen, an dessen Tür ein Plastikschild aus der Grundschule hing: THEOS ZIMMER.

Ihre Eltern versuchten, sie nicht mit ihren Sorgen zu belasten, aber Sarah hörte sie in ihren Stimmen. Wenn sie miteinander telefonierten, war ihre Mutter stets gut gelaunt, erzählte Neuigkeiten und Tratsch aus der Nachbarschaft, als wäre ihr erwachsener Sohn nicht regressiv, zunehmend isoliert und nur damit beschäftigt, oben in seinem Zimmer Videogames zu spielen. Ben dagegen war Sarah gegenüber offener. *Es könnte wirklich ernst sein*, sagte er schließlich eines Abends. Es lag etwas Zögerliches in seinem Tonfall, etwas Unausgesprochenes zwischen ihnen, aber dennoch, *was* er aussprach, klang beängstigend. Sarah hatte Theos Symptome recherchiert – Google war brandneu, aber sie lernte allmählich, was ihr alles an Informationen zugänglich war –, und soweit sie das beurteilen konnte, litt Theo entweder unter einer beginnenden Schizophrenie (er war im passenden Alter), oder aber er machte lediglich eine schwierige Phase durch. Sie las sich auch einiges über das Thema Neuroplastizität an. Theo war immer ein Spätentwickler gewesen, was seine emotionale Agilität betraf, schon als kleiner Junge, wenn er auf dem Nachhauseweg von der Schule hinter ihr hertrottete. Außerdem war er ein Mann. Männer wurden im Allgemeinen langsamer erwachsen. Letztlich fand sie nichts Eindeutiges oder sonderlich Hilfreiches heraus.

Erst als sie Theo überredete, sich zum Essen mit ihr in Manhattan zu treffen, sah sie mit eigenen Augen, in welcher Verfassung er sich befand. Sein hübsches Gesicht war hässlich aufgedunsen. Schweiß glänzte auf seiner Stirn. Trug er etwa einen Pyjama? Selbst wenn nicht, es sah jedenfalls so aus: eine weite, schlabberige Flanellhose in Moonboots gestopft und ein grauer Hoodie. Sie lud ihn in ein billiges italienisches Restaurant nicht weit von ihrer Wohnung ein, wo sie einander im nur von Kerzen erhellten Dämmerlicht gegenübersaßen, zwei Menschen, die mit denselben Eltern, am selben Ort, im selben Haus, in derselben Stadt angefangen hatten und jetzt zwei völlig unterschiedliche Leben führten.

Sarah bestellte ein Glas Wein, dann ein zweites, ein drittes. Theo aß seine Linguine und verputzte dann ihr kaum angerührtes Hähnchen Parmigiana. Der Geist von Misty Zimmerman saß mit ihnen am Tisch, so klar und deutlich, als hätte sie sich einen Stuhl herangezogen. Misty hätte bei ihrem Highschool-Abschluss neben Theo gestanden, alphabetisch geordnet nach Nachnamen. Misty wäre auf eines von diesen kleinen, aber feinen Colleges in Neuengland gegangen: Bowdoin, Amherst, Middlebury. Sie war sprachbegabt. In der Oberstufe hatte sie den Leistungskurs Spanisch belegt. Was wäre aus ihr geworden? Ausdruckslos drehte sie ihren hübschen Kopf hin und her, beobachtete die beiden Menschen, die für ihren Tod verantwortlich waren.

Sarah und Theo hatten seit jener Augustnacht vor fast zehn Jahren nie darüber geredet, kein einziges Mal. Jetzt fragte Sarah sich manchmal, ob Reden besser gewesen wäre. Schweigen ließ die Ereignisse jener Nacht nicht verschwinden, sondern trieb sie nur noch tiefer in sie beide hinein. Weder sie noch Theo waren in der Lage gewesen, das Gesehene ungesehen, das Gehörte ungehört zu machen. Auf der Tonspur des Lebens läuft der Todesschrei eines Mädchens in Dauerschleife. Man kann ihm nicht entkommen.

»Theo?« Sarah trank einen Schluck Wein. »Was hast du für Pläne?«

»Keine.«

»Du kannst nicht einfach so weitermachen.«

»Wieso nicht?«

Ihr Bruder sah überallhin, nur nicht in ihr Gesicht. Suchte nach Fluchtwegen.

»Erstens, du quälst dich selbst. Du quälst Mom und Dad.«

Das ließ ihn leicht zusammenzucken.

»Zweitens, es ist so eine verdammte Verschwendung.«

»Verschwendung von was, Sarah?«

An der Stelle stockte sie. Sie wollte *von Potenzial* sagen, aber stimmte das überhaupt noch?

»Hör mal, Theo, falls du leidest, weil –«

Plötzlich sah er sie direkt an.

»Weil was?«

Er schien unfähig, in vollständigen Sätzen zu reden. Brachte nur lose verbundene Wörter heraus. Sie konnte es nicht. Sie konnte es einfach nicht ansprechen. Wenn sie anfangen würde, von jener lange zurückliegenden Nacht zu reden, würde der Wortschwall vielleicht alles hochspülen, was sie so sorgsam weggepackt hatte.

»Nichts«, sagte sie leise.

Und dann, als Mimi später in derselben Woche weinend anrief – *Theo ist weg* –, hatte Sarah erneut das Gefühl, ihren Bruder völlig im Stich gelassen zu haben. *Was soll das heißen, weg?* Ihr Herz hämmerte. *Er hat eine Nachricht hinterlassen.* Sarah spürte einen so stechenden Schmerz im Magen, dass sie fast ohnmächtig geworden wäre. *Keine richtige Nachricht*, redete ihre Mutter weiter. *Einen Hinweis. Eine Ausgabe von Bruce Chatwins* In Patagonien.

Jetzt merkt Sarah, dass Syd und Liv ihre Beine umklammern und um sie herumschielen, als wäre sie ein Baumstamm, hinter dem sie sich verstecken.

»Das ist euer Onkel.« Etwas verfängt sich in ihrer Kehle. »Mommys Bruder. Euer Onkel Theo. Theo, das sind –«

Ihre Stimme versagt, als sie Theo mit Syd und Liv sieht. Sie tritt vor, als wollte sie ihn umarmen, doch stattdessen boxt sie ihn gegen die Schulter, als wären sie wieder fünf und sieben Jahre alt. Sie war hier und hat sich ein Leben aufgebaut. Sie war damit beschäftigt, Kinder zu bekommen, sich ein Zuhause zu schaffen und herauszufinden, wie man erwachsen wird. Doch ein Teil von ihr hat gefehlt. Jetzt steht sie im Hause Theo. Der Stadt Theo. Dem Land Theo.

»Das sind Syd und Liv«, beendet sie den Satz.

Er nimmt seinen Rucksack ab und lehnt ihn gegen die Eingangsstufen. Dann geht er in die Hocke, um mit den Mädchen auf Augenhöhe zu sein.

»Hey«, sagt er. »Ihr seid Zwillinge, oder?«

Syd nickt. Liv lutscht am Daumen, eine Angewohnheit, die sie eigentlich abgelegt hatte.

Er lacht, ein sattes, tiefes, glucksendes Lachen, das sie überall erkennen würde. Er sieht so gut aus. So … verändert, als hätte er den Panzer des verlorenen Jungen abgestreift und wäre heil hervorgekommen. Ganz. Er ist ein Mann geworden, erkennt Sarah. Fünf Jahre. Fünf Jahre, die nur von seltenen, kryptischen Postkarten aus Patagonien und später aus Buenos Aires unterbrochen wurden. *Hab die Überreste eines Riesenfaultiers gesehen.* Oder: *Arbeite in einer Teestube.* Jedes Mal, wenn eine kam, studierte sie seine kindliche Schrift. Wollte er ihr etwas mitteilen? Schickte er ihr einen Code, den sie knacken sollte? Sie rief ihre Eltern an und sagte, dass Theo sich gemeldet hatte. Durch die Leitung hindurch hörte sie dann das schnelle Einatmen ihrer Mutter. Das bedächtige Schweigen ihres Vaters.

Theo nimmt seinen Rucksack und folgt ihr ins Haus. Syd und Liv sind selten so still wie jetzt. Sie hört Peter oben herumkramen. Sie kann kaum glauben, dass ihr Mann und ihr Bruder sich noch nie begegnet sind. Theo verschwand, und wenige Monate später lernte sie Peter kennen – zwei der wichtigsten Männer in ihrem Leben, die wie in einer Drehtür aneinander vorbeigingen, der eine kam, der andere ging, eine seltsame kosmische Symmetrie.

Am Anfang ihrer Beziehung hatte Sarah mit dem Gedanken gespielt, Peter die ganze Geschichte zu erzählen. Sie hatte nie mit ihren Eltern darüber geredet, nie mit einem Freund oder einer Therapeutin. Es kam vor, dass eine der jungen Babysitterinnen sie an Misty Zimmerman erinnerte – ein kurzer Blick auf langes Haar, schläfrige Augen, sonnengebräunte Beine, ein geflochtenes Kordelarmband –, und dann spürte sie Druck hinter den Augen, als wäre Misty in ihrem Kopf immer lebendig und versuchte verzweifelt, herauszukommen. Aber wenn sie es Peter erzählte, was würde das bringen? Es würde zu etwas Greifbarem werden. Etwas Realem. Sie würde mit seinen Fragen fertigwerden müssen. Mit seinem *Wissen*.

Peter kommt auf nackten Füßen die Treppe heruntergepoltert.

»Pete?«

Sarah, Theo und die Mädchen sind immer noch in der Nähe der Haustür.

»Peter, das ist mein Bruder Theo.«

Peters Augenbrauen schnellen hoch. »Wow, Mann. Menschenskind! Hey!«

Theo streckt eine Hand aus. Sarah sieht, dass er innen am Handgelenk ein Tattoo hat. Es sieht aus wie ein Wort. Sie versucht, nicht hinzustarren.

»Ich hoffe, es ist okay, wenn ich bei euch penne«, sagt Theo. »Ich meine, wenn das nicht zu viele –«

»Klar ist das okay!«, sagen Sarah und Peter wie aus einem Munde.

»Nicht zu fassen, dass ich dich endlich kennenlerne«, sagt Peter. »Den geheimnisvollen, schwer erreichbaren Theo.«

»So geheimnisvoll nun auch wieder nicht«, entgegnet Theo. Seine Augen huschen zur Tür. Sarah kennt diesen Blick. Er könnte wieder verschwinden. Er könnte verschwinden und nie wiederkommen.

Sarah wirft ihrem Mann einen erbosten Blick zu, den er aber nicht zur Kenntnis nimmt. Sie will Peter sagen, dass das hier kein Filmdrama ist, kein Plottwist. Es ist ihr verdammtes *Leben*.

»Wir geben heute Abend eine Party«, sagt sie hastig, um die peinliche Stille zu füllen. Gott, jetzt wünscht sie, sie würden keine Party geben.

»Bin ich eingeladen?«

Sie versucht, sich Theo im Gespräch mit irgendeinem ihrer neuen Bekannten vorzustellen. Über was in aller Welt sollen sie reden? *Buenos Aires, wie interessant! Sarah, hast du ihn dort besucht?* Ihr dröhnt der Kopf. Sie braucht noch eine Margarita.

»Komm mit.« Sie schnappt sich Theos Rucksack und geht die Treppe hinauf. Er stinkt nach allem möglichen organischen Zeug, über das sie nicht groß nachdenken möchte. Er braucht eine Dusche. Und frische Klamotten. Er ist ein bisschen kräftiger als Peter, aber sie wird was für ihn auftreiben. Leinenhemd. Kakihose. Ihr Verstand widmet sich praktischen Fragen. Sie ist Produzentin. Sie wird das produzieren. Wenn sie sich auf die Details konzentriert, lässt sich alles regeln.

Sie wendet sich ihm zu, und im Raum stehen fünf Jahre voller Fragen, noch ungeformt. *Warum bist du weggegangen? Warum bist du zurückgekommen? Was auch immer du gelernt hast, war es wirklich den Schmerz wert, den du uns zugefügt hast?* Sie denkt an ihre Eltern und daran, dass Theos Verschwinden eine Last war, die sie anfangs leicht getragen haben (er kommt sicher bald nach Hause!) und die sie mit jedem Jahr mehr und mehr niederdrückte. Ihre stärksten Selbstschutztaktiken – das Schweigen ihres Vaters, das stolze Weitermachen ihrer Mutter – verfestigten sich, warfen dunkle Schatten auf ihre jüngeren, besseren Ichs: Humor, Ironie, Verspieltheit, Freude sind verkümmert.

Sie spürt ein vertrautes Aufflackern von Zorn, diese glimmende Wut, die stets bereit ist aufzulodern, doch es erlischt ebenso schnell wieder. Theo, in ihrem Haus. Unwahrscheinlich, fast unmöglich, als wäre ein Elefantenbaby aus dem Zoo in Santa Barbara entwischt, den Pacific Coast Highway entlanggetrottet, dann den ganzen Sunset Boulevard hochgekommen und würde jetzt friedlich in ihrem Garten grasen.

Theo streckt die Hand aus und berührt sie sachte am Arm. »Geht's dir gut?«, fragt er.

»Wie meinst du das?« Trotzig. *Wie-meinst-du-das-geht's-mir-gut-natürlich-geht's-mir-gut-mir-geht's-immer-gut.*

Er sieht sie an, als würde er nach irgendetwas suchen. Dann gleitet sein Blick ab. »Schon okay.«

»Nein, was ist?«

Er trägt die staubigsten, dreckigsten Sandalen, die sie je gesehen hat, was sie einen Moment ablenkt. Mit so etwas kann sie umgehen. Sie nimmt sich vor, eine Nagelschere auf den Stapel saubere Sachen zu legen. Und Rasierschaum. Einen Rasierer.

Wieder berührt er sie am Arm, als wollte er sich vergewissern, dass sie real ist.

»Was ist?«, beharrt sie. Ein kleiner, verstockter Teil von ihr will hören, was er denkt, selbst wenn es wehtut. Er blickt sie unverwandt an, erinnert sie zum ersten Mal an ihren Vater. Seine Mundwinkel verziehen sich zu einem kleinen Lächeln.

»Das sieht nach einem schönen Leben aus, Sarah«, sagt er.

THEO

Fünf Minuten vor Mitternacht. Vor dem Jahreswechsel, dem Jahrtausendwechsel. Er hat sich in einem Liegestuhl vor dem Aztekenofen ausgestreckt. Die Dinnergäste sind vom Tisch aufgestanden, warm und satt. Sarah hat den Großteil des Essens von einem türkischen Restaurant am Ventura Boulevard liefern lassen, und es war alles in allem ziemlich gut. Ihre Freunde waren ganz nett, obwohl sie viel zu lange nur über ihre Kinder geredet haben. Aber was weiß er schon? Er hat schließlich keine Kinder. Wahrscheinlich wird er nie welche haben.

Er fühlt sich ein wenig desorientiert und sagt sich, das ist normal. Er ist erst seit drei Tagen wieder in den Staaten. Was hat er denn geglaubt? Dass er nahtlos würde weitermachen können? Nach der Landung in Los Angeles war er mit dem Taxi direkt vom Flughafen zu Sarah gefahren. Als der Wagen vor dem Haus hielt, sagte er dem Fahrer, er solle das Taxameter laufen lassen. Theo stieg aus und starrte auf den Craftsman-Bungalow, der eingebettet zwischen wuchtigen alten Bäumen lag. Auf der Veranda standen Korbsessel, ein Zweisitzer mit gestreiften Polstern, Pflanzen in riesigen Keramiktöpfen. Zwei Dreiräder. Er schaute auf den Zettel, um sich zu vergewissern, dass er an der richtigen Adresse war. Hier wohnte Sarah? Der Fahrer hupte kurz, und Theo stieg zurück ins Taxi. Er nannte dem Fahrer eine andere Adresse in East L. A., ein Motel, das einem Cousin des Kochs im »La Cabrera« gehörte.

Das Leben, wie er es kannte, ist vorbei. Puff! Was sagte seine Mutter früher oft? Die Zeit steht für niemanden still. Drei Tage lang fuhr er jeden Morgen nach West Hollywood und drückte sich vor Sarahs Haus herum. Er kann sich das Leben seiner Schwester nicht vorstellen. Sie hat Kinder, um Himmels willen! Seine Nichten sind heute Abend hinter ihm hergelaufen und haben *Onkel Theo! Onkel Theo!* gesungen, bis sie endlich mit den anderen Kindern im Wintergarten einschliefen. Kann er Onkel Theo sein? Er fragt sich, ob er so lange fort war, dass es kein Zurück mehr gibt. Wenn er an seine Eltern denkt, schnürt sich ihm die Kehle zu. Auch sie werden verändert sein. Älter, zum Beispiel. Ihm ist flau von den zwei Whiskey, die er am frühen Abend schnell hintereinander getrunken hat. Er steht unter Schock, begreift er.

»Erdbeeren mit Schokoglasur?« Eine der Babysitterinnen dreht mit einem Tablett die Runde, jetzt, wo die Kinder schlafen. Er nimmt eine Erdbeere, ohne die Absicht, sie zu essen. Er inspiziert sie. Schnuppert daran und bemerkt den schwachen, aber unverkennbaren Geruch von Kunstdünger unter dem penetranteren Aroma der Schokolade. Niemand sonst würde ihn wahrnehmen. Bei den Köchen in Patagonien hatte ihm sein ungewöhnlich feiner Geruchsinn den Spitznamen »La Nariz« eingebracht. Ein Dufthauch genügte, und er konnte den Unterschied zwischen Lammfleisch aus der Provinz Chubut und aus Tierra del Fuego erkennen. La Nariz. Der Ruf seiner Nase eilte ihm voraus. Er muss Sarah unbedingt von den Beeren in Argentinien erzählen – Stachelbeeren, köstliche Weiße und Rote Johannisbeeren, die während der Wintermonate wild wachsen.

Er überrascht sich selbst nun schon seit Tagen. Ist von seinen eigenen Handlungen überrascht, wie man sich vielleicht über einen guten Freund wundert, der etwas für ihn völlig Untypisches tut. Er betrachtet sein Leben aus einer gewissen Distanz, als würde er davon erzählen, statt es zu leben. Da ist Theo Wilf, der verkündet, dass er eine lange Auszeit – vielleicht für immer – vom »La Cabrera« nimmt. Da ist Theo in seinem Apartment in Palermo Soho, der seine Shorts, seine Lieblingsschürze, sein Notizbuch mit Rezepten einpackt. Da ist er, wie er einen Umschlag mit Pesos für seinen Vermieter hinterlässt. Er beobachtet, wie Theo mit kaum mehr als dem Rucksack, mit dem er fünf Jahre zuvor angekommen ist, zum Flughafen Ministro Pistarini fährt. Als er das Ticket kaufte, war er unschlüssig: New York oder Los Angeles? Seine Eltern oder Sarah? Andere Möglichkeiten kamen ihm gar nicht in den Sinn. Es war das Ende des zwanzigsten Jahrhunderts. Er war lange fort gewesen. Lange genug, um ein anderer zu werden – falls es überhaupt möglich war, ein anderer zu werden. Jetzt war er bereit, seine Familie zu sehen.

Das dachte er zumindest. Vielleicht hätte er ein paar Tage länger in East L. A. bleiben sollen, wo die Gerüche und die Farben und die Sprache vertraut waren. Die Chalupas, die an Straßenecken gebacken wurden. Die dröhnende Musik aus Autofenstern. Der Stakkato-Rhythmus des Schnellfeuerspanisch. Jetzt steht Sarah neben Peter auf der anderen Seite der Pergola unter einem Lampion, der sie beide in warmes Licht taucht. Peter klopft mit einem Löffel an sein Glas, ein grässliches Geräusch, das Theo mit Fremdscham erfüllt. Sarah trägt ein weites schwarzes Kleid, und sie läuft schon den ganzen Abend barfuß. Zwischen den Frauen, die in glänzende Stoffe gehüllt sind wie hübsch verpackte Geschenke, schwebt sie wie eine kleine, anmutige Königin. Sie ist hinreißender denn je, doch es ist ihre Traurigkeit, die sie von innen leuchten lässt.

Sie ist strahlend in ihrer Trauer. Er sieht das – und er weiß, dass er der Einzige ist, der es sieht.

Kling, kling, kling!

Das ist also Peter. Er scheint ganz nett zu sein.

Kling, kling, kling!

Schweigen senkt sich über die Gäste. Sie schauen Peter an, möchten sich unterhalten lassen.

»In weniger als zwei Minuten haben wir offiziell das Jahr 2000 –«

Er hat einen Arm um Sarah gelegt, fürsorglich. Oder besitzergreifend. Schwer zu sagen, denkt Theo.

» – und vorausgesetzt, dass wir keinen Strom- und Telefonausfall haben und es keine Straßenkrawalle gibt –«

Ein amüsiertes Raunen geht durch die Menge.

» – möchten Sarah und ich nur kurz sagen, dass wir froh sind, diesen glücklichen Augenblick mit euch allen gemeinsam zu erleben.«

Bravo! Ganz genau! Vereinzeltes Klatschen.

»Auf Freunde und Familie!«, ruft jemand.

Peter hebt sein Glas in Richtung des spontanen Rufers und prostet dann Theo zu. »Es gibt nichts Wichtigeres«, sagt er.

Die Leute unterhalten sich weiter in kleinen Grüppchen, doch die Atmosphäre ist von gespannter Erwartung geprägt. Vom Ticken der Uhr. Sie sind die Generation, die in einem Jahrtausend geboren wurde und in einem anderen sterben wird.

Noch eine Minute!

Theo lehnt sich in seinem Liegestuhl zurück und schließt die Augen. Er geht am Rio Chubut entlang, in Richtung der Kordilleren. Die Berggipfel in der Ferne sind mit Eiskappen bedeckt. Er geht jeden Tag viele Stunden, solange seine Beine ihn tragen. Ein streunender Hund umkreist ihn, läuft dann davon. Ein Farmer hält in seinem Lastwagen und bietet an, ihn mitzunehmen. Wenn er in Bewegung bleibt, weiter einen Fuß vor den anderen setzt, wird er es schaffen. Jetzt – er hat keine Kontrolle darüber, welchen Weg seine Gedanken einschlagen – ist er in der Küche vom »La Cabrera«. Läuft herum, kocht. Es ist alles in Bewegung. Ein Strudel von Aktivitäten, um zu vermeiden, dass … Er weiß nicht genau, was er vermeidet. Denken. Wenn er nicht denkt, kann er nicht in Schwierigkeiten geraten. Er wendet rasch hintereinander vier Steaks auf dem Grill. Drückt eine Knoblauchzehe in weiche Butter. Fügt eine Prise Meersalz hinzu. Fein gehacktes Basilikum.

»Alles klar?«

Theo erschrickt. Seine Augen öffnen sich blinzelnd. Sarah sitzt auf der Kante des Liegestuhls. Leichter Wind weht ein paar wellige dunkle Haarsträhnen über ihre Wange. Die Weiten Patagoniens sind für ihn realer als seine eigene Schwester.

Neunzehn, achtzehn, siebzehn …

»Ich versteh nicht, was das soll«, sagt er.

»Der Countdown?«

»Ja.«

»Ich auch nicht.«

Sie sitzen schweigend da, sie beide, und betrachten die Gäste.

»Champagner?«

Eine Babysitterin reicht ihnen Sektgläser. Er stößt mit Sarah an.

»Es ist deprimierend«, sagt sie. »Jedenfalls fühlt es sich deprimierend an.«

Zwölf, elf …

Theo weiß, dass sie ihn fragen möchte, warum er zurückgekommen ist. Die bessere Frage wäre, warum ist er überhaupt fortgegangen? Aber sie werden nicht darüber reden – nicht heute Nacht. Sie hebt ihr Glas und leert es in einem Zug. Wischt sich mit dem Handrücken über den Mund. Ihre Blicke treffen sich nur flüchtig. In dem Raum zwischen ihnen ist eine ganze verlorene Welt: Straßennamen, Telefonnummern, sommerliche Grillfeste, gebrochene Knochen, Familienessen, Schatten auf Wänden, Kartentricks, flimmernde Lichtsprenkel auf Holzdielen. French Toast, der in einer gusseisernen Pfanne brutzelt. Seitenweise Hausaufgaben auf dem Esstisch verteilt.

Beethoven-Streichquartette an Samstagnachmittagen. Der Geruch von Black-Cavendish-Tabak.

Sieben, sechs, fünf …

Wenn er seine Schwester ansieht – ihre nach innen gedrehten nackten Füße, die abgebissenen Fingernägel, die kleinen Ohren –, erinnert er sich an alles, was er versucht hat zu vergessen. Jetzt geht er nicht mehr am Rio Chubut entlang. Er ist nicht mehr eine wirbelnde Bewegung im Zentrum einer Küche, damit beschäftigt, vierzehn Gerichte gleichzeitig zu kochen. Er sitzt still. Was hat er für eine Wahl? Die Schildpattlesebrille seines Vaters auf einem halb gelesenen Taschenbuch. Das Knarren der dritten Treppenstufe. Eiszapfen im Winter, die wie Speere von der Dachrinne über dem Fenster seines Kinderzimmers hingen. Die Art, wie seine Mutter sich am Telefon meldete, die drei melodischen Noten ihres lang gezogenen Hallos.

»Bleibst du eine Weile bei uns?«, fragt Sarah ihn.

Er kennt die Antwort nicht, und er will nicht lügen.

»Ich meine«, sagt sie. »Ich fänd's wirklich schön, wenn du eine Weile bei uns bleibst.«

Sie ist weicher geworden, die stacheligen Kanten, die er bei seiner Ankunft in ihr gesehen hat, sind verschwunden, und übrig geblieben ist eine schöne, verletzliche junge Frau. Die Hängematte in ihrem Garten in Avalon, zwischen zwei dicken Pappeln aufgespannt. Sie beide, tief hineingesunken, eng aneinandergeschmiegt, unzertrennlich.

Zwei, eins …

Frohes neues Jahr!

Ein paar rebellische Krachmacher kreischen. Die Zeit scheint für einen Moment stillzustehen.

Küsse, Schulterklopfen. Noch mehr Korken knallen. Er beugt sich vor und umarmt seine Schwester. Er kämpft gegen den Kloß im Hals und das Brennen in seinen Augen an.

»Ich fänd's auch schön«, sagt er. Doch eigentlich meint er, dass er diesen aus der Zeit gefallenen Augenblick, während das neue Jahrtausend schon unaufhaltsam rasend schnell voranschreitet, nehmen und zurückdrehen möchte. Zurück, zurück, durch die Zeitschichten hindurch, zu einem Sekundenbruchteil, an dem alles anders hätte werden können, wenn sie es nur gewusst hätten. Es muss diese Sekunde geben, die in ihrer lebendigen gemeinsamen Geschichte auf und ab hüpft und hin und her saust, unverkennbar, leuchtend wie ein Glühwürmchen in der Dunkelheit. Wenn sie sie nur bestimmen und festhalten könnten, genau dort, in dem kurzen, aber unauslöschlichen Moment, den sie beim ersten Mal irgendwie verpasst haben, dann, nur dann könnte vielleicht ihre ganze Familie neu anfangen.

Aber wem will er was vormachen?

Sie lehnen sich beide in dem Liegestuhl zurück, Seite an Seite, und blicken in den klaren Nachthimmel.

»Mal sehen«, sagt er.

Am Morgen steht er vor allen anderen auf. Das Haus ist still, makellos. Er hatte sie gehört, wie sie die Küche aufräumten, Stunden nachdem die letzten Gäste gegangen waren. Er öffnet den Kühlschrank. Die Reste des Silvesterdinners sehen im grellen Kühlschranklicht traurig und nackt aus. Sie werden ein paar Tage unberührt hier rumstehen, und wenn die Küche dann anfängt, vage nach Knoblauch und Lammfleisch zu riechen, wird man sie in den Müll werfen.

Er nimmt die Servierplatten heraus und stellt sie auf die dicke hölzerne Arbeitsfläche. Holt eine tiefe Rührschüssel aus Porzellan aus dem Schrank. Abgenutzte Kupfertöpfe und -pfannen baumeln an einem Eisengestell. Er nimmt eine große Pfanne herunter und setzt sie auf den Herd. Aus der Kühlschranktür nimmt er zwei volle Packungen mit Eiern. Er schnuppert daran. Noch einigermaßen frisch und definitiv Bioqualität. Er verquirlt die Eier mit einer Hand, während er mit der anderen die Frischhaltefolie von den Platten entfernt. Er beschließt, die Köfte nicht wiederzuverwerten – er kann sich nicht vorstellen, dass seine Nichten schon einen Geschmack dafür entwickelt haben. Aber es gibt Räucherlachs, den er in ein wenig Butter sautieren wird. Er begutachtet die Käseplatte von gestern. Der Blauschimmelkäse ist kräftig. Von der Ostküste, wie ihm seine Nase verrät – aus Vermont, vielleicht Maine. Er nimmt ein schönes kleines Stück Manchego und reibt es in die verquirlten Eier. Idealerweise sollte der Käse Raumtemperatur haben, aber wenn er langsam in der Pfanne zerfließt, wird das kaum einen Unterschied machen.

Anscheinend haben sie nur teilentrahmte Milch, aber er wird ein bisschen Sahne unterrühren. Er improvisiert bei der Arbeit, so kocht er am liebsten. Er hält sich schon seit Jahren nicht mehr an vorgegebene Rezepte, nur bei Desserts macht er die eine bedeutende Ausnahme. Schöne rote und gelbe Paprikaschoten aus der Region. Eine Zwiebel. Eine Knoblauchknolle. Sarahs Messer müssten mal geschärft werden. Jetzt sucht er die Küche nach Auflaufförmchen ab. Einzelne Quiches, hat er beschlossen. Keine traditionelle Quiche mit dem überflüssigen Teigboden, sondern eine Quiche ohne Mehl, leicht und elegant wie ein Soufflé. Das wird den kleinen Mädchen schmecken, ganz bestimmt. Seinen Nichten! Heute wird er lernen, Onkel Theo zu sein. Er wird auf dem Boden herumkriechen und mit ihnen spielen. Er wird ihnen Halsketten aus Muschelnudeln machen.

Im Geist hört er Musik, während er für sich selbst den Souschef macht. In der Küche vom »La Cabrera« hörten sie Los Fabulosos Cadillacs im Radio. Den Sambarhythmus. Die bluesige

Slide-Gitarre. Aus dem riesigen Restaurant/Gastraum mit den gemauerten Wänden drang immer Lärm. *Theo! La señora de la mesa numero diez quiere su carne a término medio!* Draußen schlürften die Leute Sekt und standen auf dem Bürgersteig Schlange. Manchmal ein spontaner Tango.

Zwiebel, Paprika und Knoblauch liegen in ordentlichen, fotogenen Häufchen auf der Kücheninsel. Schnittlauch, er braucht Schnittlauch. Und Dill für den Lachs. Letzte Nacht hat er einen kleinen Kräutergarten bemerkt. Er gibt ein Stück Butter in die Pfanne und stellt die Flamme niedrig. Wann wachen die denn in diesem Haus auf? Es ist schon fast halb acht.

Selbst durch die dicken Mauern des Bungalows hört er das Keckern einer Krähe. Er wischt sich die Hände an einem Geschirrtuch ab. Dann geht er zur Terrassentür, legt die Hand um den schweren, dunklen Knauf und dreht ihn.

Das Geräusch, das metallische Jaulen einer Sirene, ist so kreischend laut, dass er erschrocken zurückspringt. Seine Zähne klappern. *Iiih-uuuh-iiih-uuuh.* Erst eine halbe Sekunde später merkt er, dass er einen Schrei ausgestoßen hat. Die Sirene heult und heult. Eine Stimme, eine Männerstimme sagt: *Das System wurde ausgelöst.* Theo sieht sich panisch um und bemerkt erst jetzt das Tastenfeld neben der Terrassentür. Natürlich. Wie blöd von ihm. Natürlich haben sie eine Alarmanlage, begreift er, während er vergeblich auf alle möglichen Tasten haut, damit der furchtbare Lärm aufhört.

»Was ist passiert?«

Peter und Sarah tauchen in Jogginghosen auf. Sarah reibt sich die Augen.

Das System wurde ausgelöst. Das System wurde ausgelöst.

»Tut mir furchtbar leid, ich –«

»Scheiße«, sagt Peter.

Das System wurde –

Peter marschiert durch die Küche, tippt einen Code in das Tastenfeld, der die Sirene zum Schweigen bringt.

»Jetzt tauchen die gleich hier auf«, sagt er.

»Aber –«

»Nein, wenn der Alarm losgeht, rufen die nicht erst an. Die kommen. Entweder die Sicherheitsfirma oder die Cops. So läuft das.«

»Oh Mann. Tut mir echt leid.«

Syd und Livvie kommen hereingetapst. Sie sehen verstört aus. Livvie – oder ist das Syd? – lutscht am Daumen.

»Schon gut. Ist ja kein Weltuntergang. Was hast du denn gemacht?«, fragt Sarah.

Sie geht zur Kaffeemaschine, sieht die abgeräumten Servierplatten von letzter Nacht, die zusammengeknüllte Frischhaltefolie auf der Kücheninsel, das klein geschnittene Gemüse, die Schüssel mit den Eiern. Die Käsekrümel auf der Arbeitsplatte.

»Ich hab Frühstück gemacht«, sagt er. Er weiß nicht, wann er sich das letzte Mal dermaßen unnütz gefühlt hat. Er hätte nicht herkommen sollen. Hätte sich keine Hoffnung machen sollen. Er verachtet seinen eigenen kindischen Optimismus.

Minuten später klingelt es an der Haustür.

»Alles in Ordnung«, sagt Peter zu dem Mann von der Sicherheitsfirma. »Falscher Alarm.«

»Bitte nennen Sie Ihr Passwort, Sir.«

»Sarah? Sarah, hast du unser Passwort im Kopf?«

»Moment, was riecht denn hier so komisch?«, fragt Sarah.

Da fällt Theo die Pfanne wieder ein. Er springt zum Herd und nimmt sie von der Flamme, doch zu spät. Die Butter ist schon verbrannt.

MIMI

Ben steht jetzt schon lange unter der Dusche. Es ist mindestens vierzig Minuten her, seit er sich im Bad eingeschlossen hat und das Wasser läuft. Vierzig Minuten, seit er von dem Haus gegenüber zurückgekommen ist, blass, verschwitzt, das Hemd voll mit rostbraunen Blutflecken. Seine Hände – diese schönen Arzthände, stark geädert, mit langen, eleganten Fingern – zitterten. Sie war schon einmal oben und hat an der Badezimmertür gelauscht, um sich zu vergewissern, dass ihm nichts passiert ist. Sie hatte gewartet, bis sie hörte, dass er herumhantierte, und ging dann beruhigt wieder zurück in die Küche.

Es ist ein Junge. So viel hat Ben ihr erzählt. Ein gesunder Junge, etwas zu früh, knapp unter sechs Pfund, seiner Schätzung nach. Die Lunge schien in Ordnung zu sein, obwohl er noch im Krankenhaus untersucht werden muss. Sie haben ihn Waldo genannt. Jawohl, Waldo.

»Aber warum zitterst du dann so?«, hatte sie ihn gefragt. »Ist doch alles gut gegangen, oder?«

Er zögerte.

»Beinahe nicht.«

Ein Frösteln durchlief sie.

»Wie meinst du das? Ist alles –«

»Ja«, unterbrach er sie. Ungewöhnlich heftig. »Ich möchte nicht darüber reden.«

Hausgeburt. Sie schaudert. Sie weiß, das ist jetzt groß in Mode. Junge Frauen entscheiden sich heutzutage ernsthaft dafür, ihre Babys mithilfe von Hebammen zu Hause zu bekommen. Sie geben aromatische Öle ins Badewasser. Die Stereoanlage spielt die Musik ihrer Wahl. Sie haben Geburtspläne. Als wäre eine Entbindung etwas, das geplant werden kann. Gott sei Dank hat ihre Sarah diese Option gar nicht erst in Erwägung gezogen, besonders mit Zwillingen. Als echte Arzttochter hat sie bei der Geburt von Syd und Liv alles genutzt, was das Krankenhaus Cedars-Sinai zu bieten hatte.

Mimi denkt an das junge Paar gegenüber. Sie ist der Ehefrau nie begegnet, hat sie aber schon öfter mit ihrem riesigen Schwangerschaftsbauch schwerfällig aus dem Haus kommen sehen. Der Ehemann sah absolut panisch aus, als er Bens Arzttasche holte. Natürlich war er panisch! Aber in seinem Gesicht zeichnete sich noch etwas anderes ab. So eine Verletzlichkeit, eine Weichheit, dass Mimi ihn am liebsten umarmt hätte, um seinen Kopf an ihre Schulter zu drücken und ihm übers Haar zu streichen. *Ruhig, ganz ruhig.* Er muss etwa in Theos Alter sein. Um die dreißig. Aber anders als Theo ist er verheiratet, ein frischgebackener Vater und wohnt in dem Haus auf der anderen Straßenseite. *Bitte, bitte, bitte.* Das Wort steigt so oft in ihr auf, dass sie es schon gar nicht mehr merkt. Sie lässt es wie ein Papierflugzeug zur Tür hinausfliegen, die Division Street hinunter, den Fluss hinauf, über den Ozean und den Äquator. Wenn sie ihr ganzes Ich in dieses Wort, diesen konzentrierten Gedanken legt, hat sie irgendwie die Vorstellung – sie weiß, das ist magisches Denken –, dass es ihren Sohn erreicht. Dass ihm, wo auch immer er ist, der Gedanke kommt: *Es ist Zeit heimzukehren.*

Das Rauschen des Wassers verstummt. Sie hört den Duschvorhang zurückgleiten. Der Ventilator im Bad wird abgestellt. Es ist jetzt dunkel draußen – die tiefe, undurchdringliche Finsternis eines frühen Winterabends. Sie geht durch die Zimmer im Erdgeschoss, schaltet Lampen an. Das Verandalicht. Die Tischlampen im Wohnzimmer. Den schmiedeeisernen Kronleuchter im Esszimmer mit seinen sechzehn Kerzenbirnen – ein Stromfresser, aber irgendwie festlich. Gott, kaum zu glauben, dass das zwanzigste Jahrhundert zu Ende geht. Sie empfindet es als einen Verlustschmerz. Die Jahre, in denen sie ihre Kinder bekam, Jahre, in denen sie eine junge Mutter war, sie stillte, ihnen Schlaflieder vorsang, mit ihnen die holprigen Bürgersteige auf und ab spazierte, sie an der Hand hielt, sie hochhob und auf ihre Schultern setzte. Die Jahre mit Kindergarten, Grundschule, Mittelschule, Highschool. Alles jetzt längst vergangen und schon bald in ein anderes Jahrhundert verbannt.

Was bleibt ihr noch? Diesen Gedanken erlaubt sie sich nur selten, doch der Tag heute hat etwas an sich, das sie melancholisch macht. Die jungen Eheleute mit dem Neugeborenen stehen am Anfang eines Lebens, von dem sie glauben, dass es ewig währen wird. Die Zeit wird so langsam vergehen. Die schleichenden Stunden des herandämmernden Morgens, wenn die Mutter stillend im Schaukelstuhl sitzt und halb wach in das flackernde Licht irgendeiner Fernsehsendung schaut, die zufällig gerade bei leise gedrehtem Ton läuft. *Total übernächtigt*, wird sie zu ihren Freundinnen sagen. Die massige Gestalt ihres Mannes, der unter der schweren Decke schläft. Die Faszination und Monotonie des Lebens als junge Eltern. Die zahllosen Stunden, die sie bei Elternabenden auf zu kleinen Stühlen in Klassenzimmern sitzt. Sie wird sich wünschen, dass die Zeit schneller verstreicht. Auf die Uhr schauen. Sich fragen, warum das alles so lang dauert. Dann plötzlich – denn es wird sich anfühlen, als wäre es über Nacht geschehen – gibt es keinen Bedarf mehr für Gutenachtgeschichten, für Schlaflieder. Für Händchenhalten. Sie wird nicht mehr richtig mitbekommen, was geschieht. Die Zeit wird schneller vergehen, wie in einem von diesen alten Filmen, wenn sich Kalenderseiten von allein umblättern, umblättern, Tage, Wochen, Monate ineinanderfließen, bis sie, falls sie nicht aufpasst, ihr Kind, ihren Mann, ihr Leben nicht mehr wiedererkennt.

Ihre Tochter wird in Los Angeles leben und in einem Büro arbeiten, wo eine Assistentin Anrufe für sie entgegennimmt. Ihre beiden Enkeltöchter werden sie kaum kennen.

Ihr Sohn wird eines Morgens aufstehen und in ein Flugzeug nach Buenos Aires steigen.

»Mimi?«

Ben ruft sie von oben. Sie ist vor einem Foto stehen geblieben, auf dem sie alle vier abgebildet sind. Es wurde aufgenommen, als die Kinder in der Mittelschule waren und sie Familienurlaub auf einer Insel machten. Sint Maarten, Barbados – sie weiß es nicht mehr genau. In der Zeit, als Bens Praxis florierte und die Kinder noch klein waren, flogen sie jedes Jahr im März in den Süden, zu irgendwelchen Ferienorten, wo Ben und sie in bequemen Sesseln exotische Drinks schlürften, während Sarah und Theo Beachball spielten und mit jedem Tag brauner wurden. Hier stehen sie dicht beisammen auf einem Steg vor der untergehenden Sonne.

Wer hat das Foto gemacht? Vielleicht ein anderer Urlauber. Oder ein Hotelangestellter. Bestimmt war es Mimi, die Chronistin kleiner Erinnerungen, die darum gebeten hat. *Bitte, wären Sie so nett?* Sie wird die Kamera übergeben haben. *Die hat Autofokus. Sie müssen nur auf den Knopf hier drücken.* Ben hat seinen Arm um sie gelegt. Er trägt ein weißes Tennisshirt – das muss also gewesen sein, bevor sein Ischias anfing, Ärger zu machen, und ihm den Spaß am Tennis verleidete –, und sein Lächeln ist offen, unverkrampft. Sarah ist kurz vor ihrem letzten Highschool-Jahr, und Theo hat noch drei Jahre vor sich. Mimi erinnert sich, wie stolz sie auf ihre Kinder war, die nicht so mürrisch und verschlossen geworden waren wie die meisten ihrer Klassenkameraden.

Wie sie da stehen! Fröhliche, sonnige Kinder. Insgeheim hegte Mimi die feste und (wie sie heute weiß) eitle Überzeugung, dass das zumindest teilweise an ihrer Erziehung lag. Sie organisierte Schulfeste, engagierte sich bei der Lebensmittelausgabe für Bedürftige, rief ein Aktionskomitee für die Verschönerung des Viertels ins Leben, nähte Kostüme für die Schulaufführung von *Der Widerspenstigen Zähmung* – alles stets mit einem bescheidenen, unprätentiösen Auftreten, das ehrlich und unehrlich zugleich war. *Ach, nicht doch. Macht wirklich* überhaupt keine Mühe.

»Mimi?«

»Komme!«

Sie geht nach oben.

Ben sitzt im Schlafzimmer auf der Bettkante, ein Handtuch um die Taille geschlungen. Er sieht noch immer so gut aus, ihr Mann. Von Jahr zu Jahr ist er distinguierter geworden. Sein volles Haar ist ergraut, sein Gesicht markanter. Aber jetzt wirkt er erschreckend hinfällig. Er stiert in eine Ecke des Raums und hat die Hände so fest gefaltet, dass die Knöchel weiß sind.

»Darling, was hast du denn?«

Er öffnet den Mund, doch es kommt kein Ton heraus.

»Ben! Du machst mir Angst.«

Sie setzt sich neben ihn. Die Bettdecke ist feucht von dem nassen Handtuch. Sie legt eine Hand auf sein Knie. Es geht ihm gut. Es muss ihm gut gehen.

»Das Kind wäre beinahe gestorben«, sagt er schließlich.

Aber es ist gut ausgegangen, möchte sie sagen, tut es aber nicht. Sie versteht vollkommen. Ein Vorfall ist eine unsichtbare Tretmine, die wiederum die nächste und die nächste auslöst. Zeit fällt in sich zusammen. Es gibt keine gerade Linie. Erinnerung, Geschichte, Ereignisse, die vor fünfzehn oder fünfzig Jahren passiert sind – alles ist heute so frisch, als wäre es gerade erst passiert oder würde bald geschehen. *Beinahe gestorben*.

In Bens Leben ist kein Platz für *beinahe*.

»Vielleicht hättest du besser nicht –«

Sie zögert. Er sieht sie noch immer nicht an, als könnte er es nicht ertragen.

Sie nimmt einen neuen Anlauf.

»Ich meine, was, wenn es schlecht –«

Er fährt herum. »Sag das nicht! Was zum Teufel hätte ich denn machen sollen? Die Frau hatte schon Presswehen, es war eine überstürzte Geburt!«

Sie hätte ihre Gedanken für sich behalten sollen. Aber sie hat nun mal das Bedürfnis, ihn zu schützen. Die Frage bleibt unausgesprochen und wird unbeantwortet bleiben. Was wäre passiert, wenn etwas schiefgegangen wäre?

»Tut mir leid«, sagt sie leise. »Benjamin, ist ja gut. Das Baby ist außer Gefahr.« Sie streichelt sein Knie. Die Haut rau unter ihrer Hand.

Er nickt leicht, fast unmerklich. Sie kann praktisch zusehen, wie sich in seinem Innern die Einzelteile wieder zusammenfügen, die scharfen Kanten verschwinden, Geschichten – tausend *Was-wäre-wenns* – zurückweichen wie das Wasser bei Ebbe.

»Komm. Gehen wir nach unten. Ich hab uns was Schönes gekocht.«

Sie hat den Esstisch mit dem guten Service und Besteck gedeckt. Zwei Gedecke auf der weiten Fläche aus verschrammtem Eichenholz, an der schon bis zu sechzehn Personen gleichzeitig saßen. Thanksgiving, Pessach, zahllose Silvesterabende. Wachstropfen, Bleistiftkratzer von Schulaufgaben im Laufe der Jahre. Ein Brandfleck aus der Zeit, als Leute noch rauchten. Ein Tisch, den sie gekauft hatten, als sie in die Division Street zogen. Ein Familientisch.

Jetzt macht sie den Salat fertig, während Ben im Wohnzimmer am Kamin sitzt und einen Scotch trinkt. Er hat sein Lieblingsquartett von Beethoven aufgelegt, das in c-Moll. Das Haus nimmt wieder seinen üblichen Ruhepuls an. Sie hat versucht, ein Festmahl zuzubereiten. Immerzu möchte sie die Dinge besonders schön machen. Was gibt es sonst noch zu tun? Babyspinat, Schinkenspeck und Blauschimmelkäse für den Salat. Ein Hähnchenrezept aus *The Silver Palate Cookbook*. Eine Flasche kalifornischer Cabernet, den ihr der Mann im Weinladen empfohlen hat.

Sie hatte kurz überlegt, für den Abend Gäste einzuladen, sich dann jedoch dagegen entschieden. Wer hätte kommen sollen? Fast alle sind weggezogen. Einige wenige Bekannte aus ihrer Vergangenheit wohnen noch in Avalon, aber das sind Paare, mit denen Ben und sie nur Kontakt hatten, als die Kinder klein waren, weil es ihnen um gute Nachbarschaft ging. Oder weil die Kinder im selben Fußballverein waren oder denselben Religionsunterricht besuchten. Nicht etwa, weil sie mehr gemeinsam hatten als nur die Tatsache, dass sie sich etwa gleichzeitig fortgepflanzt hatten und hierhergezogen waren. Die meisten Freunde von ihnen haben Avalon verlassen, nachdem ihre Jüngsten mit der Schule fertig waren. Wie in einem weiteren Übergangsritus, auf den Mimi nicht vorbereitet war, tauchten plötzlich überall ZU VERKAUFEN-Schilder vor Häusern auf. Eines Nachmittags, als sie gerade vom Markt zurückkam, sah sie, wie eine Maklerin im Tweedkostüm ein junges Paar in das Haus der Platts führte. Die Russos waren die nächsten und kurz nach ihnen die Hellers. Neue Familien zogen ein: eine neue Generation. Schwangere Mütter, sportlich aussehende Väter mit Baseballkappen, Kleinkinder in Buggys. Einmal blinzeln, und sie selbst hätten es sein können, zwanzig, dreißig Jahre früher. Die Häuser der Division Street, die Erinnerungen ihrer Kinder, wurden nacheinander verkauft.

Diejenigen, die fortgingen, zogen nach New York City, wo sie sich die Neuinszenierung von Wagners *Ring*-Zyklus ansahen, in vietnamesischen Edelrestaurants dinierten, Vorträgen in der New York Public Library lauschten. *Ihr wärt begeistert*, versuchten sie, Mimi und Ben zu überreden. *Wir gehen jeden Abend aus. Es ist wie späte Flitterwochen.*

Sie wendet den Schinkenspeck in der Pfanne. Schaltet die Abzugshaube ein, damit der Geruch nicht durchs ganze Haus zieht. Es war schwierig, ihren wohlmeinenden Freunden zu antworten. Sie wollten nur helfen. Aber nicht das Unglück sucht Gesellschaft – nein, nein. Das Glück sucht Gesellschaft, und das Unglück – das will nur in Ruhe gelassen werden. Ihr kleiner Freundeskreis löste sich allmählich auf, unterteilt in die vom Glück Begünstigten und die weniger Glücklichen. Die vom Glück Begünstigten, die bislang von den unzähligen möglichen Grausamkeiten des Lebens verschont geblieben waren, gingen in die Oper und aßen Nudeln mit Fischsoße.

Mimi dehnt den Hals. Es hat keinen Zweck, darüber nachzudenken. Sie suhlt sich nicht in Selbstmitleid. Das verbietet sie sich! Sie liebt ihren Mann. Liebt seine Schultern, seine Hände, sein Kinn. Seine graugrünen Augen. Sein bedächtiges, unendlich gütiges Wesen. Sie hat von ihm noch nie ein gehässiges Wort über irgendwen gehört, und zwar nicht, weil es ihm an Urteilskraft mangelt. Nein. Ganz im Gegenteil. Benjamin Wilf entgeht nichts.

Sie schüttet Marcona-Mandeln in eine kleine Schüssel und bringt sie ins Wohnzimmer. Füllt Bens Scotch auf. Er entspannt in seinem Ledersessel, den Kopf zurückgelehnt, Augen geschlossen. Wie immer durch das Streichquartett entrückt. Ohne die Augen zu öffnen, streckt er den Arm aus und zieht sie auf seinen Schoß. Sie legt den Kopf in seine Halsbeuge. Sein Puls an ihrer Wange. Das Feuer knackt und knistert. *Das hier*, denkt Mimi. *Genau das.* Sie beide, ihr stilles Zuhause. Ihre gemeinsame Geschichte. Alles, was sie gemeinsam aufgebaut haben, in guten wie in schlechten Zeiten.

»Hunger?«, fragt sie. Er nickt.

Aber sie rühren sich nicht. Sie bleiben so, zwei Körper, die miteinander vertraut sind, als hätten sie sich beide im Laufe der Jahre entwickelt und verändert, um sich an die Form des anderen anzupassen, wie zwei veredelte Bäume. Ben streicht ihr übers Haar. Zuerst überhören sie das Klingeln des Telefons. Die Musik ist laut, und das einzige Telefon im Erdgeschoss ist in der Küche, zwei Räume weiter.

Mimi hebt den Kopf von seiner Schulter. »Ist das das Telefon?«

»Wahrscheinlich bloß wieder ein Werbeanruf.«

»An Silvester?« Sie steht von seinem Schoß auf. »Ich geh lieber ran.«

Sie eilt in die Küche und will genau in dem Moment nach dem Hörer greifen, als der Anrufbeantworter anspringt.

Hier ist der Anschluss der Wilfs. Bitte hinterlassen Sie eine Nachricht. Bens tiefe, sachliche Stimme. Sie wartet, hört den Piepton.

Atmen. Im ersten Moment denkt sie, es wäre bloß das Surren des Bandes, das zurückspult, weil keine Nachricht hinterlassen wurde, doch dann begreift sie, dass da jemand am anderen Ende ist. Wieder Atmen. Der Klang des Zögerns. Der Unsicherheit, ob –

Sie reißt den Hörer von der Gabel. »Hallo?«, sagt sie. »Hallo?«

Silvester. Sie hatte sich nicht erlaubt, daran zu denken, die Möglichkeit auch nur in Erwägung zu ziehen.

»Hallo?«

Keine Antwort am anderen Ende, aber sie spürt eher eine

Präsenz als eine Abwesenheit. Und sie weiß es. Zum ersten Mal seit fünf Jahren ist sie sich ganz sicher.

»Theo?« Sie sagt laut seinen Namen. »Theo, bist du das?«

Ein Klappern in ihrem Ohr. Ein fallen gelassenes Telefon. *Bitte leg nicht auf. Sag etwas. Irgendwas.* Ben ist ihr in die Küche gefolgt und steht jetzt neben ihr, so nah, dass sie seine Wärme spüren kann. In der ersten Zeit nach Theos Fortgang war Mimi jeden Morgen mit einem hoffnungsvollen Gefühl aufgewacht. *Vielleicht heute*, dachte sie noch im Bett liegend und zwang sich aufzustehen. Vielleicht heute. Aber als aus den Tagen Wochen und Monate wurden und dann – unfassbar – Jahre, wandte sich ihre Hoffnung gegen sie, wurde ein bohrendes Messer.

»Hi!«

Eine lange Pause, in der sie das Gefühl hat, nicht atmen zu können.

»Mom? Hi!«

Sie wendet sich Ben zu.

Theo, formt sie lautlos mit den Lippen.

»Wo – ich meine – oh Gott, ich weiß gar nicht, was ich sagen –«

»Ich bin zurück in den Staaten. Ich bin in L. A. Bei Sarah.«

Ihre Kinder sind zusammen. Sarah und Theo, zusammen. Mit ihrer freien Hand greift sie nach Ben.

Wo ist er?, flüstert Ben.

Sie schüttelt heftig den Kopf. *Warte. Warte bitte.*

»Mom? Mom, bist du noch dran?«

Allein die Stimme ihres Sohnes, die das Wort ausspricht. *Mom, Mom, Mom.* Sie wusste nicht, ob sie das je wieder hören würde, und jetzt, wo es endlich so weit ist, klingt es fremd. Eine Nachricht aus einem fernen Land. Eine völlig andere Sprache. Wie konnte er einfach so verschwinden? Ganz gleich, wie er sich fühlte, hatte er nicht auch eine Verantwortung seiner Familie gegenüber? Den Menschen gegenüber, die ihn lieben? All die Jahre hat sie sich gegen ihn gewappnet, mit dem Schlimmsten gerechnet. Was, wenn sie ihn niemals wiedersähe? Und wenn – Gott behüte – ihr oder Ben während seiner Abwesenheit etwas zustieße? Was, wenn er nie zurückkäme?

Der Raum scheint wegzukippen. Die Welt dreht sich langsam. Sie reicht Ben wortlos den Hörer. Die Heiserkeit in Bens Stimme, die Tränen – erst das zweite Mal in dreißig Jahren, dass sie ihn weinen sieht –, die ihm über die stoppeligen Wangen rinnen. Die Dinge, die er sagt, sind schwer zu fassen – *komm nach Hause, wir lieben dich, hab keine Angst* –, wie die verstreuten Perlen einer zerrissenen Halskette. Schimmernde Perlen, die in alle Richtungen rollen. Sie ist auf allen vieren auf dem Boden, sammelt sie ein.

»Ich bin hier«, sagt sie. »Ich bin hier.«

WALDO

Er überquert Berge. Täler, weicher als Moos. Alles Wörter, die er noch nicht kennt – es werden drei Jahre ohne Wörter vergehen, bis seine Eltern ihn in ein kühles Bürogebäude schicken, wo eine Lady ihm Karteikarten zeigt. *Maus. Hund. Mädchen. Bett.* Um ihn dazu zu bringen, sie auszusprechen.

Benutz deine Worte, Waldo! Er wird das viele Male hören und genau verstehen, was von ihm verlangt wird. Doch die Worte werden nicht kommen. Sie werden irgendwo in seinem Innern eingeschlossen sein. Seine Mutter wird sich Sorgen machen. Ihre gerunzelte Stirn, ihr ratloser Blick werden sich ihm einprägen, etwas, das ihn sein Leben lang begleiten wird. Immer, wenn er eine Frau enttäuscht, die er liebt, wird er, ohne es zu wissen, diesen Gesichtsausdruck seiner Mutter sehen. Eines Tages wird er ein erwachsener Mann sein, ein renommierter Professor der Astrophysik, der unfähig ist, sich auszudrücken. *Rede mit mir, Waldo!*, wird seine Frau tausendmal sagen. *Rede mit mir!*

Doch einstweilen – einstweilen liegt er an den Bauch seiner Mutter geschmiegt. Er hat in noch nichts versagt. Er hat noch niemanden enttäuscht. Die Welt ist rosarot hinter seinen ungeöffneten Augen. Der Geruch seiner Mutter. Kokos, Lavendel, Moschus. Sein Vater, ein großer, dunkler Schatten. Er spürt etwas Weiches und zugleich Raues an den Lippen.

Hier ist Ihr kleiner Sohn, Alice. Die Stimme eines Fremden, eines Mannes. Jemand, dem er Jahre später in einer mondhellen Nacht begegnen wird. *Schätzchen.* Seine Mutter. *Ich weiß nicht, was wir ohne Sie gemacht hätten.* Sein Vater. Es ist lediglich Musik für ihn, ein Chor, das Zirpen von Grillen, das Rauschen von Blut. Er muss sich noch nicht vor seinem Vater verstecken. Sich wieder und wieder zusammenfalten wie ein Origami-Puzzle, bis er klein genug ist, um übersehen zu werden.

Ihm ist wohlig warm in diesem weichen Tal. *Ba-damm. Ba-damm. Ba-damm.* Er kennt nichts anderes als den Herzschlag seiner Mutter. Sie beide sind allein in diesem geschäftigen Raum – das Krächzen eines Funkgeräts, Männer in Stiefeln, das klingelnde Telefon –, als wäre das Handtuch unter ihm ein Floß und sie wären in See gestochen. Treiben dahin. Er ist draußen, aber die Erinnerung daran, drinnen zu sein, lebt noch in ihm. *Ba-damm.* Eine Tür schließt sich. Der Mann, der seine Mutter Alice genannt hat, ist aus dem Haus gegangen. Sein Vater küsst die feuchte Stirn seiner Mutter. *Ich liebe dich.*

Das ist der Beginn. Wärme und Schweiß und wässrige Milch aus der weichen, rauen Stelle. Der Schock der Luft. Haut an Haut. Die Fahrt mit seiner Mutter hinten in dem Auto mit den blitzenden roten Lichtern. Der grelle Ort, wo er seiner Mutter weggenommen und in ein kleines Bett gelegt wird, um von Menschen in weißen Kitteln untersucht zu werden, die ihn nicht lieben, die ihn mit professioneller Gleichgültigkeit berühren. *Beinahe schiefgegangen.* Er hört sie beratschlagen. *Benjamin Wilf.* Ein Name, der sich eines Tages für ihn anhören wird wie ein Echo. *Erinnerst du dich noch an den? Das war der Arzt, der* – Und dann werden die Stimmen leiser, undeutlich.

Am Fußende des Bettchens ist ein handgeschriebenes Schild angebracht: SHENKMAN. Das ist er. Waldo Shenkman, der Jüngste in einer langen Reihe von Shenkmans, Erbe von allem: der Wut, der Angst, der Gutherzigkeit, der Verwirrung, der Einsamkeit, des Überlebensinstinkts, der sich von dem Krankenhaus in Avalon über ein Haus in New Jersey bis hin zu einem Schtetl erstreckt, in einem Land, das es nicht mehr gibt. Er wird wie wir alle durchs Leben gehen, ohne zu wissen, was ihm vorausging oder was ihn erwartet. Ein Spielplatz, Kinder, die mit dem Finger zeigen, lachen. *Blödmann, Träumer, Nasenbohrer.* Ein Bildschirm, der den ganzen Nachthimmel erstrahlen lässt. *Andromeda, Antlia, Apus.* Ein grauhaariger Nachbar in einer Daunenjacke, der ihm aus Gründen, die er nicht versteht, ein Gefühl der Geborgenheit gibt. Sein Vater, laut schimpfend, das Gesicht wutverzerrt, derselbe Vater, der gerade durch das Plexiglasfenster der Säuglingsstation blickt und sich Hals über Kopf verliebt.

Schon ist er ein Junge, allein in seinem Zimmer, ein Teenager vor einem Computer, ein junger Mann in einem Talar auf der Schulabschlussfeier, der die Menge nach seinen Eltern absucht. Er wird immer nach seinen Eltern suchen, egal, wo er hingeht, selbst nachdem er längst weiß, dass er sie nicht finden wird. Da ist er, ein Professor vor seinen Studenten, ein liebevoller Ehemann, ein Vater, der sich nach Nähe zu seinen Kindern sehnt, ein kleiner, schmächtiger Mann, der Menschen anzieht und sie zugleich auf Abstand hält. Auch sein Lebensende ist schon da, während er warm eingewickelt und zurück zu seiner Mutter gebracht wird. *Waldo Shenkman*, flüstert sie. Sie löst das Tuch, das ihn umhüllt, und legt ihn an ihre Brust, und wieder hört er das *Ba-damm, Ba-damm*, doch es wird immer schwächer.

27. AUGUST 1985

DIE VIER WILFS

Ben spielt die Szene wieder und wieder durch. Er spult zurück, sucht nach genau der Stelle, wo das Bild einfrieren soll. Er versucht, den Moment zu bestimmen, an dem er etwas anderes hätte tun können als das, was er getan hat. Den Moment, in dem er das arme Mädchen durch die offene Fahrertür des Buicks hätte sehen können, das Blut, das aus ihrer Kopfwunde strömte, und eine blitzschnelle Entscheidung getroffen hätte: *Rühr sie nicht an.* Einige der mit ihm befreundeten Ärzte hätten genau das getan. Sie hätten mit einem reflexartigen Selbstschutz reagiert, zuallererst an Krankenversicherung und ärztliche Behandlungsfehler gedacht. Aber hatte er etwas übersehen? Hätte er den Winkel im Hals des Mädchens sehen können? Wissen können, dass sie nicht bewegt werden durfte?

Die Tatsache, dass es nichts geändert hätte, ist kein Trost für ihn. Er hat schon mit dem Krankenhaus gesprochen, und sie hatte nicht nur einen Halswirbelbruch erlitten, sondern auch die denkbar schlimmste Form von Spinalfraktur: C1. In der Sekunde, als der Wagen gegen den Baum prallte, war sie bereits so gut wie tot. Ben zuckt zusammen. Sein ganzer Körper verkrampft sich, als wollte er sich aus einer Falle befreien. Mimi rutscht näher, stützt sich auf einen Ellbogen. Ein schmaler Lichtstreifen fällt vom Flur unter ihrer geschlossenen Schlafzimmertür hindurch. Er kann ihr Entsetzen fühlen. Er hat versagt. Er hat schon Patienten verloren; das passiert jedem Arzt. Aber das? Sie war nicht seine Patientin. Er hätte auf keinen Fall eingreifen dürfen. Warum hat er es dann getan? Er weiß es, natürlich. Theo auf allen vieren. Nicht weit von der offenen Fahrertür. Es ergab keinen Sinn, es sei denn – aber das konnte nicht sein. Es konnte nicht sein, doch es war so. Das alles war ihm durch den Kopf geschossen, als er zum Wagen rannte. Er handelte nicht als Arzt, sondern als Vater. Er versuchte, seine eigenen Kinder zu schützen. Seinen Fünfzehnjährigen, der am Steuer gesessen hatte. Seine Siebzehnjährige, die eindeutig getrunken hatte, aber fälschlicherweise gestand, gefahren zu sein.

Ehe er ins Bett ging, bestätigte er seinen Verdacht, indem er die Mülltonne in der Garage durchsuchte. Und tatsächlich hörte er das verräterische Klimpern von Bierflaschen. Er wühlte sich durch vergammelte Essensreste und leere Milchpackungen, um festzustellen, wie viele es waren. Drei. Nein, vier. Bei so einem zarten Mädchen. Die zahllosen Möglichkeiten, wie diese Nacht hätte verlaufen können – jetzt sieht er das Gesicht von Misty Zimmermans Mutter, von Trauer betäubt, der Mund zu etwas Schiefem und Groteskem verzogen –, sind beinahe mehr, als er ertragen kann. Seine Kinder. Seine idiotischen, leichtsinnigen, sorglosen Kinder, die zumindest bis zu dieser Nacht noch nicht lange genug gelebt hatten, um zu begreifen, dass es Schicksale gibt, vor denen ihre Eltern sie nicht schützen können. Eine drückende Endzeitstimmung hat ihn erfasst.

»Mimi, wir müssen darüber reden«, sagt er. Er setzt sich auf, birgt das Gesicht in den Händen.

»Wir müssen nicht darüber reden, Ben«, sagt seine schöne Frau. Sie schiebt sich hinter ihn und drückt ihren Körper an seinen gekrümmten Rücken. Er kann ihre tränennasse Wange spüren. »Lass uns nicht darüber reden.«

Die letzten Nebelreste haben sich verzogen, und am Himmel leuchtet jetzt eine Konstellation, die ein kleiner Junge in einem Red-Sox-Pyjama viele Jahre später als das Sommerdreieck erkennen wird: Altair, Deneb und Wega, die hellsten Sterne in den Sternbildern Adler, Schwan und Leier. Misty, eben noch so greifbar und lebendig und schon im nächsten Moment ausgelöscht. Theo geht den Flur entlang, vorbei an den gerahmten Drucken aus dem Van-Gogh-Museum, und klopft an Sarahs Tür. Er wartet auf ihre Stimme, eine Antwort, eine Einladung. *Herein!* Stattdessen: Stille. Er traut sich nicht, den Knauf zu drehen. *Ich war's*, hat sie gesagt. *Ich bin gefahren*. Nie zuvor hat er sich so geliebt gefühlt. Seine Schwester ist bereit, für ihn die Schuld auf sich zu nehmen. Fortan wird die Liebe Theo Wilf verunsichern. Seine zukünftigen Ichs beginnen in genau diesem Moment, sich zu drehen, wie zahllose schwankende Kreisel. Er verdient nichts. Er hat ein Mädchen getötet. Dieses Wissen durchbohrt sein tiefstes Inneres. Er möchte seine Eltern wecken, zwischen ihnen ins Bett klettern wie früher, als er ein kleiner Junge war. Sein Vater würde die Brandwunde an seinem Bauch behandeln. Sie mit Salbe bestreichen. Er will ihnen alles erzählen, in dem sicheren Bewusstsein, dass sie eine Möglichkeit finden werden, die Sache irgendwie in Ordnung zu bringen. Ihn in Ordnung zu bringen.

Stattdessen geht er nach unten und öffnet den Kühlschrank. Seine Hände zittern, als er ein paar Scheiben Aufschnitt zwischen dicke Stücke übrig gebliebenen Challa legt und sie mit Mimis selbst gemachter Mayonnaise beschmiert. Er trinkt Milch direkt aus der Packung. An der Küchentheke stehend, wischt er sich die Nässe vom Gesicht. Einen Teller spart er sich. Er nimmt das Sandwich nicht mit nach oben in sein Zimmer. Die Zeit hat er nicht; er ist in Eile. Er hat Bauchweh. Doch Bissen für gierigen Bissen wird er versuchen, die nagende Leere zu füllen, ehe sie ihn verschlingt.

Sarah liegt ausgestreckt auf dem Bett und starrt an die Decke. Sie ist jetzt stocknüchtern. Sie hört Theos Klopfen und rollt sich weg von der Tür bis ganz an die Bettkante, wo sie in Embryonalstellung verharrt. *Ich war's. Ich bin gefahren.* Sie hatte selbst nicht gewusst, was sie sagen würde, bis sie es bereits gesagt hatte. Misty, blutüberströmt auf dem Boden. Theo, würgend. Ihr Vater in seinem hellblauen Pyjama, der Mistys Kopf anhebt, versucht, die heftige Blutung zu stoppen. Der Schrei ihrer Mutter. *Ich war's.* Tja, sie war es wirklich. Sie kann die Flugbahn des Schlüssels sehen, als sie ihn ihrem kleinen Bruder zuwarf. Schon in dem Moment hatte sie sich gefragt, was sie da eigentlich machte. Sie wollte Theo helfen, dem Jungen ein bisschen Mut, ein bisschen Draufgängertum einimpfen. Aber was noch? Sie hatte schon dreieinhalb Flaschen Bier intus. Als sie ihren Führerschein machte, hatte sie sich geschworen, dass sie nie im Leben betrunken Auto fahren würde. *Theo, du fährst.* Ihr kleiner Bruder hatte sie angestarrt, verwirrt, aufgeregt. Sie redete sich ein, sie hätte es nicht deshalb getan, weil sie zu viel Bier getrunken hatte, aber natürlich war genau das der eigentliche Grund. Sie hatte sich selbst geschützt, und jetzt war ein Mädchen tot.

Sie hört die Stufen knarren, als Theo nach unten in die Küche geht. Sie möchte ihm folgen, ihm sagen, dass es nicht seine Schuld war – es war *ihre* Schuld. Sie ist die große Schwester, und sie hätte es besser wissen müssen. Misty Zimmerman ist ihretwegen gestorben. Stattdessen steht sie auf und blickt aus dem Fenster nach unten auf die Division Street. Der Buick ist abgeschleppt worden. Glassplitter glitzern auf dem Rasen. Flatterband und Kreidemarkierungen auf dem Bürgersteig. Morgen früh werden die ersten Blumensträuße am Fuße des Baums niedergelegt werden, wie Opfergaben an einem Altar. Das wird sich die nächsten Monate und Jahre fortsetzen und zu einer Nachbarschaftstradition werden, auch wenn der Name Misty Zimmerman längst aus dem kollektiven Gedächtnis gelöscht ist. Irgendwer wird zu Weihnachten eine kunstvolle Girlande aus blinkenden Lichtern um den Stamm der Eiche wickeln und in die unteren Äste hängen. Andere werden Wildblumen und Gräser zwischen die dicken Baumwurzeln pflanzen. Nach einigen Jahren wird den Menschen nicht mehr bewusst sein, dass hier ein Mädchen gestorben ist. Sie werden nur wissen, dass es hier an diesem unwahrscheinlichen Ort ein wenig Magie und unverhoffte Schönheit gibt.

Mimi liegt ganz still. Sie konzentriert sich auf ihren Atem, das Heben und Senken des Brustkorbs. Wenn sie sich bewegt, wird Ben merken, dass sie wach ist. Wenn sie den Mund öffnen, werden sie Dinge sagen, die sie nie vergessen und niemals zurücknehmen können. Das Schweigen ist eine dritte Präsenz im Raum. Sie muss immerzu an Misty Zimmermans Mutter denken. Mrs Zimmerman, Ruth mit Vornamen, ist geschieden und wohnt drei Querstraßen weiter in der Nähe des Bahnhofs, in einer Reihe von Häusern, die zu Apartments umgebaut wurden. Der Ex-Mann ist weggezogen. Mimi weiß das nur, weil die Frau halbtags als Hilfskraft in der Schulbibliothek der Avalon Highschool arbeitet. Sie grüßen sich manchmal flüchtig morgens am Kaffeewagen. Ein glänzender schwarzer Bubikopf – eine Mommy-Frisur – und knallrote Lippen, schon am frühen Morgen. Und jetzt ist Ruth Zimmermans einziges Kind tot. Tot – Mimi bohrt sich die Fingernägel in die Handfläche – wegen *ihrer* Kinder.

Sie weiß, dass Theo in der Küche ein Sandwich verschlingt. So sicher, als stünde sie direkt neben ihm, sieht sie die Tränenschlieren auf seinen Wangen. Sie hört Sarah durchs Zimmer nebenan gehen. Im Laufe der Jahre hatten die engen Räumlichkeiten im ersten Stock ihres Hauses gewisse Vor- und Nachteile. Sie und Ben hatten nicht ganz so viel Privatsphäre, wie sie sich gewünscht hätten – sie mussten oft prusten vor Lachen, wenn die Matratze quietschte –, doch alles in allem findet sie es schön, die Kinder in der Nähe zu haben. Jetzt schickt sie ihnen beiden einen Strom lautloser Worte, eine Art Gebet. Sie ist überzeugt, wenn sie sich mit aller Kraft konzentriert, werden ihre Gedanken ein Schutzfeld um ihren Sohn und ihre Tochter bilden. *Nicht eure Schuld. Hätte jedem passieren können.* Aber sie weiß, das ist nicht wahr. Sie sucht nach etwas Wahrem und Hilfreichem. Genügt es, dass sie die beiden mit einer Leidenschaft liebt, die gegen jedes Gefühl von Recht und Unrecht anrennt? Morgen wird Ben eine Aussage bei der Polizei machen müssen. *Wer hat den Wagen gefahren, Dr. Wilf?* Mimis Nägel bohren sich noch tiefer.

Ruth Zimmerman hat keinen von ihnen angesehen, als Misty auf eine Trage gelegt und dann in einem langsam fahrenden Rettungswagen zum Krankenhaus transportiert wurde. Heute Nacht sitzt sie am Bett ihrer Tochter auf der Intensivstation, lauscht dem Zischen und Piepen der Geräte, die das Einzige sind, was Misty am Leben hält. Es besteht keine Hoffnung für das Kind und wahrscheinlich auch nicht viel Hoffnung für die Mutter, denn wer kann einen solchen Verlust überstehen und weiterleben? Aber vielleicht, nur vielleicht – ein derart selbstsüchtiger Gedanke, dass sie ihn sich kaum eingesteht – wird diese grauenvolle Nacht die Kugel sein, die ihre Familie streift und dann weiterfliegt.

Sie hört Theo die Treppe heraufkommen. Das Geräusch von Sarahs Schritten, die vom Fenster zurück zum Bett geht. Mimi bewegt sich, endlich, schmiegt sich an Ben. Er stößt einen zittrigen Seufzer aus. Sie sind jetzt alle hier, in ihrem sicheren und stabilen Haus, auf ihrer hübschen Straße, in ihrer schönen Stadt. Ein altes Gebet kommt ihr in den Sinn. Kein jüdisches, sie hat keine Ahnung, woher sie es kennt. Wahrscheinlich hat sie es mal als Kind gehört, und jetzt klammert sie sich an den einzelnen Wörtern fest, als wären sie Treibgut, das sie davor bewahren kann unterzugehen. Sie wiederholt es wieder und wieder bis zum Morgengrauen, ein beschwörendes stummes Schlaflied für ihre Familie. *Alles wird gut sein, und alle werden gut sein, und aller Art Dinge wird gut sein.*

22. DEZEMBER 2010

THEO

Als er auf dem Saw Mill River Parkway unterwegs ist, schneit es bereits heftig. Es ist das denkbar schlechteste Wetter für eine Motorradfahrt, und seine Kleidung – Lederjacke, Kochhose und Sneakers – ist alles andere als geeignet. Zumindest hatte er die Geistesgegenwart, nicht in seinen Clogs loszufahren. Sein Fernlicht macht alles nur noch schlimmer. Die Welt ist weiß auf weiß. Er hat schon einmal erlebt, wie man in einem Schneesturm die Orientierung verlieren kann. Während einer Sommerwanderung in El Chaltén war er überraschend in einen Blizzard geraten. Es war reines Glück, dass er sich nicht verirrte. Sämtliche Wegweiser – der Gletscher Piedras Blancas, der Cerro Torre in der Ferne – verschwanden, als hätte es sie nie gegeben. Da war nur er, Theo Wilf, der sich drehte, nichts sehen konnte, nur das Heulen des Windes hörte.

Seine Augen kleben an der Leitplanke der kurvenreichen zweispurigen Schnellstraße. Er sieht kein einziges Auto. In so einer Nacht ist niemand unterwegs. Wo ist seine Mutter? Die alte Stimme in seinem Kopf, die nur verstummt, wenn er in der Küche steht, beginnt zu flüstern, während er die Ausfahrten abzählt – noch zwei bis zu der Abzweigung nach Avalon. Weiter vorne sieht er einen Schneepflug, spürt das Streusalz auf der Straßendecke. *Mieses Arschloch*, raunt die Stimme. *Widerliches Stück Scheiße. Verdammter Loser.* Schuldgefühle und Schweigen haben sich über die Jahre zu etwas Hartnäckigem verfestigt. Fortzugehen war sein einziger Versuch, sich selbst zu retten, aber der hätte nur gelingen können, wenn er ewig weggeblieben wäre. Die Sehnsucht nach zu Hause, nach seinen Eltern, seiner Schwester – nein. Er musste zurückkommen. Es gibt anscheinend Dinge, vor denen man nicht davonlaufen kann.

Um ein Haar hätte er die Ausfahrt verpasst. Er fährt an der Mall vorbei, die selbst mitten in der Nacht erleuchtet ist: die hellen Schaufenster von »Pottery Barn« und »Neiman Marcus« und dann dieser seltsame, fröhliche Spielzeugladen, der Klettergerüste verkauft, die es noch nicht gab, als Theo klein war und sie auf echte Bäume kletterten und echte Baumhäuser bauten.

Er versucht, zu Atem zu kommen, während er durch die dunklen Straßen von Avalon fährt. Der Schnee hat sich zu Eis verhärtet, das aus allen Richtungen auf ihn einprasselt. Jetzt biegt er auf die Poplar Street ab, jetzt auf die Division. Er sieht die eingeschalteten Verandalampen am Haus seiner Eltern. Dem Haus seines Vaters. Ab morgen das Haus von jemand anderem. Im Erkerfenster bemerkt er eine Gestalt, und dann steht seine Schwester in der Haustür. Sie hält eine große Umzugsdecke in der Hand. Er stellt das Motorrad auf den Ständer – abschließen ist in dieser Idylle hier nicht erforderlich. Avalon: die vom Verbrechen vergessene Stadt.

Sarah kommt die Verandastufen heruntergeeilt. Sie ist sogar noch schlechter für das Wetter gekleidet als er. Trägt sie etwa Stöckelschuhe? Sie wirft ihm die Decke um die Schultern. Starrt ihn an, schlingt dann einen Arm um ihn – sie fühlt sich überraschend stämmig an – und zieht ihn ins Haus. Was hat er da gerade in ihren Augen gesehen? Es ist schon wieder Jahre her, dass sie Zeit miteinander verbracht haben. Das letzte Mal war, bevor er das »Twelve Tables« aufmachte und sich ganz seinen Dämonen hingab. Aber auch sie – er mustert sie unauffällig, während er sich in der Diele den Schnee abschüttelt – sieht mitgenommen aus. Die kleine, königliche Sarah hat dunkle Ringe um die Augen, ihre Stirn ist unnatürlich glatt; aber am auffälligsten ist sie um den Mund herum gealtert, das verkniffene Kinn. Das ungezwungene Lächeln seiner großen Schwester ist verschwunden.

»Scheiße, Theo!« Sie lässt sich aufs Sofa fallen. Die Blisterfolie knackt unter ihr. Eine fast leere Flasche Courvoisier auf dem Boden. »Scheiße, Scheiße, Scheiße!«

Ihre Stimme ist belegt.

»Sollen wir Dad wecken?« Seine ersten Worte.

»Bringt nichts. Solange es dunkel ist, können wir nichts machen. Die haben einen Suchtrupp losgeschickt.«

»Wie kann so was passieren, Sarah? Weißt du, wie viel das Heim kostet? Wie konnten die Mom einfach … was? Einfach weglaufen lassen?«

»Ich weiß.«

»Haben die sonst noch irgendwas gesagt? Irgendwas, das –«

»Bloß das mit dem Bingo-Spiel.«

Sarah nimmt die Flasche Courvoisier und beäugt sie. Stellt sie wieder hin.

»Ich hab ein ganz schlechtes Gefühl«, sagt sie.

»Ich auch.«

»Sie ist irgendwo da draußen«, Sarah zeigt mit einem Arm Richtung Fenster, »in der Kälte.«

»Vielleicht hat jemand sie mitgenommen.«

»Ich weiß nicht, was mir mehr Angst macht.«

Theo ist stehen geblieben, tritt von einem Bein aufs andere. Er ist nass bis auf die Knochen, zittert. Er sieht Bens Winterjacke, den alten Parka von L. L. Bean an der Garderobe hängen. Er streift seine Lederjacke ab, schält sich aus dem T-Shirt, das ihm an der Haut klebt. Vor Sarah hat er keine Hemmungen, schämt sich nicht wegen der Fettrollen, die über den Bund seiner Kochhose hängen, oder wegen des dicken Bauches mit der glänzenden halbrunden Narbe. Er kann an nichts anderes denken als an seine Mutter. Sie müssen sie finden. Sie müssen sie jetzt finden und nach Hause holen oder zurück in das Pflegeheim bringen. Die Ordnung in der Welt muss wiedergestellt werden, bevor sein Vater aufwacht.

Er trocknet sich mit der Umzugsdecke ab, hüllt dann seine nackte Gänsehaut in Bens Parka.

»Los, Sarah, fahren wir.«

Sie nehmen Bens alten Volvo, Theo sitzt am Steuer. Sarah ist nicht in der Verfassung zu fahren. Der Schüssel steckt im Zündschloss. Die Welle von Autoeinbrüchen, die die Vorstädte, auch Avalon, erfassen wird, liegt noch in der Zukunft, arme, von Oxycodon abhängige Gestalten, die es auf Portemonnaies, Bargeld in Handschuhfächern abgesehen haben. Heute, im reizenden Avalon, mögen vielleicht die in jüngerer Zeit renovierten Häuser Alarm- und Überwachungsanlagen haben, aber der Rest der alten Garde (ihr Vater ist möglicherweise der Letzte der alten Garde) hielt das nie für nötig. Unverschlossene Haustüren, Autoschlüssel in Zündschlössern, alles Beweise für die guten Entscheidungen, die sie getroffen haben, das anständige Leben, das sie geführt haben.

Der Schneefall scheint endlich nachzulassen, als sie aus der Einfahrt rollen und auf den unberührten, leeren Straßen Reifenspuren hinterlassen. Es ist seit fünfundzwanzig Jahren das erste Mal, dass sie beide zusammen in einem Auto sitzen und Theo fährt. Sie spähen in jeden Winkel, jede dunkle Ecke. Sarahs Augen blicken wild umher. Theo ist ruhig, beide Hände am Lenkrad. Sein Gesichtsfeld hat sich geweitet wie bei einem Tier in Gefahr, sodass er auch die Peripherie wahrnimmt. Wo ist seine Mutter?

»Wenn du Mom wärst, wo würdest du hingehen?« Sarah denkt laut nach.

»Aber sie ist nicht Mom«, entgegnet Theo. »Nicht mehr.«

Sarah seufzt. Ihr Atem riecht nach Cognac.

»Das hat doch keinen Sinn«, sagt sie. »Sie könnte überall sein.»

Es ist kurz vor Tagesanbruch, als sie drei Runden durch die Stadt gedreht haben, jede einzelne Straße abgefahren sind. Wenn man diese Nacht zurückdreht, ist ihre Kindheit allgegenwärtig. Der Schnee glitzert blau im Mondlicht. Der Himmel ist jetzt sternenklar. *Ein Stier. Eine Schlange. Ein Krebs. Ein Kind mit einer Leier.*

»Fahren wir noch eine Runde.«

»Moment, was ist das da drüben?«

»Weihnachtsdeko. Ein bescheuertes Rentier mit abgeschalteter Beleuchtung.«

»Wir müssen uns in sie hineinversetzen. Müssen überlegen, was sie vielleicht gedacht hat.«

»Aber das ist ja das Problem, Sarah.«

Sie verstummen, als sie wieder in die Einfahrt biegen. Sämtliche Zellen, Rückenwirbel, Blut und Knochen, die langen Finger und elegant geschwungenen Füße, die strahlend hellen Augen, das volle, wellige Haar, alles, was immer noch Mimi Wilf ist – sie ist ein lebendiger Funke in dieser Welt, auch wenn sie ihren eigenen Namen vergessen hat. Sarah rutscht tiefer in ihren Sitz, kaut auf einem Fingernagel. Theo hebt den Arm und klopft ihr auf die Schulter. Es sollte sich nicht so ungewohnt anfühlen.

»Wir haben kein Recht – ich meine, wir sollten ihn wecken –«, stammelt Theo und sieht im selben Moment das Licht in der Küche angehen, sieht seinen Vater im Flanellbademantel, der früh aufgestanden ist, um sich seinem Umzugstag zu stellen.

SHENKMAN

Wenn er schläft, besonders nach vielen Meilen auf dem RowPro, ist er wieder Kind. Nur im Tiefschlaf begegnet ihm sein junges Ich, dieser ängstliche, linkische Junge, den hinter sich zu lassen er sein ganzes Erwachsenenleben lang mit aller Kraft versucht hat. Der junge Shenkman – Alter unbestimmt, mal sechs, mal acht, manchmal zehn – wirkt wie eine Mischung aus einer Erscheinung und einer Karikatur: weit aufgerissene Augen und spitzes Kinn, großer Kopf auf einem mageren Körper. Der erwachsene Shenkman wird in sein kindliches Ich teleportiert und blickt aus diesen Augen, obwohl sein Schnarchen Alice entsetzlich auf die Nerven geht. Sie hat eine Ambien genommen und schläft mit einem Kissen über dem Kopf. Jetzt ist er im Jahr 1975, und er lebt in der gottverlassenen Kleinstadt in New Jersey, wo er seine prägenden Jahre verbracht hat. Sein Viertel stinkt. New Jersey hat schöne Gegenden, aber Shenkman und seine Familie wohnen nicht in einer schönen Gegend.

Sein Vater ist leitender Angestellter in einem Budweiser-Werk in Newark. Er hat einen wichtigen Job und arbeitet hart, um seine Familie zu ernähren, was er vor allem dann betont, wenn Shenkman ihn um irgendetwas bittet: In letzter Zeit wünscht Shenkman sich nichts sehnlicher als einen neuen Baseballhandschuh von Rawlings mit dem aufgedruckten Autogramm von Johnny Bench. Und einen Schlagkäfig mit Netz, damit er den Nachbarsjungen von gegenüber zum Spielen einladen kann. Er will mal Fänger werden. Er ist nicht besonders schnell oder wendig, aber er kann gut die verschiedenen Wurfarten einschätzen, wenn der Ball auf ihn zukommt.

Shenkman rollt sich auf den Bauch. Er fliegt irgendwo durchs Jenseits. Er will nicht aufwachen, also sorgt er dafür, dass er noch etwas länger dortbleibt. Seine Kindheit mag öde gewesen sein, sogar unglücklich, aber er kann sich alle möglichen anderen Formen von Zukunft ausmalen, wie aufgefächerte Spielkarten. Nichts ist unmöglich: Fänger in der Profiliga steht ganz oben auf der Liste, aber auch Astronaut, Chirurg, Großindustrieller. Er hat nicht die Worte, um es auszudrücken, aber er weiß, dass er nicht das Leben seines Vaters führen will. Ein langweiliger Job, eine kriselnde Ehe, drei mittelmäßige kleine Shenkmans, ein frühes Ende aufgrund von Bluthochdruck, Trägheit und einem schwachen Herzen, das mit fünfzig versagen wird. Der junge Shenkman – jetzt im Teenageralter – sieht seinen Vater im Sarg liegen, die Hände fromm zum Gebet zusammengelegt.

An dieser Stelle kommt die Traumnadel kreischend zum Stehen, und Shenkman erwacht ruckartig. Die Digitaluhr zeigt 4.43 Uhr. Die schlechteste Zeit. Er wird nicht wieder einschlafen können. Es ist zu spät, um eine von Alice' Ambiens zu nehmen, und zu früh, um aufzustehen und den Tag anzugehen. Er ist kein Fänger in der Profiliga, kein Astronaut oder Chirurg oder Großindustrieller. Ihm scheint, als gäbe es eine vorgegebene Grenze, einen höchsten Punkt, den er je im Leben wird erreichen können, wie bei diesen Jahrmarktattraktionen, wo man mit einem Hammer auf einen dicken Knopf schlägt und versucht, die Glocke zum Läuten zu bringen. *Hereinspaziert! Testen Sie Ihre Kraft! Wer sind hier die wahren Männer?* Bloß, das Spiel ist manipuliert. Es sind Leute wie Lindgren und seinesgleichen, die immer und mühelos vorbeiziehen. Er, Shenkman, wird niemals kraftvoll genug auf den Knopf hauen. Genau wie das vor ihm schon sein Vater nicht geschafft hatte. Er ist Mittelmaß. Ein Mann in der Mitte. Ein Mann im mittleren

Alter mit einer unglücklichen Ehefrau und einem außergewöhnlichen (das weiß er) Sohn, der vielleicht *zu* außergewöhnlich ist. Falls es so was gibt.

Shenkman steigt aus dem Bett. Manchmal, wenn er so früh wach wird, ist eine Runde auf dem RowPro genau das Richtige, um für den Tag in Schwung zu kommen. Zusätzlicher Vorteil: Lindgren wird nicht rudern. Lindgren schläft jetzt garantiert in seinem Stadthaus an der Upper East Side, und seine lindgreneske Frau – gebräunte Gliedmaßen und weizenblondes Haar – liegt an ihn geschmiegt. Sie könnten Geschwister sein. Lindgrens Wecker wird um halb acht klingeln. Er und seine Frau werden unter der Dusche vögeln, ehe sie sich mit ihren Kleinen an den Frühstückstisch setzen. Tagsüber werden sie im Central Park Schlitten fahren. Ihre Schneeanzüge und Stiefel sind ordentlich aufgereiht in einem Vorraum, der aus einer *Schöner Wohnen*-Ausgabe stammen könnte. Das sind keine Kinder, die mitten in der Nacht aus dem Haus schleichen. Das sind keine Kinder, die in der Nase bohren. Sie hätten absolut nichts dagegen, wenn sich verschiedene Lebensmittelgruppen auf ihren Tellern berühren. Diese Kinder haben keine eigenartigen Spleens. Sie haben nicht die Namen von Sternbildern auswendig gelernt. Shenkman hat sich noch nie so einsam gefühlt.

Bevor er in den Fitnessraum geht, trottet er über den Flur zu Waldos Zimmer. Vielleicht war er zu streng mit ihm. Die Katerstimmung nach seiner Wut ist stets schlimmer als die Wut selbst. Er kann es besser machen. Besser sein. Er hat jedes Recht, verärgert zu sein, und es war richtig, Waldo das iPad wegzunehmen. Aber er hätte nicht so aus der Haut fahren sollen. Auf dem Nachhauseweg vom Büro wird er sich eines dieser Selbsthilfebücher zur Aggressionsbewältigung kaufen.

Er öffnet Waldos Tür einen Spalt, langsam, damit sie nicht

quietscht. Er will seinem Sohn nahe sein, und das scheint er nur zu können, wenn der Junge schläft. Es dauert einen Moment, bis seine Augen sich an die Dunkelheit gewöhnt haben. Waldos Zimmer ist stockfinster, aber Shenkman kennt es wie seine Westentasche. Die Ecken sind vollgestopft mit den Stofftieren aus Waldos früher Kindheit, jedes mit einem Namen und einer eigenen Geschichte. Er sieht das gerahmte Poster von Jacoby Ellsbury. Nicht zu fassen, dass sein Sohn ein Red-Sox-Fan ist. Selbst in dieser Hinsicht ist Waldo anders als er.

Shenkman macht das oft: seinem Sohn beim Schlafen zusehen. Das ist eine Angewohnheit, die er entwickelt hat, als Waldo ein Säugling war. Shenkman konnte nicht glauben, dass sein Junge wirklich da war, aus der Schlinge seiner eigenen Nabelschnur entwischt, einfach so, auf dem Küchenboden. Alice schien von Waldos Geburt weniger traumatisiert zu sein als Shenkman – vielleicht, weil sie sie durchgemacht hatte, anstatt sie nur hilflos mit anzusehen. Was, wenn der Arzt nicht gleich gegenüber gewohnt hätte? Was, wenn er Alice' Schreie nicht gehört hätte? Shenkman fährt manchmal im Auto an Benjamin Wilf vorbei oder erblickt ihn kurz, wenn er den Müll rausbringt. Seine Frau hat er schon ewig nicht mehr gesehen. Früher war sie oft im Vorgarten und hat die Blumenbeete gepflegt, oder sie saß lesend auf der Veranda. Im Laufe der Jahre hat er versucht, ihnen möglichst aus dem Weg zu gehen. Was hätte er sagen sollen? Seine Dankbarkeit ist so gewaltig und tief, dass sie sich wie Scham anfühlt.

Er geht einige Schritte auf Waldos Bett zu. Er möchte die sanfte Wölbung seiner Wange berühren. *Es tut mir leid* liegt ihm auf der Zunge. Er wird es nicht aussprechen, aber vielleicht wird Waldo es empfinden. Dann blickt Shenkman nach unten auf das perfekt gemachte Bett, in dem sein Sohn schlafen sollte. Die Bettdecke ist so glatt wie ein See im Morgengrauen.

Zwei Teddybären sitzen nebeneinander vor vier prallen Kissen. Im ersten Moment fragt er sich, ob er einen von diesen Albträumen hat, die so real sind, dass er keuchend und desorientiert erwacht, dass die Welt schräg und fremd erscheint. Er schüttelt sich. Oder vielleicht zittert er. Seine Beine sind wie Gummi, als er die Treppe hinuntereilt. Vielleicht ist Waldo in der Küche. Vielleicht ist Waldo im Wohnzimmer. Vielleicht ist Waldo – Shenkman rennt in den Fitnessraum. Das Licht brennt, und er bemerkt: Das iPad ist weg.

BENJAMIN

Die Umzugsleute werden um sieben kommen. Es ist noch dunkel draußen, und er könnte noch etwas Schlaf brauchen, aber weil Sarah da ist – wie seltsam, dass seine Tochter wieder unter seinem Dach schläft –, möchte er, nein, *braucht* er ein bisschen Zeit für sich. Er hat die Kaffeemaschine noch nicht eingepackt, und im Kühlschrank ist noch ein wenig Milch, die er sich in einem verbeulten kleinen Topf warm machen kann.

Was ist ein Haus ohne seine Bewohner, ohne Möbel und Bilder, ohne Familienfotos, Vasen auf Tischplatten, Bettzeug in Schränken, eine gefüllte Vorratskammer? Töpfe, Siebe, ein Wok. Tischsets, Besteck, Weingläser. Tupperdosen, Einmachgläser, von Mimi beschriftete Kräuterdöschen. Regale über Regale mit Büchern. Mimi mochte hauptsächlich Literatur von Frauen: Alice Munro, Margaret Atwood, Laurie Colwin, die viel zu jung an einem Herzinfarkt verstarb. Er liest noch immer medizinische Fachzeitschriften, aber auch Geschichtsbücher und Biografien: Richard Ben Cramer, Walter Isaacson, und kürzlich hat er gehört, dass Ron Chernows neues Buch über Washington hervorragend sein soll. Jetzt sind die Regale leer. Die Familie aus Cleveland hat eine Innenarchitektin beauftragt, die schon mit dem Maßband da war. Werden sie die Bücherregale abbauen, um Platz für einen Breitbildfernseher zu haben? Eine neue Küche einbauen? Die Wand zwischen Wohn- und Esszimmer herausreißen, um den Raum zu vergrößern? Das hatte Mimi immer vorgehabt, einen großen Wohnraum schaffen. Sie hätten sich das gönnen sollen. Wie lange werden molekulare Spuren der Wilfs in der Division Street Nr. 18 verbleiben?

Während er den Kaffee aufsetzt und die Milch warm macht, blickt er noch einmal durch das Haus. Er schließt die Augen und hört die Stimmen der Menschen, die er am meisten liebt. *Guten Morgen, Darling. Wann musst du los? Was gibt's zum Abendessen? Riecht gut. Wie lange kann ein Junge eigentlich unter der Dusche bleiben? Erzähl mir alles haarklein. Ben, in der Waschküche ist eine tote Maus.* Das Brutzeln von Schalotten und Schinken in einer Pfanne. (Theo.) Mädchenkichern, das unter einer Schlafzimmertür hervordringt. (Sarah.) Er kann sogar die besondere Beschaffenheit der Stille hören, die Mimi und er miteinander teilten, als die Kinder aus dem Haus waren: kameradschaftlich, liebevoll, großzügig, ihre kostbare zweisame Einsamkeit. Er wusste, dass es nicht ewig währen konnte. Dennoch hatte er immer geglaubt, ihnen würde mehr Zeit bleiben.

Er hätte die ersten Anzeichen ernst nehmen sollen, doch in Wahrheit wollte er sie nicht wahrhaben. Zuerst die fehlenden Worte. Manchmal hielt sie mitten im Satz inne, verwirrt, und sprach es offen aus: *Mir fällt das Wort nicht ein, das ich meine. Es ist einfach weg, Ben.* Doch er stufte das als Vergesslichkeit ein, als ganz normalen Teil des Alterns. Manchmal verlegte sie ihr Portemonnaie. Auch das: normal. Oder sie fragte ihn mehrmals dasselbe. Sogar das konnte er als harmloses Ärgernis abtun – hörte sie nicht zu? –, statt es als Grund zur Sorge zu sehen. Doch dann rief sie ihn von ihrem täglichen Spaziergang an: *Ich weiß nicht, wie ich nach Hause komme.* Wie meinte sie das, sie wusste nicht, wie sie nach Hause kam?

»Wo bist du?« Er hörte seine eigene Stimme von Ehemann auf Arzt umschalten. »Schau dich um, Mimi. Was siehst du?«

»Ich weiß nicht – ein gelbes Haus. Einen weißen Zaun.«

»Was noch?«

»Die Pfingstrosen blühen.«

»Schatz, sind da irgendwo Straßenschilder? Sieh dich nach Straßenschildern um.«

Er betrat einen abgeriegelten Bereich in sich, der ausschließlich aus Strategie und Analyse bestand. Jeder Arzt besitzt die Fähigkeit, augenblicklich entschlossen zu handeln und die Auswirkungen erst später zu spüren. *Mimi ist krank.* Der Satz drang in ihn ein. *Wahrscheinlich hat Mimi Alzheimer.* Der Tonfall war nüchtern wie der eines Nachrichtensprechers.

»Da ist eins. Maple Street. Und auf dem anderen steht Railroad Street.«

Großer Gott, sie war gerade mal sechs Blocks von zu Hause entfernt, an einer Straßenecke, die ihr so vertraut war, dass sie sie mit verbundenen Augen hätte finden können. Und sie wusste nicht, wo sie war.

»Bleib, wo du bist«, sagte er zu ihr. »Rühr dich nicht vom Fleck.«

Er rannte das kurze Stück und kam atemlos bei ihr an. Mimi, seine Braut, stand kerzengerade an der Ecke Maple und Railroad, Haare zerzaust, Hände in den Taschen ihrer Jeans. Sie blickte die Railroad Street hinunter Richtung Stadtzentrum, als überlegte sie, ob sie noch rasch beim Fischhändler etwas zum Abendessen besorgen sollte. Wenn irgendwelche Nachbarn vorbeigefahren wären, hätten sie Mimi Wilf – Ehefrau, Mutter, Schriftführerin des Komitees zum Schutz der Feuchtgebiete, Mitorganisatorin der nachmittäglichen Kunst-AG, langjährige allseits beliebte Bürgerin von Avalon – zugewinkt, ohne zu ahnen, dass irgendwas nicht stimmte.

»Ben! Was ist denn los?«

»Mimi, ich –«

Und dann stockte er. Mimis Miene war sorglos. Ihre Augen waren klar. Sie wusste nicht mehr, dass sie sich verirrt hatte. Sie erinnerte sich nicht daran, ihn angerufen zu haben. Eine namenlose Trauer übermannte ihn in Wellen, während seine Gedanken sich gleichzeitig überschlugen: Vielleicht gab es ja noch eine weitere Erklärung. Vielleicht hatte sie eine transitorische ischämische Attacke gehabt, einen kleinen Schlaganfall; das wäre besser. Oder irgendetwas anderes. Sie hatte gerade begonnen, gegen ihren erhöhten Cholesterinspiegel Statine einzunehmen. Gedächtnisverlust war eine mögliche Nebenwirkung. Doch während er sich bei Mimi einhakte und mit ihr auf den Weg nach Hause machte, fügten sich die vielen kleinen Aussetzer und Erinnerungslücken der letzten Monate allmählich zu einem stimmigen Bild zusammen. Das war kein kleines Missgeschick, kein Ausrutscher, nichts, das sich beheben ließ. Er war dabei, sie zu verlieren. Sie war dabei, sich selbst zu verlieren. Er wollte ihr nicht wehtun. Er *lebte* dafür, ihr nicht wehzutun. Wie lange noch, bis sie einen Moment des Bewusstwerdens haben, das Herabstürzen des Fallbeils spüren würde, das Mimis Leben – ihr gemeinsames Leben – unterteilen würde in alles, was davor war, und jetzt das?

»Ach, Liebster.« Sie drückte den Kopf an seine Halsbeuge. Die Dämmerung brach herein, als sie die Maple Street entlanggingen. Er atmete ihren warmen Ambraduft ein, der ihm so vertraut war wie sein eigener. »Da hast du aber Sehnsucht nach mir gehabt.«

Er hielt noch dreieinhalb Jahre durch. Er verschwieg es Sarah und Theo. Sarah lebte an der Westküste und hatte mit der Arbeit und den Zwillingen alle Hände voll zu tun. Jedes Mal, wenn er bei ihr anrief, hörte er eine gewisse Anspannung in ihrer Stimme; sie war überfordert. Er wollte sie nicht beunruhigen. Und Theo – Theo war zu ihnen zurückgekehrt. Er arbeitete als Koch in einem Restaurant in Tribeca und legte Geld zurück, um irgendwann sein eigenes aufzumachen. Ein paarmal fuhren Ben und Mimi an die Südspitze von Manhattan und ließen sich von Theo bekochen. Er schickte dann immer einen Gang nach dem anderen an ihren Tisch. Vorrecht des Chefkochs. So zeigte er seine Liebe, hatte Mimi Ben erklärt und dabei tunlichst die Bruchlinien gemieden, den dauerhaften Schaden, der in ihrem Sohn wohnte, wie sie beide wussten. Sie würden nehmen, was sie kriegen konnten: warme glasierte Kartoffeln mit Kaviar, Meyer-Zitronengelée, Streifen vom Gelbflossenthunfisch, karamellisierte Foie gras an Portweinfeigen. Jeder Gang wurde schwungvoll von einem Kellner serviert, der ihnen versicherte, Chefkoch Theo habe persönlich letzte Hand angelegt.

Jetzt lässt Ben beinahe die Milch überkochen. Sein ganzes Wesen vibriert, als wäre er ein Musikinstrument, dessen Saiten über Nacht straff gestimmt wurden. Die Geräusche, Stimmen, Erinnerungssplitter bilden kein Ganzes, sondern werden kaleidoskopisch. Er denkt an den Jungen, Waldo, das Gerät so geneigt, dass es den Nachthimmel spiegelt. Seinen geschickten Umgang mit dem Ding. Daran, dass er sie beide wie ein kindlicher Zauberer mit einem Tastendruck auf eine Reise durch

Zeit und Raum schicken konnte. *Andromeda, Antlia, Apus, Aquarius.* Irgendwie war es tröstlich, neben dem kleinen Jungen zu sitzen, der in der Lage war, in dieser unermesslichen Weite ihre genaue Position zu bestimmen. Die Sterne schienen nicht mehr fern und unnachgiebig, sondern wirkten eher wie Leuchtfeuer in der Dunkelheit, geheimnisvolle Reisegefährten, die einen Weg erhellen. Hunderttausend Millionen funkelnde Begleiter, Welten entfernt. Sie winkten: *Sieh uns. Wir sind hier. Wir waren immer hier. Wir werden immer hier sein.*

Als Ben den ersten Schluck seiner letzten Tasse Kaffee in diesem Haus trinkt, fallen ihm Walt Whitmans Zeilen aus *Gesang von mir selbst* ein, seine Lieblingspassage von seinem Lieblingsdichter:

> Ich vermache mich selbst dem Erdboden, um aus dem
> Gras, das ich liebe, zu wachsen.
> Wenn du mich wieder brauchst, so suche mich unter
> deinen Schuhsohlen.
>
> Du wirst kaum wissen, wer ich bin oder was ich meine,
> Trotzdem werde ich dir gut bekommen
> Und dein Blut klären und kräftigen.

Er ist praktisch veranlagt, doch an einem wortlosen Ort tief in seinem Innern ist Ben Wilf zu der Überzeugung gelangt, dass unser Leben schleifenförmig verläuft und nicht in einer gerade Linie; dass die Luft selbst nicht bloß aus Molekülen besteht, sondern aus Erinnerung; dass diese Schleifen ein unsichtbares Muster bilden, dass Vergangenheit, Gegenwart und Zukunft Teil dieses Musters sind; dass sich unsere Leben für Bruchteile von Sekunden überschneiden, die Jahre, Jahrhunderte, Jahrtausende sind; dass nichts je verschwindet. Und so verlässt er dieses Haus, in das er als junger Mann zu Beginn eines großen Abenteuers einzog, er zieht nur wenige Straßen weiter, um bei seiner Frau zu sein, die sich bald nicht mehr an ihn erinnern wird. Seine beiden Kinder folgen ihrem jeweils eigenen Schicksal (bei dem Gedanken empfindet er schmerzliches Mitleid mit ihnen). Aber sie haben *gelebt.*

Er hat seine eigene Frage beantwortet. Die Wilfs werden immer innerhalb der Wände von Division Street 18 bleiben. Genau wie das Mädchen, das in jener Augustnacht vor langer Zeit starb, für immer in der großen Eiche wohnen wird. Seine Eltern sind der Wind, der über die Classon Avenue in Brooklyn weht. Die Mimi, die er über vierzig Jahre lang geliebt hat, ist noch immer lebendig in der Patientin, die jetzt in eine andere Art von Welt starrt, während sie mit Haferbrei gefüttert wird. Die ersten europäischen Siedler von Avalon sind auf dem städtischen Friedhof begraben, doch sie sind auch – zusammen mit allen anderen Bürgern in der Geschichte der Stadt – so gegenwärtig wie der Baldachin aus Sternen.

WALDO

In einer Stunde wird die Sonne aufgehen. Es ist der Tag nach der Wintersonnenwende: der zweitkürzeste Tag des Jahres. Das verrät ihm sein iPad. Gestern Morgen – vor einer gefühlten Ewigkeit – wollte sein Dad nicht erlauben, dass er früh (okay, sehr früh, so gegen drei Uhr) aufsteht, um die totale Mondfinsternis zu beobachten. Deshalb ist er gestern Abend rausgegangen, hat mit dem alten Arzt zusammengesessen und ihm den Himmel erklärt. Er wollte das mit jemandem teilen.

Er hat keine Geschwister. Er hat keine richtigen Freunde. Und seine Eltern werden immer sauer, wenn er von Star Walk erzählt. Als er es bekommen hat, hat seine Mom zuerst interessiert getan, aber er merkt, ob seine Mom wirklich aufmerksam zuhört oder nur so tut. Ihre Augen werden dann irgendwie abwesend, und ihre Hand gleitet nach unten zu ihrem Handy. Und sein Vater hasst Star Walk, weil er findet, Waldo sollte mehr Sachen machen, die normal sind. Er betont das Wort jedes Mal, wenn er es ausspricht: *normal*, als wäre es das Endziel, die beste Art zu sein.

Tja, jetzt kann Waldo sich jedenfalls auf was gefasst machen. Wenn sein Vater ihn findet, bringt er ihn um. Aber sein nächster Gedanke ist noch schlimmer. Was, wenn sein Vater ihn nicht findet? Wenn Sterne sterben, werden sie erst zu Roten Riesen, dann zu Schwarzen Zwergen. Das dauert ein paar Milliarden Jahre. Aber er ist bloß ein Junge. Und er ist durchgefroren. So müde und durchgefroren. Er ruft die Wetter-App des iPads auf. Es hat aufgehört zu schneien, und die Temperatur ist unter null. Die alte Lady hat sich neben ihm zusammengerollt. Sie schnarcht leise. Ihre Hände in den Fäustlingen, die er ihr gegeben hat, sind an die Brust gedrückt, und seine Wollmütze ist bis zu den Augenbrauen heruntergezogen. Ihr Haar bedeckt eine Hälfte ihres Gesichts. Er vergewissert sich, dass die Socken noch richtig um die Füße in den Pantoffeln sitzen. Im Innern der Spielhütte ist es nicht völlig dunkel. Die hellen Lampen auf dem Parkplatz haben die ganze Nacht geleuchtet wie hundert künstliche Monde.

Er hat noch rund 60 Prozent Akku. Seine Zähne klappern, und er fühlt seine Fingerspitzen nicht mehr. Sechzig Prozent sind viel. Da kann er ein bisschen Zeit mit Star Walk riskieren. Er fährt die App hoch, berührt den Bildschirm, und der pulsierende Kreis braucht wie immer eine Minute, um seine Position zu bestimmen. Star Walk findet den Himmel über ihm, ganz gleich, wo er ist, von seinem Zimmer auf der Division Street aus (ach, wie sehnt er sich nach seinem Zimmer), durch Holz und Stein und Beton, die weitläufigen Gebäude der Mall. Waldo könnte jetzt in einem Kerker sein und wäre trotzdem noch in der Lage, die Sternbilder ausfindig zu machen, die Welt, die immer da ist, ob er sie sehen kann oder nicht.

Bevor sie einschliefen, hatte er der alten Lady gezeigt, wo sie sind. Das schien sie zu beruhigen. Vielleicht war es aber auch die Hintergrundmusik, die sich wie eine Harfe anhört. Wegen der Harfe musste er an das Sternbild Leier denken, also erzählte er ihr alles, was er darüber weiß. *Um die Leier zu finden, muss man zuerst nach Wega suchen, einem der hellsten Sterne am Nachthimmel. Man kann sie nur im Sommer klar sehen, aber sie ist eines meiner Lieblingssternbilder. Ihr zweithellster Stern ist Beta Lyrae – zwei Sterne, die durch die Schwerkraft aneinandergebunden sind. Der eine ist blau, und der andere ist weiß. Sie sind so nah beieinander, dass sie sich in nur dreizehn Tagen umkreisen.* Bevor die alte Lady die Augen schloss, lächelte sie ihn strahlend an, während ihr Tränen über die Wangen rannen. *Danke, Theo,* flüsterte sie. Er versuchte gar nicht erst, sie zu berichtigen.

SARAH

Später wird sie die Leben von Menschen als Bücher betrachten, die in Kapitel unterteilt sind. Ihres zum Beispiel. Die aufgeweckte, glänzende Sarah Wilf nimmt das erste Drittel des Buches ein, die Exposition, den Anstieg des Erzählbogens. Sie ist das Goldkind von Avalon. Vor ihr gab es andere Goldkinder, und es wird auch nach ihr Goldkinder geben, genau wie es schon immer die blasseren Geschwister dieser Goldkinder gab, die die Narben davontragen, zu früh im Leben verglichen und für mangelhaft befunden worden zu sein. Über so was kommst du nicht hinweg. Die Kapitel mit Sarah Wilf in der Hauptrolle als »vielversprechendes Mädchen« werden in einer Sommernacht mitten in einem unheilvollen Jahrzehnt mit einem grauenhaften Paukenschlag enden. Etwas Schreckliches wird passieren, und es wird keine offensichtlichen Konsequenzen geben. Misty Zimmermans Tod wird letztlich als Unfall eingestuft werden, doch erst nachdem der gute Ruf ihres eigenen Vaters in Zweifel gezogen wurde. Die ganze Zeit über wird sie schweigen. Niemand hatte die Idee, mit ihr einen Alkoholtest zu machen. Sie wird sich einreden, dass sie getan hat, was sie konnte. Sie hat ihren kleinen Bruder geschützt. Es wäre schlimmer gewesen, wenn herausgekommen wäre, dass Theo am Steuer saß.

Jetzt ist sie schon weit in der Mitte der Geschichte. Oder hat den ersten Wendepunkt im zweiten Akt erreicht, wie Peter es formulieren würde. Vielleicht ist es aber auch schon der zweite Wendepunkt. Drehbuchsprech, die einzige Sprache, die er beherrscht. Laut den vielen zerlesenen Ratgebern für Drehbuchschreiber in den Bücherregalen seines Arbeitszimmers enthält der zweite – mittlere – Akt immer zwei große Wendepunkte, die normalerweise im Sinne des dramatischen Tempos in einigem Abstand aufeinanderfolgen. Aber sie befindet sich in der Mitte ihres Lebens, und das scheint gerade an Ost- und Westküste zeitgleich auseinanderzufliegen. Also, ist das nun *ein* Wendepunkt, oder sind es zwei?

Sie hat ihr Handy auf Flugmodus gestellt, sieht aber alle paar Minuten nach, ob es irgendwas Neues über ihre Mutter gibt. In der Hinsicht ist alles ruhig – zu ruhig –, und der ganze

Lärm kommt aus einer kleinen Wohnung in Laguna Beach: *ruf mich an, du bitch. du kannst mich nicht einfach ghosten.* Dann, ominös: *das wird dir noch leidtun.* Gefolgt von ein paar Stunden Schweigen, und dann: *denk dran, wir haben fotos gemacht.* Sechs Wörter, und es läuft ihr eiskalt über den Rücken. Wie konnte sie nur so blöd sein? Sie hat Dr. Baum eine Sprachnachricht hinterlassen. Aber in Los Angeles ist es noch mitten in der Nacht, und Dr. Baum schläft bestimmt. Achtundsiebzigjährige Psychoanalytiker in Beverly Hills, die gut Grenzen setzen können, haben ihr Handy nicht neben dem Bett liegen, nur für den Fall, dass eine Patientin in eine Krise gerät. Sie kümmern sich um die »besorgten Gesunden«. Sarah hat ihren Platz im Klub der besorgten Gesunden aufgegeben und eine Gefahrenzone betreten. Das Trinken ist das eine. In dem Klub sind jede Menge funktionale Alkoholiker. Und die Affäre? Auch nichts Besonderes. Das Problem sind ihre *Entscheidungen*, würde Dr. Baum sagen. Sie wird von Tag zu Tag selbstzerstörerischer.

Und jetzt wird sie bedroht. Anders kann sie das nicht nennen. Sie hatten eine Flasche Belvedere-Wodka fast vollständig geleert, dazu frisch gepressten Orangensaft und ein Körbchen Croissants vom Zimmerservice; der jämmerliche Versuch, die ganze Eskapade lediglich als einen dekadenten Brunch zu tarnen. Sie hatte ein Hotel in Downtown ausgesucht. Niemand, den sie von der Westside kannte, würde an einem beliebigen Wochentag vormittags in einem Hotel in Downtown sein. Niemand von der Westside überquerte die Interstate 405, wenn es sich irgendwie vermeiden ließ, und falls doch, dann bestimmt nicht zum Brunch. Das »NoMad« hatte das richtige verruchte Ambiente mit der Cocktailbar auf dem Dach und dem riesigen, in Stein gemeißelten Gesicht des Dämons Orcus, der mit seinem als Feuerstelle dienenden klaffenden Mund über den Pool wachte.

Natürlich sonnten sie sich nicht am Pool. An der Tür hing ein BITTE NICHT STÖREN-Schild, die Sicherheitskette war vorgelegt. Sie hatte ihm gesagt, was sie wollte: bestraft werden. (Wieder denkt sie an Dr. Baum. Was hatte sie denn erwartet? Jetzt bekommt sie mehr, als sie wollte.) Er war gut vorbereitet gekommen. Irgendwie hatte sie gewusst, dass er genau das richtige Spielzeug haben würde. In seiner Reisetasche war keine Kleidung zum Wechseln – sie hatten schließlich nicht vor zu übernachten –, aber er hatte ein ganzes Sortiment an Hand- und Fußfesseln, Seidentüchern, Augenbinden dabei.

Sie hatte nicht mal gewusst, dass sie das wollte, bis das Verlangen sie überwältigte. Sie sagte sich, es liege daran, dass sie und Peter praktisch keinen Sex mehr hatten. Aber natürlich war das nicht annähernd die ganze Wahrheit. Sie war lange genug in Therapie, um ihr Begehren analysieren zu können: *Bestrafe mich*, hatte sie gesagt. *Bestrafe mich*. Es gibt nur sehr wenige Grenzen, die dich, hast du sie einmal überschritten, für immer definieren. Wenn du Kinder bekommst, bist du eine Mutter. Wenn du jemanden tötest, bist du eine Mörderin. Wenn du jemanden deckst, bist du eine Komplizin. Wenn du jemanden vögelst, der nicht dein Mann ist, bist du eine Ehebrecherin. Sie ist all das. *Denk dran, wir haben Fotos gemacht.*

Das Zimmer lag in einem der oberen Stockwerke und war lichtdurchflutet. Es verfügte über die moderne Version einer altmodischen Badewanne, in der sie ein Bad nahm, nachdem er gegangen war, ihr Kopf still, von seinem üblichen Hintergrundrauschen befreit. Er hatte ein schwarzes Seidentuch benutzt, um ihr die Augen zu verbinden, und ein anderes, um ihre Hände zu fesseln, und zwei weitere für ihre Fußknöchel, erst sanft, dann fest, die Beine gespreizt. *Gefällt dir das? Du bist bloß eine geile kleine Fotze, was?* Er stieß ihre Beine noch weiter auseinander, dann seine Hand glitschig in sie hinein.

Irgendwann nahm er ihr die Augenbinde ab. *Guck zu, wie ich dich ficke.* Er hatte ein Wolfsgesicht auf der Brust tätowiert und eine Spinne auf dem linken Bizeps. Sie beobachtete die Spinne, als er mit dem Arm zum Nachttisch hinübergriff und sein Handy nahm. Er verharrte über ihr. *Lächle, du Schlampe.* Dann drehte er sie auf den Bauch und rammte sich in sie hinein, eine Hand auf ihrem Hintern, in der anderen noch immer das Handy. Sie hatte das gewollt. Diese Auslöschung, diesen Schmerz. Diese Abrechnung.

Sie stellt sich vor, wie Peter seine E-Mails checkt, während er auf dem Sunset Boulevard im Auto vor einer roten Ampel wartet. Wie er seinen Posteingang durchscrollt. Wie würde der Betreff der Nachricht lauten, die ihr Leben in die Luft sprengen wird? *Deine Frau. Sarah.* Nein. Er würde ihren Namen nicht benutzen. Kein einziges Mal hatte er sie mit Namen angesprochen. *Schlampe. Fotze.* Sie hat den Sturm, der sich über ihr zusammenbraut, in jeder Hinsicht verdient. Aber Peter? Peter hat nichts Unrechtes getan. Er ist ein argloser Kerl, ein netter Kerl, der einfach nicht das für den Erfolg nötige Glück hatte. Er hat versucht, mit der immer breiter werdenden Kluft zwischen ihnen klarzukommen. Die Leute erinnern sich nie an seinen Namen. Auf Partys schauen sie an ihm vorbei, um sie anzusprechen. Kein Wunder, dass er sich im Bett von ihr wegdreht. Jetzt wird er Bilder von seiner Frau sehen – wie viele, weiß sie nicht, wie idiotisch, wie selbstverachtend von ihr, dass sie das zugelassen hat –, an ein Bett gebunden, der Schwanz eines Fremden Zentimeter vor ihrem nackten Hintern.

Und was ist mit dem Studio? Sie schließt die Augen. Können diese Fotos den Weg zu ihrem Boss finden? Klar können sie das. So was passiert andauernd, meistens aber Männern. Sie versinkt in einem Sumpf aus Scham, der so vertraut und so tief ist, dass sie darin ertrinken könnte.

»Sarah?«

Die Stimme ihres Bruders lässt sie zusammenfahren. Sie schaut sich um, sieht ihre Kindheit: den eingedrückten Basketballring, den ihre Eltern nie abmontiert haben, den Kräutergarten ihrer Mutter, seit Jahren verwildert. Ihr Zimmer oben – jetzt bloß noch Kartons und eine Matratze – ist rosa und orange gestrichen, mit einem glänzend weißen Bett und einer Wand, an die Hunderte Fotos, Preisschleifen und Postkarten gepinnt sind. Als Ben das Haus verkauft hatte, rief er sie an. Wollte sie die Andenken behalten? Das warme Licht des Küchenfensters umrahmt ihren Vater, der am Herd steht. Es sollte ein Wort geben für den Moment kurz vor dem großen Schmerz, wenn das Bevorstehende sogar die Luft erzittern lässt.

»Wir müssen jetzt reingehen. Wir müssen es Dad sagen.« Theos Hände umschließen noch immer das Lenkrad. Der Motor läuft, als könnten sie wieder losfahren und zu einer anderen Geschichte zurückkehren.

Der Himmel färbt sich allmählich rot. Als die Autotüren zufallen, sieht sie ihren Vater ans Fenster treten und verwundert seine beiden Kinder anstarren, die näher kommen.

MIMI

Ah, wie schön! Ihr Junge ist bei ihr. Ihr wunderbarer, lieber Junge. Eltern sollten keine Lieblingskinder haben, und sie würde es auch nie offen zugeben, aber Theo ist ihr Liebling. Natürlich liebt sie auch ihre Tochter. Aber Sarah braucht sie nicht auf dieselbe Weise, wie Theo sie braucht. Manche Kinder wachsen wie Orchideen heran und andere wie unverwüstliche Kräuter.

Theo ist eine Orchidee. Sarah ist ein Kraut. Sie würde überall gedeihen. Sie würde sich aus einem Riss im Bürgersteig der Sonne entgegenrecken. Aber Theo braucht Pflege und Fürsorge. Theo braucht den Blick seiner Mutter auf ihm, um zu gedeihen.

Aber wo sind Ben und Sarah? Ach ja, natürlich! Sarah hat Hockeytraining. Mimi wird heute etwas mit Theo zusammen kochen. Er geht so gern Rezepte mit ihr durch, krempelt die Ärmel hoch, bindet sich eine Schürze um. *Mom, ich bin für Boeuf bourguignon. Oder hier – die Jambalaya sieht auch gut aus.* Seine kleinen Hände neben ihren, während sie die Perlzwiebeln schält, die Pilze putzt und klein schneidet. Sie macht sich so viele Sorgen um ihren Jungen, aber niemals hier in der Küche. Sie weiß, dass er hier mit beiden Beinen fest in der Welt steht.

»Lady?«

Warum spricht Theo sie mit dieser schrecklichen Anrede an? Sie ist keine Lady. Sie ist seine *Mutter.*

»Lady, Sie zittern.«

Sie möchte ihm sagen, dass es ihr gut geht – er sollte sich niemals um sie sorgen müssen –, aber sie bringt kein Wort heraus. Ihre Zähne schlagen aufeinander, ihr Kiefer ist verspannt wie ein Nussknacker. Ihr ganzes Leben wirbelt um sie herum, ein Strudel, der sich mehr und mehr von ihr entfernt, außer Reichweite, obwohl sie mittendrin steckt.

»Lady, ich hab Angst.«

Theo hat Angst? Sie spürt etwas Stechendes. Theo auf dem Rasen, auf allen vieren. Ein blitzendes rotes Licht. Theo weint in seinem Zimmer. Sie kann ihn durch die Wände hindurch hören. Er wimmert untröstlich. Ist das Blut? Nein, nein, nein. Halt, Moment, was ist das? Theo steigt in ein Taxi. Theo – das kann nicht sein –, Theo ist verschwunden. Er ist fortgegangen, weit weg, und kommt vielleicht nie wieder. Er schickt Postkarten. *Verzeiht mir*, schreibt er. *Anders geht es nicht.*

Aber er ist hier, und er drückt etwas an seine schmale Brust. Tränen quellen ihm aus den Augenwinkeln. Er sagt Wörter, die sie nicht versteht. *Andromeda, Antlia, Apus, Aquarius, Aquila, Ara, Aries, Auriga, Bootes, Caelum, Camelopardalis.*

»Du musst keine Angst haben, Theo«, sagt sie. Oder glaubt, es zu sagen.

»Die Sterne wachen über uns, Lady. Die wissen, wo wir sind. Sie werden uns finden.«

Vor langer Zeit, in einer Zeit, die ihr vorkommt, als könnte sie jetzt sein, hatte sie eine Augenmigräne. Ihr Gesichtsfeld schien in Hunderte bunte Prismen zu zersplittern, als würde Sonnenlicht auf geschliffenes Kristall treffen. Es hätte schön sein können, wenn es nicht so beängstigend gewesen wäre. Jetzt ist die Welt prismatisch geworden. Alle Dinge und alle Menschen, die sie je geliebt hat, sind in diesen Prismen. Ihre längst verstorbenen Eltern. Ihr Mann mit seinen gütigen Augen und dem großzügigen Lächeln. Sie hat so viel Glück gehabt. Ihre Kinder – ach, ihre Kinder. Sie umarmen sie in Kniehöhe, strecken ihr die Arme entgegen, um aus der Wanne gehoben zu werden. Sie singen im Auto auf der Rückbank. *Backe, backe Kuchen.* Sie liegen sicher und geborgen in ihren Betten.

Cassiopeia, Centaurus, Cepheus, Cetus, Chamäleon.

Es klingt wie ein Schlaflied oder vielleicht ein Gedicht. Ihre Augen schließen sich sanft. Sie kann jetzt gehen. Sie liegen sicher und geborgen in ihren Betten.

14. MAI 2020

WALDO

Er/ihm/sein. Er starrt auf das Formular. Das Pronomen ist optional, und er muss es nicht anklicken, aber er zögert trotzdem. *Kein Pronomen.* Das haut nicht hin. Er ist zu Hause. Bewirbt sich für virtuelle Praktikumsstellen, weil alles virtuell ist. *Virtuell: nicht im eigentlichen Sinne physisch existent, aber durch Software real wirkend.* Nach zweieinhalb Jahren wieder zurück. Die Sommer über und während der Ferien ist er in Berkeley geblieben und hat im Labor gearbeitet, doch jetzt hat die Pandemie alles verändert. Seit Wochen hat er das Haus nicht mehr verlassen.

Sein Vater ist unten und macht Rührei. Das ist ein zunehmend komplizierterer Vorgang geworden, der Jalapeños, geriebenen Käse und Schinken beziehungsweise Würstchen beinhaltet, je nachdem, was gerade im Kühlschrank ist. Seit Shenkman in Kurzarbeit ist – erst seit letztem Monat –, wird er von Tag zu Tag weicher und sanfter. Waldo weiß nicht, was er mit dieser neuen Version seines Vaters anfangen soll. Seine Mutter hätte ihm geholfen, damit umzugehen. Bei dem Gedanken an seine Mutter drückt etwas fest gegen seinen Brustkorb, von innen nach außen. Das ist die Trauer, hat seine Ex-Freundin ihm erklärt. Sie heißt Sophie McNeil, und sie ist ein Semester unter ihm in Berkeley. Als sie zusammen waren, hat sie ihm Bücher geschenkt: Kübler-Ross über die fünf Phasen, Sontag über Krankheit als Metapher, Pema Chödrön über die Zeit, wenn alles zusammenbricht (sein Favorit).

Er schließt den Laptop, blickt aus dem Fenster nach draußen über die Division Street. Er kennt niemanden mehr in der Nachbarschaft. Eigentlich hat er das auch nie – jedenfalls nicht, seit er elf war und Dr. Wilf wegzog. Es gab bloß das geschlossene Universum der Shenkmans, und als seine Mom krank wurde, hätte man meinen können, dass ihre Welt schrumpfen würde, doch stattdessen erweiterte sie sich um mobile Pflegekräfte und dann gegen Ende Hospizmitarbeiter. Es waren mehr Menschen in ihrem Haus als je zuvor. Die Hektik und Effizienz des Wartens auf den Tod. Der feste Druck wird noch fester. Er weiß, es bringt nichts, dagegen anzukämpfen. Er kann lediglich die Welle ausreiten. Würde das nicht auch Pema sagen? *Du bist der Himmel. Alles andere ist nur das Wetter.*

»Waldo?«

Die Stimme seines Dads von unten.

»Möchtest du Rührei?«

»Nein, keinen Hunger.«

Ein Tag ist wie der andere. Derselbe Pyjama. Dieselben Socken. Dieselben Gerüche. Derselbe Baum draußen vor seinem Fenster, an dem gerade erst rötliche Blätter sprießen. Gelegentlich kommen ein paar hartgesottene Walker oder Jogger vorbei. Sie tragen Masken. Er kann nicht sagen, ob er sie kennt. Manchmal haben ihre Masken Aufschriften: *GEHT WÄHLEN* oder *BLEIBT POSITIV* oder *EIGENTLICH LÄCHLE ICH*. Es ist unmöglich, Menschen nur anhand ihrer Augen zu erkennen. Es ist die untere Gesichtshälfte, die sie preisgibt: die Form eines Mundes, die Kontur eines Kinns. Manchmal hört er in der Ferne eine Sirene jaulen. Wenn er genau hinhört, Vogelgezwitscher. Seine Mom achtete immer darauf, dass das Futterhäuschen gefüllt war. Obwohl es nun schon seit Jahren leer ist, tragen Generationen von Vögeln die Erinnerung daran weiter und kehren zurück. Sie hüpfen auf den Metallrand des Häuschens und picken gegen die Glaswand; winzige, braune, hungrige Körper, offene Schnäbel.

Auch die Abende sind gleich. Das gleiche Abendessen, Waldo am Tisch, seinem Vater gegenüber, während sie freudlos in irgendeiner Version von Hähnchen mit Gemüse herumstochern. Und jede Nacht öffnet er wie schon als Junge sein Schlafzimmerfenster und richtet sein iPad – die allerneuste Version, die er sich von seinem Gehalt als Forschungsassistent gekauft hat – zu den Sternen. *Du bist der Himmel*, murmelt er wieder und wieder. *Du bist der Himmel. Du bist der Himmel.*

Es gibt so vieles, von dem er nicht weiß, wie er es sagen soll, also macht er Listen. Er zeigt niemandem diese Listen. Wem denn auch? Sophie ist weg, wieder bei ihren Eltern in Minnesota, und außerdem: *Ehrlich, Waldo, ich kann das nicht, ich kann das einfach nicht mehr.* Die Listen helfen ihm, sein Inneres zu ordnen. Vielleicht werden sie eine Art Protokoll werden, eine Landkarte für zukünftige Entdecker.

* Wenn ich in den Himmel schaue, suche ich nach dem Gesicht meiner Mutter.
* Sie ist der zweite tote Mensch, den ich aus der Nähe gesehen habe.
* Letzte Nacht war mondlos, daher konnte ich die Andromeda-Galaxie sehen.
* Sie ist 2,2 Millionen Lichtjahre entfernt.
* Wahrscheinlich wird sie in 4 Milliarden Jahren mit unserer Galaxie kollidieren.
* Wenn Galaxien kollidieren, gleiten sie durcheinander hindurch. Wie Geister.
* Mein Dad starrt mich immer an, wenn er denkt, ich merke es nicht.
* Wann kann ich wieder weg?

* Bumble-Profil anlegen.
* Promotionsprogramm in Astrophysik. Wo?
* Vielleicht Katze anschaffen.
* Bei Dr. W. melden.

Der letzte Punkt – *Bei Dr. W. melden* – steht auf jeder Liste, die er in seiner fast unleserlichen Schrift notiert. Er möchte Ben Wilf wissen lassen, dass er ständig an ihn denkt, aber schon länger nicht angerufen hat, weil er alles meidet, was zu starke Gefühle in ihm weckt. Seit er weiß, welche Rolle Dr. Wilf dabei gespielt hat, dass er hier ist, dass es ihn überhaupt gibt, empfindet er eine stille Verbundenheit mit ihm, die wesentlich stärker ist als das, was er für seinen eigenen Vater empfindet. Er duldet Shenkman. Die Erinnerung an Shenkmans Wut steckt tief in Waldo drin, nicht allzu weit von dem Ding entfernt, das gegen seine Rippen drückt – er kann eine Verbindungslinie von einem zum anderen ziehen, so wie das große Quadrat im Sternbild Pegasus zur Andromeda-Galaxie weist.

Dr. Wilf – *nenn mich Ben* – hat Waldo einen Brief geschrieben, als er erfuhr, dass seine Mom während seines ersten Jahres an der Highschool krank geworden war. Einen richtigen Brief, der mit der echten Post ankam. Ben Wilf hat nicht die typische Sauklaue eines Arztes, und Waldo hatte das Gefühl, dass er sogar die Briefmarke, das Foto einer totalen Sonnenfinsternis, mit großer Sorgfalt ausgesucht hatte. Seine Handschrift war markant, elegant, passte zu ihm. *Ich kann Dir versichern, dass Deine Mutter eine sehr tapfere Frau ist*, schrieb er. Die Tinte war blau, das Papier steinfarben. *Als Du zur Welt kamst, konnte ich ihre Tapferkeit unmittelbar erleben. Und ich möchte Dir wirklich nur mitteilen, dass es mir leidtut, Waldo. Du machst eine sehr schwere Zeit durch, aber alles wird gut werden, das hoffe ich zumindest.*

Danach begann er eine Art Korrespondenz mit Dr. Wilf. Als Waldo dann nach Berkeley ging, waren sie zumindest in derselben Zeitzone, wenn auch nicht in derselben Stadt. Ben lebte in Los Angeles bei seiner Tochter. (Waldo hat eine dunkle Erinnerung an sie, wie sie an einem Morgen vor zehn Jahren weinend, schwankend die leblose Frau im Arm hielt, die er nur als alte Lady erlebt hatte, mehr nicht.) Ben hat Enkeltöchter, die nur ein paar Jahre älter sind als Waldo. *Wir sind gemeinsam im Lockdown. Bleiben in Sicherheit.*

»Hey, Waldo – hast du mal kurz Zeit?«

Sein Vater füllt den Türrahmen. Sonnenstrahlen fallen schräg durch das nach Osten gehende Fenster auf den Holzboden vor seinem Bett. Waldo kann die Tageszeit anhand des Lichteinfalls bestimmen. Er sitzt den ganzen Tag in diesem Zimmer, jeden Tag. Sein Seminar über stellare Strukturgleichungen beginnt in einer halben Stunde. Achtzehn Studierende in kleinen Bildschirmfenstern, manche mit künstlichem Hintergrund wie Strände oder Berge, andere noch im Pyjama gemütlich auf dem Bett in ihrem Kinderzimmer. In jedem Fenster steht unten der jeweilige Name sowie, falls gewünscht (was meistens der Fall ist), die Pronomen. Was hatte seine Mutter noch mal vor langer Zeit zu ihm gesagt? Sie benutzte Wörter wie *einzigartig* und *unverwechselbar*. Sie nannte ihn ein Einhorn. Sie sagte es liebevoll. Das war in den Jahren, nachdem er fortgelaufen war und bevor sie krank wurde. Seinetwegen kündigte sie ihren Job in der Anwaltskanzlei. Sie hielt ihm das nie vor, niemals, aber er hörte die geflüsterten Gespräche seiner Eltern hinter ihrer geschlossenen Schlafzimmertür so laut und deutlich, als hätten sie in ein Megafon geschrien: *Das kannst du nicht machen, Alice, wir können uns das nicht leisten/ du verstehst das nicht, es geht nicht anders/was soll ich denn ma-*

chen/finde einen Weg/ich bin seine Mutter, und wenn ich ihm nicht die Hilfe verschaffe, die er braucht –

»Waldo?« Schon wieder ein unterbrochener Tagtraum. »Ich hab gefragt, ob du kurz Zeit hast.«

Das ist der neue Shenkman. Der niedergeschlagene, müde, sanfte Shenkman. Der alte Shenkman hätte zwei große Schritte ins Zimmer gemacht und ihn an den Schultern gepackt. *Bist du taub, verdammt noch mal?* Aber der alte Shenkman ist in diese neue Person hinein verschwunden, die durchaus auch ein Avatar sein könnte.

»Das Seminar fängt gleich an«, sagt Waldo.

»Ich brauch nicht lange.«

Sein Vater sinkt schwer auf das Bett und sieht zu ihm hoch.

»Ich verkaufe das Haus«, sagt Shenkman. »Ich meine, ich muss das Haus verkaufen.«

Waldo nickt. Ihm fehlen die Worte, wie üblich. Von seinem elften bis zu seinem vierzehnten Lebensjahr fuhr seine Mom ihn dreimal die Woche zu verschiedenen Terminen in die Stadt: Sprachtherapie, Beschäftigungstherapie, kognitive Verhaltenstherapie, Gesprächstherapie. Sie brachte ihn zu einer Einrichtung in Midtown Manhattan, wo er über mehrere Tage hinweg evaluiert wurde. Waldo hatte nichts gegen die vielen Therapien. Er hatte nichts dagegen, evaluiert zu werden. Es gab ihm das Gefühl, etwas Besonderes zu sein. Projekt Waldo. Operation Waldo. Außerdem fand er es schön, Zeit mit seiner Mutter außerhalb von Division Street 23 zu verbringen, diesem Pulverfass, in dem ein Wort, eine Geste die Luft schlagartig in Brand setzen konnte.

Hätte ihn jemand inmitten all der Fragen, die sie ihm stellten – unsinnige Fragen wie beispielsweise, ob er Stimmen im Kopf höre (nein), ob er Selbstmordgedanken hege (nein) oder ob er je versucht habe, sich selbst zu verletzen (nein) –, hätte ihn also jemand gefragt, ob er der Meinung sei, dass er all diese Therapien brauche, hätte er auch das verneint. Seine Mutter hatte recht. Er war ein Einhorn. Er passte nicht in eine enge Schublade wie die anderen Jungen. Sein Gehirn war anders verdrahtet. Er musste nur seine eigene Kindheit überleben, dann würde es ihm gut gehen – besser als gut. Jetzt bezeichnet ihn niemand mehr als Blödmann, Träumer, Nasenbohrer. Jetzt bezeichnen sie ihn als Wunderkind und verweisen auf seine bahnbrechende Forschung (als Student!), die dazu beigetragen hat, die schwachen Gammastrahlenpulse eines schnell rotierenden Neutronensterns nachzuweisen.

»Waldo?« Sein Vater ... oh nein. Sein Vater weint. Das kann nicht sein. Zwei dicke Tränen laufen wie Eisenbahnschienen über Shenkmans Wangen und verfangen sich in seinen Bartstoppeln.

»Dad – mach dir keinen Kopf, ich –«

Waldo blickt kurz auf die Sonnenstrahlen. Das Seminar fängt in zwölf Minuten an.

»Die Gelegenheit ist einfach günstig«, sagt Shenkman. »In diesen Zeiten. Die Leute ziehen raus aus der City. Sie wollen in Avalon wohnen. In Kleinstädten wie Avalon. Deshalb gehen die Immobilienpreise durch die Decke. Ich werde mich verkleinern – eine Eigentumswohnung in Florida kaufen. Sarasota. Du wirst natürlich dein eigenes Zimmer haben. Außerdem ist das Ganze auch gut für dich – Geld für deine Promotion.«

Waldo verschweigt Shenkman, dass er nicht mit nach Florida kommen wird. Und dass er kein Geld für seine Promotion braucht. Er hat schon Angebote für das Promotionsprogramm in Astrophysik am MIT, in Harvard und Stanford bekommen.

»Dad, es tut mir leid.«

Er will damit sagen, dass er das Gespräch beenden muss.

Doch Shenkman beschließt, eine andere Bedeutung herauszuhören.

»Es ist ja nicht deine Schuld, Waldo. Bitte denk nicht, es wäre deine Schuld.«

Waldo sieht die hängenden Schultern seines Vaters und begreift. Die eigenartige Sanftheit, die seinen Vater überkommen hat, hat einen Namen: Niederlage. Er hat gekämpft und gekämpft, und jetzt ist er fertig mit Kämpfen. Er will sich in Sarasota zur Ruhe setzen und mithilfe von einer dieser Dating-Apps für Leute über fünfzig eine nette Frau kennenlernen. Mit der Kapitulation geht Freiheit einher. Vielleicht macht das Leben das mit manchen Menschen. Ein bisschen wie ein Spinnenpulsarsytem. Zwei Sterne: ein riesiger Neutronenstern und ein sehr viel kleinerer, der keine Chance hat. Der Neutronenstern ist ein Pulsar, der über Lichtjahre hinweg seinen Begleitstern allmählich verdampft, bis nichts mehr von ihm übrig ist.

Jetzt ist Waldo selbst zum Weinen zumute, etwas, das er seit dem Tag, an dem seine Mutter starb, nicht mehr getan hat. Er wünschte, er könnte seinen Vater in die Arme nehmen, aber er tut es nicht. Er kann nicht. Das dritte newtonsche Gesetz: Jede Aktion in der Natur löst eine ebenso große und entgegengesetzte Reaktion aus. Vor langer Zeit hatte sein Vater ihn angeschrien, und er war von zu Hause weggelaufen. Er verbrachte die Nacht damit, Mrs Wilf zu wärmen, bis ihr Körper in seinen kleinen Armen steif und kalt wurde. Der alte Doktor, der ihn auf die Welt geholt hatte, wurde wie durch einen verflochtenen, unsichtbaren Faden an ihn gebunden. Seine Mom wurde seine Fürsprecherin und seine Rettung. Und vielleicht – bei dem Gedanken schließt er fest die Augen –, vielleicht verlangte ihr das zu viel ab. Vielleicht *war* es seine Schuld.

Sein Vater steht auf. »Wir müssen das Haus ausräumen«, sagt er. »In zwei Wochen gehört es den neuen Besitzern.«

Waldo Shenkman, das schmächtige, langwimprige, zarte Wunderkind fährt seinen Laptop hoch und vergewissert sich, dass er für das dreistündige Seminar am Stromnetz angeschlossen ist. Aber ehe er sich im Zoom Room seines Professors anmeldet, nimmt er seine handschriftliche Liste. Er überlegt, wie es sich anfühlen wird, das Haus auszuräumen – das einzige Zuhause, das er je gekannt hat, in dem er geboren wurde, in dem seine Mutter starb –, und schreibt kurz entschlossen eine SMS. Längeres Nachdenken würde ihn davon abhalten, und er will sich nicht davon abhalten lassen. *Hi Ben, ich bin's Waldo. Ich weiß, es ist eine verrückte Idee, noch dazu mitten in einer Pandemie, aber besteht vielleicht die Möglichkeit, dich zu besuchen?* Er ist in diesem Moment so sehr im Einklang mit dem Verlauf seines Lebens wie nie zuvor. Er tippt auf Senden, flüstert dann: *Ich bin der Himmel, ich bin der Himmel, ich bin der Himmel.*

22. DEZEMBER 2010

BENJAMIN

Seine Braut. Seine Frau. Sein Leben. Sie entschwand langsam. Teile von Mimi blieben so lange präsent, dass es möglich war, Minuten, sogar Stunden gemeinsamer Freude zu erleben. Ihr Duft: frisch, milchig, ein Hauch des Immortellenöls, mit dem sie sich jeden Morgen das Gesicht einrieb. Sie hatte immer schon gesummt – beim Kochen, bei der Gartenarbeit, beim Duschen, beim Spazierengehen –, und sie summte noch immer, nur dass sich jetzt die Melodien geändert hatten. Es dauerte eine Weile, bis Ben den Unterschied bemerkte, und die Erkenntnis versetzte ihm einen schmerzlichen Stich: Was sie da summte, waren Kinderlieder. Sie fiel in der Zeit zurück. Mimi drückte stets ihren Kopf an seine Schulter, wenn er sie besuchte. Sie breitete die Häkeldecke über ihren und seinen Schoß, wenn sie auf dem Sofa im riesigen Aufenthaltsraum von Avalon Hills saßen, deckte sie beide zu und sorgte dafür, dass sie es warm hatten, als wären sie Gefährten auf einer langen Sesselliftfahrt hoch über den Bergen.

Ihm stockt der Atem. Er sitzt am Steuer des Volvos. Er wird den Teufel tun und eines seiner Kinder fahren lassen. Nicht jetzt. Nicht, wenn seine Mimi – er schluckt schwer – *vermisst* wird. Sie haben ihn nicht geweckt. Sie haben ihn schlafen lassen, während seine Frau in Gefahr ist. Für wen halten sie sich? Mit welchem Recht? Er kann sich nicht erinnern, je so wütend gewesen zu sein.

»Es war unsere gemeinsame Entscheidung, Dad«, sagt Sarah.

Sie sitzt neben ihm. Theo auf der Rückbank.

»Schlechte Entscheidung«, sagt Ben knapp.

»Wir dachten doch nur, es wäre besser, wenn du –«

»Ich bin kein Kind, Sarah.«

So läuft das zwischen erwachsenen Kindern und ihren Eltern. Er hat das in seiner Praxis erlebt. Die Kinder übernehmen allmählich das Ruder. Sie meinen, sie wüssten alles besser. Aber wo zum Teufel sind die beiden denn in den letzten Jahren gewesen? Theo verzeiht er eher als Sarah. Theo ist schwächer, von Natur aus labil. Aber Sarah ist zäh. Sie kann auf Ressourcen zurückgreifen. Wie oft war sie zu Besuch, seit Mimi in dem Pflegeheim lebt? Zweimal? Ja, sie hat die Zwillinge. Aber sie hat auch Haushaltshilfen und einen Mann, der, seien wir doch mal ehrlich, sehr viel Zeit hat.

Ben schüttelt den Kopf, um ihn klarzubekommen. Wut hilft ihm jetzt nicht weiter und bleibt trotzdem sein alles beherrschendes Gefühl. Wut auf seine Kinder. Auf Avalon Hills. Es ist unerhört, dass eine Bewohnerin verschwinden konnte. Dabei versichern sie doch in ihrer Broschüre, dass sie gerade das bieten: Sicherheit, Betreuung, Aufsicht; fast seine ganzen Ersparnisse hat er dafür ausgegeben. Wie konnte Mimi unbemerkt aus dem Haus schleichen? Es ist ihm zwar nicht bewusst, aber er fährt dieselbe Strecke ab, die Theo und Sarah nur wenige Stunden zuvor abgefahren sind: die Exxon-Tankstelle, der Supermarkt »Stop & Shop«, die Einkaufspassagen mit Tabakläden, Delis, Thai-Restaurants, Nagelstudios, deprimierende Bauten, die es noch nicht gab, als die Kinder klein waren. *Mimi. Darling. Schick mir ein Zeichen. Ich brauche ein Zeichen.* Lächerlich, natürlich. Er hat das Innere vieler menschlicher Körper gesehen, und er glaubt nicht an Zeichen oder Gott. Aber dennoch versucht Ben, sein Bewusstsein mit einem höheren Bewusstsein zu verschmelzen, als gäbe es vielleicht Hinweise, die er sehen könnte, Geister, die ihn leiten könnten.

Inzwischen sind mehr Autos unterwegs. Die frühmorgendliche Rushhour hat begonnen. Die Bürger von Avalon werden am Bahnhof abgesetzt, um den Pendlerzug in die Stadt zu nehmen, oder sie parken auf den reservierten Stellplätzen. Alle, die mit dem Auto in die Stadt wollen oder in einem der Gewerbegebiete irgendwo in Westchester County arbeiten, fahren Richtung Schnellstraße. Ein Auto, das er kennt, kommt ihnen entgegen, ein Gesicht, das er kennt, hinterm Steuer. Der Dad von Waldo, begreift Ben. Seine Frau sitzt neben ihm. *Sachte, Alice. Noch mal pressen.* Er bemerkt etwas, das er erinnern und später begreifen wird: Sie sehen genauso gequält aus, wie er sich fühlt, Kiefermuskulatur angespannt und starr, Augen weit aufgerissen.

Mimi war eine Wasserratte. Wollte sie vielleicht zum Fluss? Bei dem Gedanken schaudert ihm. Es ist zu weit. Und fürchterlich, die Vorstellung, wie sie sich über eine Uferböschung beugt. Auf den Geschäftsstraßen von Avalon müsste sie ein Gefühl der Vertrautheit empfunden haben. Im Laufe der Jahre hat sie weiß Gott genug Zeit dort verbracht. Sie hatten das Haus auf der Division Street auch deshalb ausgesucht, weil es nur ein kurzes Stück zu Fuß vom Zentrum entfernt lag. Es hatte sich irgendwie weniger vorstädtisch angefühlt, nicht für jede Besorgung ins Auto steigen zu müssen. Als Ben jetzt zum vierten Mal die Main Street abfährt, betrachtet er die geschlossenen Läden. Der Deli ist das einzige Geschäft, das so früh schon geöffnet hat, um Pendler mit Ei-Käse-Sandwiches zu versorgen. Er fühlt sich völlig ohnmächtig – ein fremdartiges Gefühl. Normalerweise gibt es immer irgendetwas, das er tun kann. Einen Weg nach vorne. Eine Möglichkeit, Probleme zu lösen. Aber Mimi könnte überall sein.

Sein Handy vibriert in der Hosentasche, erschreckt ihn. Er

hat Schwierigkeiten, es herauszuholen. Sarah will ihm helfen, und er schlägt ihre Hand weg.

»Ben Wilf«, sagt er. Seine Stimme ist ein Krächzen. Er räuspert sich.

»Dr. Wilf, wir haben den Armbandsender gefunden, den Mrs Wilf getragen hat.« Das ist die Kontaktperson, die von Avalon Hill beauftragt wurde, mit den Angehörigen zu kommunizieren. Eine Sozialarbeiterin. Als wäre das etwas, das gemanagt werden kann.

Ben lenkt mit einer Hand, stellt mit der anderen das Handy auf Lautsprecher.

»Leider hat sie es irgendwie geschafft, das Armband abzunehmen«, sagt die Sozialarbeiterin. »Wir können sie also nicht mehr orten –«

»Wo war es?«, fällt Sarah ihr laut ins Wort. »Wo war das GPS-Armband?«

Eine ganz kurze Pause.

»Am Rand der Schnellstraße. Nicht weit von der Mall.«

In fassungslosem Schweigen wendet Ben unerlaubterweise. Sarah hat es ausnahmsweise die Sprache verschlagen. Sie dreht ihre schmalen Schultern von ihm weg und starrt aus dem Fenster. Theo zieht die Knie an die Brust und wippt vor und zurück, wie früher, als er ein kleiner Junge war. Ben fährt schnell, routiniert. Wenn er sich auf Operationen vorbereitete, ging er im Geist immer seine eigene Checkliste des Sicherheitsprotokolls durch, die er natürlich in- und auswendig kannte, aber es half ihm, seine Gedanken zu ordnen, wenn er sie Punkt für Punkt abarbeitete. Mimi auf der Schnellstraße. Mimi im Schnee auf der Schnellstraße. In der Nähe der Mall. Mimi, die auf der Schnellstraße ihr GPS-Armband abreißt. Er erinnert sich an das Herabstürzen des Fallbeils, den Moment, in dem er erkannte, dass sie Alzheimer hatte. Aber da war seine Frau noch da, wenn auch nur noch ein kleiner Teil von ihr. Er hatte noch immer seine Mimi. Eine Zeile aus einem Gedicht von Emily Dickinson geht ihm durch den Kopf wie ein Liedtext: *Mein Leben, zweimal fiel's ins Schloß*. Ist es das jetzt? Das zweite Mal?

SHENKMAN

Alice kocht vor Wut. Er spürt die Hitze, die sie ausstrahlt, als hätte ihre bodenlose Wut auf ihn eine Temperatur. Ihre Nasenspitze und der obere Rand ihrer Ohren sind rot, die Augen verquollen. Er hatte sie wach gerüttelt – was wegen der Schlaftablette nicht ganz einfach war – und gar nicht erst versucht, es zu beschönigen oder sie zu schonen. Was hätte das gebracht? Es ist eine Katastrophe. Die größte seit jenem frühen Silvesterabend vor elf Jahren. Nur drei Wörter: *Waldo ist weggelaufen.* Die Katastrophe damals ging gut aus. Er erlaubt sich eine Sekunde lang die Hoffnung, dass auch diese gut ausgehen wird.

Alice muss es nicht aussprechen: *Du bist schuld. Dein Jähzorn. Du bist außer Kontrolle. Du machst ihm Angst. Kein Wunder, dass er weggelaufen ist*. Sie muss es nicht aussprechen, weil er es schon weiß. Shenkman weiß es. Er hat seinen unbegreiflichen Sohn nicht verdient. Als hätte das Universum einen kolossalen Fehler gemacht. Er war nicht dazu bestimmt, der Hüter dieses Jungen zu sein. Er wechselt in den Verhandlungsmodus: Falls sie Waldo finden, falls Waldo unversehrt ist, okay, lebendig, unverletzt, wird er sich ändern. Wirklich ändern. Vielleicht gibt es eine Therapie für jähzornige Väter. Oder vielleicht stimmt ja irgendwas anderes nicht mit ihm. Er trinkt nicht (das ist Alice' Abteilung), nimmt keine Drogen, er guckt keine Pornos im Internet (zumindest nicht oft), und er war noch nie im Puff, er ist nicht spielsüchtig – aber er ist innerlich krank. *Vergib mir*, sagt er zu dem Gott, an den er seit seiner Bar-Mizwa nicht mehr gedacht hat. *Nur dieses eine Mal.* Er würde alles dafür geben. Er würde sein Leben um ein Jahrzehnt verkürzen. Oder zwei.

»Wir wissen doch nicht mal, wonach wir suchen«, sagt Alice. So hat er sie noch nie reden hören. Alle Sanftmut verschwunden. Keine Spur davon mehr übrig. Ihre Stimme ist wie ein zum Zerreißen gespanntes Gummiband. »Du fährst im Kreis. Wir wissen nicht, wo zum Teufel wir hinsollen.«

Shenkman verflucht sich selbst, weil er keine Tracking-App auf sein iPad geladen hat. Das wäre ein Kinderspiel gewesen, hätte er eine solche Situation vorhergesehen, was er natürlich nicht konnte. Waldo ist noch nicht ganz elf. Elfjährige Jungs müssen nicht geortet werden, weil ihre Eltern immer genau wissen, wo sie sind. Bislang hat Waldo sich nie weiter gewagt als bis raus auf die Division Street, wie letzte Nacht. Jetzt könnte er Gott weiß wo sein. Shenkman stellt sich vor, wie Waldo in einen Zug steigt. Würde ihn jemand aufhalten und fragen, wo seine Eltern sind? Er weiß, dass Waldo sein Taschengeld mitgenommen hat. Wie weit kann er mit zehn Dollar kommen? Shenkman hat noch nie an die Freundlichkeit von Fremden geglaubt, und jetzt fühlt sich die Welt mehr denn je unermesslich weit und kalt an. Jeder gegen jeden.

Während sie die Main Street hinunterfahren, dreht Alice den Kopf unablässig von einer Seite zur anderen, so gleichmäßig wie die Bewegung einer Überwachungskamera. Sie passieren ein Auto, das sie kennen. Einen alten beigen Volvo. So einen sieht man nicht oft in einer angesagten Kleinstadt in Stadtnähe. Der alte Arzt sitzt am Steuer, eine jüngere dunkelhaarige Frau neben ihm. Es ist bloß ein flüchtiger Blick, ein kurzer

Moment. Shenkman spürt blitzartig einen Wunsch in sich aufsteigen – als wäre er selbst wieder Kind –, den Wunsch, dass der alte Arzt noch einmal ein Wunder aus dem Ärmel zaubert.

»Ich will die Scheidung«, sagt Alice. Sie starrt jetzt geradeaus, hat die Fäuste in den Bauch gepresst, als könnte sie Waldo wieder zurück an einen sicheren Ort drücken. »Ich sag's dir jetzt. Egal, was passiert. Ich will nicht mehr mit dir verheiratet sein.«

Shenkman sieht zu Alice hinüber. Es ist die Angst, die aus ihr spricht. Es ist ihre völlig berechtigte Wut auf ihn. Sie wird sich schon wieder einkriegen.

Er biegt auf den Parkplatz des »Stop & Shop«, fährt bis zum Eingang, wo die Einkaufswagen aufgereiht sind. Man weiß ja nie.

»Hast du nichts dazu zu sagen?«

Sie weigert sich, ihn anzusehen.

»Alice, bitte. Nicht jetzt. Wir sollten uns nur darauf konzentrieren –«

Der Klingelton seines Handys – die Anfangstakte von Lady Gagas »Poker Face« – dröhnt aus den Lautsprechern des Autos.

»Scheiße!«, brüllt Shenkman. Es macht ihm Angst. Er stößt mit einem Finger aufs Lenkrad, um den Anruf anzunehmen.

»Hallo?«

Das zischende Geräusch eines Handys.

»Diese verdammten Werbeanrufe –«

Er will gerade wieder mit dem Finger zustoßen, um aufzulegen.

»Shenkman, hey, alter Freund. Ich bin's, Jack Lindgren.«

Er und Alice sehen sich verblüfft an. »Wer ist das?«, flüstert sie lautlos.

»Hör mal, Kumpel – das ist jetzt komisch, aber dein Sohn? Waldo? Der hat mir gerade geschrieben«, sagt Lindgren.

»Was?!«

»Ich schätze, ich war die letzte Person, die dir gemailt hat, deshalb –«

»Wo ist er?«, schreit Alice.

Shenkman legt eine Hand auf ihren Oberschenkel. *Sei bitte still.*

»Er hat mich gebeten, dich anzurufen. Ich weiß nicht, was genau das heißt, aber ich soll dir sagen, dass er in der Mall ist.«

Shenkman rast mit Vollgas vom Parkplatz.

Alice ergreift das Wort.

»Danke.« Sie beginnt zu weinen. »Einfach danke, danke.«

Er schlängelt sich durch den morgendlichen Verkehr. Er hat die Zähne so fest zusammengepresst, dass sie abbrechen könnten, und er spürt eine Ader in seiner Schläfe pochen. Die Farben um ihn herum werden intensiver: Die rote Markise der chemischen Reinigung ist knalliger, das Graffiti an der Überführung neonblau. Zeichen sind überall. Zeichen und Wunder. Er hat keine Ahnung, was sie bedeuten sollen. Nur eines: Sein Sohn lebt. Sein Sohn ist in der Mall. Seine Frau weint neben ihm, und er wagt es, ihre Hand zu nehmen. Vielleicht, nur vielleicht, bekommen sie noch eine Chance.

WALDO

Der Akku ist runter auf 5 Prozent. Außerhalb der Spielhütte hört er bloß das Rauschen des Windes. Die Läden in der Mall machen erst in ein paar Stunden auf. Inzwischen ist der Tag angebrochen. Ein einzelner Sonnenstrahl dringt durch eine Ritze zwischen den Zedernholzbrettern. Als hätte jemand eine Kerze angezündet. Zum ersten Mal sieht er jetzt eine kleine Leiter, die offenbar hoch zu der Wendelrutsche führt. Wenn er zu Hause wäre, würde er sich für die Schule fertig machen, noch mal nachsehen, dass er auch wirklich alle Hausaufgaben und Bücher in seinem Rucksack hat. Immer vergisst er irgendwas. Seine Mom hätte schon seinen Lunch eingepackt, jeden Tag derselbe, das Einzige, was er isst: zwei Scheiben Schinken und zwei Scheiben Schweizer Käse auf Bio-Weißbrot. Kein Senf. Keine Mayo. Eine Wachspapiertüte mit Möhrensticks. Ein weicher Schokokeks. Ein Zettel mit vielen *xoxo* und einem Smiley drauf. Manchmal vergisst sie die Möhren oder den Keks, aber das Smiley vergisst sie nie.

Listen helfen. Alle möglichen Listen. Die Lippen der alten Lady sind jetzt blau. Sie hat sich lange nicht mehr bewegt, und ihr Atem macht keine Wolken mehr in der kalten Luft. Ihr Arm ist im Schlaf auf seine Brust gerutscht, und als er ihn anhebt, spürt er, wie steif und schwer er ist. Er weint, merkt es aber kaum. Seine Wimpern kleben ihm an den Wangen. Die alte Lady ist tot, das weiß er. Er weiß es, obwohl er noch nie einen toten Menschen gesehen hat, außer im Film. Wenn das hier ein Film wäre, würde sie vielleicht jemand retten. Sie würde wieder lebendig werden. Er würde jetzt alles dafür tun, dass sie die Augen aufschlägt und ihn wieder mit dem falschen Namen anredet.

Lady?, flüstert er, als wären noch andere in der Spielhütte. *Lady, wer sind Sie? Warum sind Sie hier reingekommen?*

Vielleicht kann er die Zeit zurückdrehen, wenn er weiter mit ihr redet. Vielleicht ist Sterben nicht real. Vielleicht können seine Worte Leben in sie hineinhauchen. Vielleicht ist das alles ein Traum. Er weint noch immer, kann nicht aufhören. Es ist seine Schuld. Die Lady ist seinetwegen gekommen. Sie dachte, er wäre jemand anders. Jemand, der Theo heißt.

»Ich heiße Waldo Shenkman.« Er redet weiter. »Ich bin fast

elf. Ich gehe in die sechste Klasse. Ich wohne auf der Division Street.«

Die Lady rührt sich nicht. Wenn sie könnte, wenn sie noch im Land der Lebenden wäre, würde sie Waldo sagen, dass sie ganz genau weiß, wer er ist. Dass sie ihn von der anderen Straßenseite aus beobachtet hat, wie er zum Kleinkind wurde, zum Kindergartenkind, das in den Autos seiner Eltern hin und her kutschiert wurde, zum schmächtigen Jungen mit einer ganz besonderen Ausstrahlung, die in einem den Wunsch weckte, ihn durch Zeit und Raum hindurch zu erreichen. Dass ein stiller Stolz sie erfüllte, weil ihr Mann daran beteiligt gewesen war, dieser vollkommenen Seele auf die Welt zu helfen. *Das Kind wäre beinahe gestorben.* Aber die Lady ist tot.

»Lady, wir müssen irgendwas tun.« Er berichtigt sich. »Ich muss irgendwas tun.«

Auf dem Startbildschirm hat sein Dad eine Menge Apps, hauptsächlich Sachen für seine Arbeit, die Geld bedeuten. Waldo hat noch nie auf sie geachtet, weil das iPad für ihn nur eine einzige Funktion hat. Er streicht mit dem Finger über die Mailbox. Jetzt hat der Akku nur noch 1 Prozent. Er geht auf den ersten Namen im Posteingang seines Vaters.

Hallo wer immer Sie sind Sie kennen mich nicht aber ich heiße Waldo Shenkman. Rufen Sie bitte meine Eltern an und sagen Sie ihnen dass ich in der Mall bin. Ich hab Angst. Ich hab so viel Angst und mir ist so kalt. Und es ist was passiert. Meine Eltern müssen herkommen. Bitte, rufen Sie sie an. Danke und Entschuldigung.

Ob diese unbekannte Person seine Mail empfängt oder ihm zurückschreibt, wird er nicht erfahren, denn der Bildschirm des iPad wird dunkel und stirbt. Die Lady ist tot, und das iPad ist tot. Die nächsten Minuten werden Waldo Shenkman für den Rest seines Lebens prägen. Er lehnt sich mit seinen ganzen knapp 30 Kilo nach hinten gegen die Wand, die so neu ist, dass sie nach Sägespänen riecht. Er weiß nicht, ob seine Eltern kommen werden. Er kann seine Finger und Zehen nicht mehr spüren. Vielleicht wird er auch sterben. Vielleicht wird er ein toter Stern werden, wie der Krebsnebel. Der Krebsnebel hat noch immer ein zerstörtes, schlagendes Herz in seinem Zentrum. Es pulsiert und pulsiert in einer ultradichten Sphäre, die es hundert Milliarden Mal stärker macht als Stahl. Er hat sich einen Zeitrafferfilm angesehen. Das zerstörte, schlagende Herz sendet Wellen nach außen und sieht so ähnlich aus wie das Ultraschallvideo, das seine Mom ihm mal gezeigt hat. *Das da bist du! Das ist Waldo.*

Er ist in Gegenwart von etwas, das unendlich viel größer ist als er – so groß wie der ganze Himmel –, das spürt er. Schon bei dem Versuch, es zu begreifen, würde etwas in seinem Kopf zerspringen, also versucht er es erst gar nicht. Er sitzt da und bleibt so still und ruhig, wie er nur kann. Die Lady mag ja tot sein, aber die Spielhütte ist erfüllt von ihrem Leben. Er blickt nach unten auf ihre durchscheinende Pergamenthaut, und irgendwie hat er plötzlich keine Angst mehr. Nicht vor der Lady. Nicht vor dem Tod.

Sie ist an einer Schwelle – schwebend, durchsichtig, all die Ichs, die sie je war. In der Spielhütte ist ein kleines Kind, kleiner als Waldo. Ein Mädchen im Teenageralter geht eine belebte Straße entlang. Eine junge Frau verliebt sich. Eine Ehefrau wird Mutter. Eine heitere, liebevolle Präsenz. Sie alle umringen sie beide. Es ist nicht unheimlich. Es ist überhaupt nichts. Vielleicht hat jeder Mensch ein unzerstörbares Herz, das hundert Milliarden Mal stärker ist als Stahl. Er beobachtet den Tanz von Licht und Schatten an den Wänden. Eines Tages wird ihm das helfen.

Ihr Vater fährt zu schnell, aber gekonnt, das muss sie ihm lassen. Was haben Theo und sie sich dabei gedacht? Ihn wie ein Kind zu behandeln? Wie jemanden, der geschützt werden muss, der seine Nachtruhe braucht, während ihre Mutter vermisst wird. *Schlechte Entscheidung*, hat er gesagt. Vielleicht das Härteste, was Ben je zu ihr gesagt hat. Es hatte sich wie eine Ohrfeige angefühlt – weil es wahr war, wahrer, als er wissen kann. *Schlechte Entscheidung* ist inzwischen ihr zweiter Vorname. Ihr zweiter und dritter.

Noch immer ist es viel zu früh, Dr. Baum zu erreichen. Und außerdem, was könnte er ihr schon sagen? Er gibt nicht gerne Ratschläge. *Am Rand der Schnellstraße. Denk dran, wir haben Fotos gemacht. Nicht weit von der Mall. Ruf mich zurück, du Bitch.* Einen kurzen Moment schließt sie die Augen, sieht die Zwillinge vor sich. Sie sind ihr einziger sicherer Ort. Aber halt, sie könnte sie verlieren. Könnte sie sie verlieren? Nein. Sie ist die Mutter. Und die Ernährerin der Familie. Egal, was sie getan hat. Ihr Verstand ist scharf, schaltet auf Produzentinnenmodus, genau wie ihr Vater, das weiß sie, auf Arztmodus schaltet. Was muss in Ordnung gebracht werden? Und wie?

Ihre arme Mutter. Ein entsetzlicher Gedanke: Sie weiß ehrlich nicht, was besser wäre – Mimi lebend oder tot zu finden. Die einzige Gewissheit ist, dass sie sie finden müssen. Mimi ist die leere Hülle ihrer selbst. Wenn Sarah ehrlich mit sich ist – und sie macht es sich zur Gewohnheit, ehrlich zu sein, wenn auch nicht unbedingt diszipliniert –, hat sie ihre Mutter schon längst betrauert. Mimi ist vor Jahren fortgegangen. Wie weit fort wurde Sarah das erste Mal klar, nachdem sie zu Hause angerufen und fünfzehn, zwanzig Minuten mit ihrer Mutter geplaudert hatte. Sarah hatte froh und erleichtert aufgelegt. Sie hatten sich über alles Mögliche unterhalten. Mimi hatte sich nach Peter erkundigt und nach Sarahs Freunden, jeweils mit Namen; sie hatte ihr ein neues Rezept für Zucchinibrot empfohlen. Vielleicht war ja alles doch nicht so schlimm, wie ihr Vater angedeutet hatte. Aber dann klingelte das Telefon. Es war Mimi, ihre Stimme hell und melodisch wie immer. Sie wollte sich nur mal melden, sagte sie. Sie hatten schon so lange nicht mehr miteinander geredet.

Sarah hat Mimi nur zweimal besucht, seit Ben sie in dem Pflegeheim untergebracht hat. Sie weiß, dass sie in jeder Hinsicht versagt hat. Sie ist eine Versagerin. Die beiden Male, die sie ihre Mutter sah, war sie mit einer stummen, infantilen Wut erfüllt, als könnte Mimi doch einfach mit dem Quatsch aufhören. Als würde sie schauspielern. Es war unmöglich, dass dieser Mensch wie ihre Mutter aussehen, sich wie ihre Mutter anhören, aber nicht ihre Mutter sein konnte. Sarah macht sich schon lange nicht mehr vor, dass ein flüchtiges vertrautes Lächeln irgendetwas bedeutet. Das sind Reflexe, so wie Neugeborene lächeln, wenn sie pupsen. Ihr Vater und sogar ihr Bruder haben sich viel zu lange an die Idee geklammert, dass ein Wesenskern von Mimi noch immer da ist.

»Die Schnellstraße.« Bens Kiefermuskeln verkrampfen sich. Er wird dem Heim die Hölle heißmachen.

»Wir finden sie, Dad.« Theo bricht sein Schweigen.

Ben verlangsamt auf Schritttempo, als sie sich der Mall nähern. Die Knöchel seiner Finger am Lenkrad sind weiß. Ein Sattelschlepper hupt gellend, als er sie auf der linken Spur überholt.

»Arschloch«, knurrt Ben. »'tschuldigung! Dich hab ich nicht gemeint, Theo.«

Gut möglich, dass seine Kinder ihn noch nie haben fluchen hören.

Sie halten verzweifelt Ausschau, aber natürlich sehen sie nichts. Eventuelle Fußspuren sind längst vom Schnee bedeckt. Mimi ist diesen schmalen Seitenstreifen der Schnellstraße entlanggegangen. Irgendwie hat sie es geschafft, ihr GPS-Armband abzureißen. Wie ist sie gekleidet? Was trägt sie an den Füßen? Als Sarah sie das letzte Mal sah, war Mimis ausladender Gang zu einem Schlurfen geworden. Sie verdrängt das Bild, wie ihre Mutter gegen den heulenden Wind ankämpft.

Ben biegt in die Einfahrt zur Mall. Der Schnee ist noch nicht geräumt worden. In einigen Stunden wird der Parkplatz überfüllt sein, weil viele noch rasch letzte Weihnachtseinkäufe erledigen wollen. Jetzt jedoch ist er ein unberührtes weißes Feld, der Schnee fast dreißig Zentimeter hoch. Der Volvo verliert die Bodenhaftung und gerät ins Schleudern.

»Scheiße«, sagt Ben leise.

Sie sind noch weit von den Geschäften entfernt.

Ben gibt Gas, und die Räder drehen durch.

»Dad – Dad, hör auf.«

Ben atmet schwer. Wieder gibt er Gas. Der Geruch von Gummi liegt in der Luft.

»Wir müssen laufen.«

Sie steigen aus dem Wagen, lassen ihn einfach quer stehen und stapfen auf die Geschäfte zu. Ben trägt die dicken Stiefel, die er immer zum Schneeschaufeln anzieht, und die nötigen Schichten Winterkleidung, Gott sei Dank! Auch Theo hat ein paar Sachen aufgetrieben, die der Witterung halbwegs angepasst sind. Sarah dagegen trägt noch immer ihren dünnen Kaschmirmantel, der sich wunderbar für kühle Abende in L. A. eignet. Sein Saum schleift durch den Schnee, und sie zieht den durchnässten Stoff hoch bis zur Taille. Wenigstens stecken ihre Füße in kniehohen Gummistiefeln, die wahrscheinlich mal Mimi gehört haben.

Die Geschäfte leuchten in der Ferne wie eine Fata Morgana. Warum in aller Welt soll Mimi ausgerechnet hierhergekommen sein? Sie mochte die Mall nie und mied sie weitgehend, weil sie lieber in den kleinen familienbetriebenen Läden in der Stadt einkaufte. Was kann sie hergezogen haben? Bestimmt nicht die Schaufensterpuppen von »Neiman Marcus« – Designerklamotten konnte sie nie etwas abgewinnen – oder die einfallslose Weihnachtsdeko von »Pottery Barn«.

Die oberste Schneeschicht peitscht um sie herum. Die Mall wird von zwei Kaufhäusern flankiert – »Neiman« auf der einen, »Macy's« auf der anderen Seite. Fast alles dazwischen ist im Inneren untergebracht. Hunderte? Es müssen Hunderte von Geschäften sein. Man könnte sich einen Welpen kaufen. Man könnte sich Ohrlöcher stechen lassen. Man könnte sich eine Luxusdesignerhandtasche kaufen. Scheiße, was machen sie hier eigentlich? Sie wissen nicht mal mit Sicherheit, dass Mimi es bis hierher geschafft hat. Vielleicht läuft sie noch immer die Schnellstraße entlang. Vielleicht hat sie sich unter der Leitplanke hindurchgebückt und irrt jetzt durch irgendeinen Hinterhof.

Theo sieht es als Erster.

»Play Heaven!« Der Wind trägt seine Stimme. »Da vorne.« Er blinzelt und deutet mit einer behandschuhten Hand in die Richtung.

Der Laden an einer Seite der Mall sieht deplatziert aus, der Eingang rustikal und verspielt, wie das Tor zu einem magischen Baumhaus. Sie beschleunigen ihre Schritte. Das ausgestellte Klettergerüst mit der Spielhütte steht links vom Eingang. Theo hat recht. Es ist das Einzige in der ganzen Mall, das ihrer Mutter gefallen würde. Bodenständig, robust, einladend.

Schnee ist oben in die Gummistiefel gedrungen, schmilzt um ihre Füße. Sie spürt kaum, dass sie sich bewegt. Sie sind fast da. Wenn es für sie schon so mühsam ist, wie muss es dann erst für ihren Dad sein? Er stemmt sich gegen den Wind, setzt einen Fuß vor den anderen. Ein wilder Beschützerinstinkt erwacht in ihr. Ihr Dad. Ihr geliebter Dad. Er muss unbedingt die Kraft finden, alles auszuhalten, was auch immer jetzt kommen mag.

»Dad? Bist du okay?«, ruft Sarah.

Ben antwortet nicht. Schnee hängt in seinen buschigen Augenbrauen. Hinter ihnen das stete Rauschen von Autos und Lastwagen auf der Schnellstraße, Menschen auf dem Weg zur Arbeit.

Als sie näher kommen, sieht Sarah die geschlossene Tür mit dem schiefen WILLKOMMEN-Schild, und ein Schaudern durchläuft sie. Sie weiß es. Sie sieht ihre Mutter hineinschlüpfen, Schutz suchen. Es macht in jeder Hinsicht Sinn. Falls überhaupt etwas Sinn machen kann. Sie ist als Erste an der Tür und drückt sie auf, dann geht sie in die Hocke und schiebt sich hindurch.

Draußen wird das Licht so gleißend vom Schnee reflektiert, dass ihre Augen einen Moment brauchen, um sich anzupassen. Der Raum ist klein und trüb, nur ein heller Sonnenstrahl fällt laserartig auf etwas Unförmiges, das aussieht wie ein Haufen Lumpen. Im ersten Moment denkt sie: Nichts. Niemand. Sie hat sich geirrt. Sie haben sich geirrt. Mimi ist nicht hier.

»Hallo?« Eine leise Stimme. Eine Kinderstimme.

Ihr stockt der Atem.

»Wer sind Sie?« Die dünne Stimme bebt.

Sie fährt herum, dann sieht sie ihn. Ein kleiner Junge kniet in der dunkelsten Ecke.

»Hab keine Angst«, sagt sie instinktiv. Sie ist schließlich Mutter.

Jetzt versucht Ben, sich durch die Tür zu zwängen. Er dreht sich seitlich, rutscht hindurch. Ehe die Tür hinter ihm zufällt, dringt für einen ganz kurzen Moment Licht in die kleine Spielhütte, wie der Blitz eines Stroboskops.

»Waldo?« Ben starrt den Jungen an.

»Dr. Wilf?« Der Junge beginnt zu weinen.

»Waldo, mein Gott, Junge. Was in aller Welt –«

»Dr. Wilf, die Lady –«

Die Lady. Sarah blickt erneut zu dem Lumpenhaufen hinüber und sieht die langen grauen Wellen, jetzt strähnig, aber unverkennbar. *Die Lady.* Und dieser kleine Junge kennt ihren Vater. Weißes Rauschen füllt ihren Kopf, und sie stolpert, als sie in ihren Gummistiefeln einen Schritt zu dem Lumpenhaufen macht, der ihre Mutter ist. Jetzt ist sie bei ihr. Packt sie. Hält sie. Hebt sie. Und sie hört sich selbst *Bitte, bitte, bitte* sagen, obwohl sie nicht glaubt, dass sie es laut sagt.

»Sarah, Vorsicht, vielleicht ist sie verletzt –« Ben ist neben ihr auf den Knien. »Mimi, was, ich kann nicht –«

Sarah bringt es nicht über sich, es auszusprechen. Sie öffnet den Mund, und statt Worten – *sie ist tot, Dad* – kommt ein Geräusch heraus, ein klagender Laut, den sie noch nie gehört hat, den sie nicht erkennt. Sie kam klar. Sie kam so was von klar. Sie hatte getrauert. Sie war damit durch. Sie hatte in Betracht gezogen, dass es vielleicht besser für sie alle wäre, wenn sie ihre Mutter tot auffänden. Und da ist sie nun. Da sind sie nun.

Ben streckt die Hand aus und berührt Mimis Wange.

Nein, nein, nein, flüstert Ben. *Oh, Darling. Nicht so.*

»Dr. Wilf? Kennen Sie die Lady?« Die Augen des Jungen nehmen sein halbes Gesicht ein.

Theo steht schwankend vor der offenen Tür, sperrt das Licht aus. Er kann sich nicht ins Innere quetschen.

»Dad?«

Ben hat das Gesicht in den Händen vergraben. Als er sie wegnimmt, sind sie tränennass.

»Dad?« Theo erneut.

»Sei doch still, Theo«, wimmert Sarah, »siehst du denn nicht –«

»Hier sind andere Leute.«

SHENKMAN

In der Mall gibt es nur einen Laden, den Waldo kennt. Dieses Spielzeuggeschäft, wo sie das massive Kiefernholzteil gekauft haben, das jetzt langsam im Garten vergammelt. Das Ding hat so viel gekostet wie ein Urlaub in Cancún. Waldo hat nie Spaß daran gehabt. Noch so ein gescheiterter Versuch von Shenkman, seinen Sohn nach seinem eigenen Bild zu formen.

Die Allwetterreifen des Lexus schlingern und greifen dann wieder, pflügen sich fast professionell über den Parkplatz, vorbei an einem leeren, schräg stehenden Auto mit eingeschalteter Warnblinkanlage. Fußspuren im Schnee führen davon weg.

»Schneller«, sagt Alice mit dieser neuen Anspannung in der Stimme. »Wer weiß, wie lange er schon da ist. Falls er überhaupt da ist. Du bist dir deiner Sache so sicher.«

Shenkman ist sich nur dieser einen Sache tatsächlich sicher. Alice tut so, als hätte sie einen geheimen Zugang zu Waldos Gehirn, aber er, Shenkman, ist nun mal der Vater. Und Väter wissen so manches. Selbst wenn Väter total versagen und zulassen, dass auch noch der letzte Rest ihrer eigenen beschädigten Seelen ihre Kinder verseucht, bleibt da trotzdem eine Verbindung. Wie die tiefen selbstauflösenden Fäden in seinem Knie, die der Arzt benutzte, um seinen gerissenen Meniskus zu operieren, gibt es Fäden unter der Oberfläche, die ihn an seinen Jungen binden und seinen Jungen an ihn.

In all dem Weiß wird eine Gestalt sichtbar, ein großer, massiger Mensch, der am Eingang eines Klettergerüsts steht. Shenkman macht eine Vollbremsung, was nicht besonders klug ist, denn der SUV schlingert im Halbkreis herum, ehe er zum Stehen kommt.

»Arschloch«, knurrt Alice.

Er springt aus dem Wagen und rennt los, soweit er in dreißig Zentimeter tiefem Schnee rennen kann. Die Sonne geht am Morgenhimmel auf, und er kann sehen, dass die Person ein Mann ist. Der Mann trägt einen Parka und darunter ein Hoodie, dessen klatschnasse Kapuze sich über seinem Kopf spannt. Er schlägt seine behandschuhten Hände aneinander und scheint in einer furchtbaren Verfassung zu sein, sein offener Mund ein Schlund der Trauer. Was hat er getan? Was hat er Waldo angetan? Ein Film mit grässlichen Bildern läuft in Shenkmans Kopf ab. Jedes Kind in den Abendnachrichten. Jedes Kind, das als vermisst gilt. Jedes Kind auf Gesucht-Plakaten. Diese armen, unglücklichen Familien, die das Schlimmste durchmachen.

Shenkman – anders kann man es nicht nennen – Shenkman rast. Alles Blut in seinem Körper rauscht ihm in den Kopf, als er den Mann an den Schultern packt und schüttelt. Er ist jetzt ein Wolf, Shenkman, und obwohl der Mann locker dreißig Kilo mehr wiegt als er, ist er eine Beute zwischen Shenkmans Zähnen, der Kraft seiner Wut ausgeliefert.

»Wo ist er?«

»Wer?«, keucht der Mann.

»Du verdammtes Monster, wo ist mein Sohn?«

Shenkman versetzt ihm einen harten Stoß, und der Mann fällt mit einem Aufschrei zu Boden.

»Dad?« Eine dünne Stimme von einem dünnen Jungen. Waldo schiebt den Kopf aus der Tür der Spielhütte, und sein übriger Körper kommt hinterher. »Dad, Mom?«

Alice bricht fast zusammen. Ihre Knie geben nach, und sie klammert sich an Shenkman, um nicht hinzufallen. Ihr Junge. Am Leben. Unverletzt. Er kommt aus dem dunklen Innern der Spielhütte, das iPad an die Brust gedrückt. Alice stürzt auf Waldo zu, hält ihn fest, als könnte er wieder verschwinden.

Sie wendet sich dem Mann auf dem Boden zu, der sich jetzt wieder aufrappelt. Sein Kinn ist aufgekratzt und blutig.

»Sie haben ihn entführt«, zischt sie.

»Mom! Mom, nein! Ich kenn ihn gar nicht!« Waldos Stimme bebt.

Der Mann richtet sich auf und zieht die Kapuze vom Kopf. Er sieht Shenkman und Alice ruhig an, sein Gesicht gequält und sanft. Er atmet noch immer schwer.

»Meine Eltern sind da drin.« Er zeigt auf die Tür der Spielhütte, die wieder zugefallen ist. »Meine Mutter –« Seine Stimme bricht.

»Er meint die alte Lady«, wirft Waldo ein. »Die alte Lady hat sich verirrt, und sie –«

Shenkman starrt Theo an. Das ergibt alles keinen Sinn. Eine verirrte alte Lady? Die Eltern dieses Fremden? Er betrachtet das schiefe WILLKOMMEN-Schild. Nichts hat je weniger einladend ausgesehen.

»Und dann ist Dr. Wilf –«

Shenkman und Alice sehen sich über Waldos Kopf hinweg an. *Laufen Sie rüber, und lassen Sie sich von meiner Frau meine Arzttasche geben.* Wieder mustert Shenkman den Mann, den er gerade attackiert hat, und jetzt erkennt er in dem aufgedunsenen Gesicht die kombinierten feinen Gesichtszüge eines Ehepaares, das an einem längst vergangenen Nachmittag ihr Leben mit unaussprechlicher Dankbarkeit erfüllte. *Okay, Alice. Auf drei pressen Sie.*

»Ich zeig's euch«, sagt Waldo.

»Waldo, nein!«

»Ist gut«, sagt Shenkman fast gegen seinen Willen. Er wird von etwas angetrieben, das er nicht versteht, aber er weiß, dass er jetzt die Chance hat, das Richtige zu tun. Was immer das ist.

Er folgt seinem Sohn – wann ist er Waldo je gefolgt? , als der seine schmale Schulter gegen die Tür lehnt und sie aufdrückt. Dann geht Shenkman tief in die Knie und zwängt sich hinein. Er hört jemanden weinen, ehe er begreift, was er sieht. Da, in der Ecke auf dem Boden, ist Benjamin Wilf. Er hält – mein Gott, er hält Mrs Wilf (ihren Vornamen hat Shenkman nie erfahren) an sich gedrückt. Eine Frau etwa in Shenkmans Alter ist bei ihnen. Schlank, dunkles Haar, herzförmiges Gesicht. Sie sieht zu ihm hoch.

»Wer zum Teufel sind Sie?«, fragt sie.

»Das ist mein Dad«, sagt Waldo.

Ben Wilf hebt den Kopf.

»Wir kennen uns«, sagt er leise.

Er wendet sich Shenkman zu. »Anscheinend war Ihr Junge hier«, sagt er. »Bei meiner Frau.«

»Ich bin weggelaufen«, sagt Waldo.

»Meine Frau auch.«

»Sie war eine nette Lady, Dr. Wilf«, sagt Waldo. »Sie hat mich die ganze Zeit mit falschem Namen angeredet.«

»Wie hat sie dich genannt?«

Waldo zögert. »Theo«, sagt er schließlich.

Ben Wilf nickt, als würde das Sinn machen.

»Sie war durcheinander.«

Die schlanke, dunkelhaarige Frau hat ihr iPhone in der Hand, das im Halbdunkel der Spielhütte leuchtet.

»Dad? Ich denke, wir sollten jemanden verständigen? Wo ruft man da an? Doch nicht 911, oder? Weil sie doch –«

»Doch, ruf 911 an«, sagt Ben. »Die müssen sie für tot erklären.«

»Aber du bist Arzt –«

»Ich bin ihr Mann, Sarah.« Ben Wilf schluckt schwer. Die Tochter scheint eine harte Nuss zu sein, denkt Shenkman, trotz ihrer Tränen. Sie ist jemand, den man in einer Notsituation bei sich haben möchte. Sie würde den Weg aus dem brennenden Gebäude, der Lawine finden. Sie hat die wachsamen Augen einer Überlebenden.

Jetzt spricht sie in ihr Handy. *Ich rufe an, um einen Todesfall zu melden.* Sie gibt die erforderlichen Informationen durch. Name. Verwandtschaftsverhältnis. Ort. Shenkman denkt zum ersten Mal daran, wie es für Waldo gewesen sein muss, zuzusehen, wie Mrs Wilf stirbt. Wie lange waren die beiden in dieser Hütte zusammen? Die Frau trägt eine Wollmütze und Kniestrümpfe. Shenkman registriert verwundert, dass er die Sachen kennt.

»Ich hab versucht, ihr zu helfen, Dr. Wilf«, sagt Waldo. Seine Stimme so hell und durchdringend. So jung.

»Das glaub ich dir, Waldo.«

»Ich hab ihr von den Sternen erzählt. Genau wie wir neulich, Sie und ich.«

Die Sterne, die gottverdammten Scheißsterne. Shenkman spürt das Brodeln in sich, das Gefühl, das er noch nie kontrollieren konnte. Und was meint Waldo mit *genau wie wir neulich*? Wieso hat Wilf Zeit mit seinem Sohn verbracht? Aber irgendetwas hält ihn davon ab, sich der Wut hinzugeben, dasselbe Etwas, das er nicht versteht. Vielleicht ist es die Gegenwart der Toten. Vielleicht ist es der letzte Rest der Angst, die er empfunden hat, die Gewissheit, das für ihn Kostbarste verloren zu haben. Obwohl er die Gebrauchsanweisung, wie dieses Kostbarste gehegt und gepflegt werden sollte, verloren hat.

»Canis Major«, sagt Wilf sanft. »Ein richtig cooles Sternbild. Ich hab's nicht vergessen, Waldo. Du hast mir erzählt, dass Sirius der hellste Stern am Nachthimmel ist.«

In dem Licht, das jetzt in die Spielhütte dringt, kann Shenkman etwas sehen, das er meistens nicht sieht: Waldo wird rot vor Stolz.

»Was hast du Mimi noch erzählt? Ich würd's gern wissen.«

Waldos Antwort kommt prompt.

»Ich hab ihr Taurus gezeigt. Und Alpha Persei. Ich hab ihr gezeigt, wo genau wir im Universum sind. Ich glaube, das hat sie glücklich gemacht. Sie hat gelächelt.«

Wilf nickt langsam.

»Das hat ihr bestimmt gefallen, Waldo. Gut gemacht.«

Alle verstummen. Das stille Innere der Spielhütte ist zumindest für wenige Minuten ein sakraler Raum geworden. Ein Ort, an dem Shenkman die Last seiner Persönlichkeit abgelegt hat und im Einklang mit diesen Menschen ist, selbst mit der Verstorbenen. Er erinnert sich an ihre hellen, faszinierenden Augen, ihren ungewöhnlich breiten Mund. Sie hatte so eine Offenheit an sich, als sie vor fast elf Jahren auf sein Klingeln hin aufmachte, eine Ausstrahlung, als freute sie sich auf die Überraschung, die sie auf der anderen Seite erwartete.

Eine Sirene zerreißt die Stille, kommt näher. Wozu noch eine Sirene? Menschen und ihre Vorschriften.

»Sie sind da, Dad.«

Ben Wilf nickt, rührt sich aber nicht.

»Wir sollten rausgehen. Ihnen Platz machen.«

»Geht ihr nur«, sagt Wilf. Er ist erschöpft, das sieht Shenkman. Als würde er sich am liebsten neben seiner Frau zusammenrollen und mit ihr wegtragen lassen.

Sie gehen nach draußen, zuerst Sarah, dann Waldo und schließlich Shenkman. Alice hat einen Arm um den dicken Mann gelegt, der Theo heißt, wie Shenkman jetzt weiß. Er sieht das dritte Fahrzeug, das an diesem Morgen auf den Parkplatz der Mall biegt, über den sonnengewärmten Schnee heranrollen. Ein Rettungswagen mit blitzenden roten Lichtern.

»Hey, hören Sie«, sagt Shenkman und geht auf Theo zu, der fast unmerklich zurückweicht. »Es tut mir wirklich leid.« Es ist ungewohnt für ihn, ohne Vorbehalt, ohne jede Einschränkung, um Verzeihung zu bitten. Aber diesmal ist das anders. Der Mann hat gerade seine Mutter verloren. Nein, Shenkman konnte das nicht wissen. Aber dennoch, er hätte nicht so überstürzt handeln sollen. Hätte erst mal eine Frage stellen sollen, bevor er aggressiv und gewalttätig wurde.

»Es tut mir leid, dass ich auf Sie losgegangen bin.« Er stockt. Alice starrt ihn an. »Und mein aufrichtiges Beileid wegen Ihrer Mom.«

Alice lässt Theo los, der zu seiner Schwester hinübergeht. Sie klammern sich aneinander, während der Rettungswagen vor der Spielhütte hält und zwei Männer in schwarzen Jacken und schwarzen Stiefeln herausspringen. Ein Funkgerät krächzt.

»Sie ist da drin.« Sarahs Stimme wird vom Wind getragen. »Unser Dad ist bei ihr.«

ALICE

Sie sitzt mit Waldo auf der Rückbank des Lexus, wie früher, als er ein Baby in einem rückwärts gerichteten Kindersitz war und eine gute Mutter das nun mal so machte. Shenkman fährt. Sie betrachtet seinen kantigen Hinterkopf, die gerade Linie seiner Schultern, das Resultat etlicher Ewigkeiten auf seinem heiß geliebten Ruderteil. Alice weiß, dass das jetzt der Moment ist, sich von jedem hasserfüllten Gedanken zu läutern. *Ich will die Scheidung.* Sie kann sich nicht von Shenkman scheiden lassen. Vielleicht, wenn Waldo nicht wäre. Definitiv, wenn Waldo nicht wäre. Aber ihr Junge ist hier neben ihr, Gott sei Dank! Sie atmet ihn ein: nasses Holz, ungeputzte Zähne, der noch süße Schweiß der Kindheit. Sie sind eine Familie. Hüter dieses Jungen, der mit zitternden Fingern ihre Hand hält. Shenkman fährt ungewöhnlich vorsichtig, als wollte er ihr beweisen, dass er seine Aggression hinterm Steuer im Griff hat, immerhin. Kein *Fick dich, du Vollidiot*, kein ausgestreckter Mittelfinger, kein dichtes Auffahren auf irgendein Arschloch in einem Porsche, der ihn geschnitten hat.

»Dad, glaubst du, es stimmt?«, fragt Waldo. Das iPad klemmt unter seinem Arm. Er wird es nie wieder aus den Augen lassen, wenn es nach ihm geht. Wenn es nach *ihr* geht. Alice begreift, dass dieses Gerät für Waldo ein rettender Anker ist. »Glaubst du, es stimmt, dass ich der Lady – Mrs Wilf – geholfen habe?«

Alice beobachtet Shenkmans Hinterkopf. *Sag das Richtige. Dieses eine Mal.*

Shenkman blafft nicht wie üblich los, sondern lässt sich einen Moment Zeit. »Das glaube ich wirklich.« Er räuspert sich mehrmals, eine alte nervöse Angewohnheit. Obwohl Alice sein Gesicht nicht sehen kann, spürt sie förmlich, wie er nach Worten sucht. Shenkman hat das oft gemacht, als sie frisch zusammen waren – als er versuchte, seine Liebe auszudrücken, und nicht wusste, wie. Er tut ihr leid, nur ein kleines bisschen.

»Ich denke, das fällt in die Kategorie von Dingen, die wir nicht verstehen können«, sagt er. »Aber ich will's mal versuchen. Es gibt da nämlich eine Geschichte, die ich dir noch nie erzählt habe, Waldo. Du kennst doch Dr. Wilf?«

»Sei nicht böse, Dad. Letzte Nacht hab ich ihm gezeigt, wie –«

Shenkman schüttelt den Kopf.

»Ich bin nicht böse. Aber du solltest wissen, dass du Dr. Wilf früher schon mal begegnet bist. Vor langer Zeit.«

Sein Blick trifft den von Alice im Rückspiegel. *Ja, gut. Red weiter*. Sie hat sich immer gefragt, ob sie Waldo vom Tag seiner Geburt erzählen sollten. Shenkman und sie sprechen nur noch selten darüber, aber es ist wie ein Strom, der zwischen ihnen fließt: bei Schulaufführungen, wenn sie sich an den Händen halten, während Waldo seine Zeilen aufsagt; beim Konzert zur Wintersonnenwende, sein kleines Gesicht leuchtend in der dritten Reihe; beim Gespräch mit der Schulpsychologin, als sie erfuhren, dass Waldos IQ auf dem Niveau eines Genies liegt. Es hätte alles so leicht anders kommen können. Sie weiß, dass sie und Shenkman in ihren einsamen Herzen die Schattengeschichte tragen – die Geschichte, in der Benjamin Wilf nicht auf der anderen Straßenseite Einkäufe aus seinem Auto lud, in der der Krankenwagen zu spät kam. In der Waldo Shenkman nicht zu diesem seltsamen und ernsten, wunderbaren Jungen heranwachsen konnte.

»Dr. Wilf ist der Grund, warum es dich gibt«, sagt Shenkman. »Dr. Wilf hat dir das Leben gerettet.«

Während Shenkman Waldo nur das unbedingt Nötige erzählt, um ihm keine Angst zu machen – *du bist zu früh gekommen, uns blieb keine Zeit, ins Krankenhaus zu fahren, Dr. Wilf hat dich mitten auf dem Küchenboden entbunden* –, fällt Alice auf, dass Waldo kein bisschen überrascht wirkt. Er nickt, als wäre ihm das alles nicht neu. Vielleicht steht er unter Schock? Vielleicht ist es zu viel für ihn?

Alice schaltet sich rasch ein, um ihn zu beruhigen. »Wir müssen jetzt nicht darüber reden, wenn du nicht willst«, sagt sie. »Wir können einfach –«

»Ja«, sagt Waldo. Er blickt geradeaus, wenn auch nicht auf irgendetwas Bestimmtes. »Alles ist miteinander verbunden. Alles. Die Lady. Dr. Wilf. Ich. Ihr. Wie Teile eines galaktischen Superhaufens.«

Alice blickt auf, will sehen, ob Shenkmans Schultern sich hochziehen. *Lass gut sein.* Sie schickt den Gedanken an ihn. Aber sie kann schon erkennen, dass er es gut sein lässt.

»Erzähl mir mehr darüber«, sagt Shenkman, und seine Stimme ist so sanft wie schon seit Jahren nicht mehr. »Erzähl mir was über den galaktischen Superhaufen.«

»Ein Superhaufen ist eine große Ansammlung von kleineren Galaxienhaufen. Unser Superhaufen heißt Laniakea.« Waldo redet schnell, als könnte Shenkman ihm jeden Moment den Mund verbieten. »Superhaufen sind … also sie sind die größten bekannten Strukturen im ganzen Universum. Nicht alle Galaxien sind Teil eines Superhaufens. Manche sind weit weg nur für sich, ganz allein in der Leere des Weltraums.«

Er klingt fast, als würde er eine Passage aus einem Lehrbuch wiedergeben. Als würde er versuchen, etwas Größeres, Tieferes zu sagen: eigene Gedanken, für die er keine Sprache hat. *Alles ist miteinander verbunden.*

Sie sind jetzt im Zentrum von Avalon, stehen vor einer Ampel. Die Sonne ist hoch und hell; der Schnee von letzter Nacht schmilzt allmählich. Fußgänger laufen in ihren großen, bauschigen Mänteln und Winterstiefeln umher, und Alice empfindet eine jähe Zärtlichkeit für sie alle. Da ist die Besitzerin der chemischen Reinigung, die gerade die Tür zu ihrem Geschäft aufschließt. Und da ist der Versicherungsmensch, der mit einem Smoothie aus einem Bioladen kommt. Benjamn Wilf kniete einmal neben ihr, vor langer Zeit. *Geben Sie alles, Alice.* Waldo hat Mimi Wilf gewärmt und ihr am Ende ihres Lebens ein Gefühl von Geborgenheit gegeben. Vielleicht sind sie alle nur ein Chor von Seelen, Licht, das Licht berührt.

Sie fahren an Haus um Haus vorbei. Alice ist wie gebannt. Sie schaut sich jeden Vorgarten, jede Tür, jedes Fenster an. Ein altes Backsteinhaus, umgeben von sorgfältig in Jute eingewickelten Buchsbäumen. Ein gelbes viktorianisches Haus mit Zeitungsstapeln auf der vorderen Veranda. Leere Blumenbeete. Ein kaputter Zaun. Hat sie überhaupt je richtig hingesehen? Nein – sie waren immer zu beschäftigt, sie und Shenkman, um zu bemerken, dass sie Teil einer Nachbarschaft sind, die aus allen möglichen Menschen besteht, die genau hier und genau jetzt mit ihnen leben. Wer weiß, welche Auswirkung irgendeine Handlung, irgendeine Entscheidung oder Unterlassung hat, wie zufällig oder unbedeutend sie auch erscheinen mag?

Warum zum Beispiel hat sie die Wilfs nie zum Essen eingeladen? Warum eigentlich haben sie das andere Paar gemieden, als wären sie Zeugen von etwas Intimem geworden? Es wäre so leicht gewesen. Sie hätte ihnen einen Zettel unter die Tür schieben oder zum Telefon greifen können. Alice stellt sich jetzt vor, wie es gewesen wäre, mit ihnen um den Küchentisch zu sitzen, die Gesichter warm im Kerzenschein, bei reichlich Wein. Ihr gemeinsames Erlebnis hätte die Basis für Freundschaft, für Nähe werden können, statt Anlass zur Peinlichkeit. Sie hatte nicht mal gewusst, dass Benjamin Wilf die letzten Jahre allein in dem Haus gewohnt hat, dass seine Frau an Alzheimer erkrankt war. Er muss so einsam gewesen sein. Und derweil waren sie, die egozentrischen, ängstlichen, ach so zurückhaltenden Shenkmans, im Hamsterrad ihres Lebens. Arbeiten, produzieren, funktionieren, zupacken, schlafen, wiederholen.

Schluss damit. Ab jetzt wird sie alles anders machen. Ihren Job kündigen – das weiß sie plötzlich mit absoluter Gewissheit, obwohl sie vorher nicht mal im Traum daran gedacht hat. Vielleicht Shenkman überreden, eine Therapie zu machen. Oder eine Paartherapie. Auf jeden Fall eine Therapie für Waldo. Sie muss fast lachen. Therapie für alle! Sie wird auf Dr. Wilf zugehen, lernen, eine gute Nachbarin und Freundin zu sein. Sie war so ängstlich, so sehr damit beschäftigt, das Leben ihrer Familie abzusichern und zu schützen, dass sie vergessen hat, wie man lebt.

Heute fängt sie damit an. Heute wird sie den Nachmittag damit verbringen, eine Lasagne zu machen. Nein, zwei Lasagnen. Eine wird sie zu Benjamin Wilfs Haus hinüberbringen. Gegen Abend wird sie mit Waldo einen Spaziergang machen und zusehen, wie die untergehende Sonne die Welt rosa färbt. Und wenn die Sterne den Abendhimmel bevölkern, wird sie sich von ihm alles darüber erzählen lassen.

»Mom?« Waldos Hand in ihrer hat aufgehört zu zittern und wird endlich warm. »Ich hab keine Angst gehabt. Ich meine, ich hab Angst gehabt, weil es dunkel und kalt war und so, aber als die Lady, Mrs Wilf, gestorben ist, da war es, als hätte alles keinen Anfang und kein Ende. Als wären wir Lichtjahre entfernt und doch hier, alles gleichzeitig.«

Als sie auf die Division Street biegen, wird Alice von ihrem eigenen Gefühl der Dringlichkeit überwältigt. Sie muss es hinkriegen, sofort. Es ist keine Zeit zu verlieren. Instinktiv legt sie eine Hand auf ihren Unterleib, genau auf die Stelle, wo sich in nur wenigen Jahren eine einzelne Zelle nicht korrekt teilen wird. Sie wird noch immer eine junge Frau sein, wenn ihr die Worte ihres Sohnes wieder in den Sinn kommen. Sie wird sie sich vorsagen, während sie erlischt. *Alles ist miteinander verbunden. Kein Anfang und kein Ende.* Jetzt jedoch sieht sie zwei riesige Umzugswagen vor Division Street 18. Drei Männer stehen Zigaretten rauchend auf der Veranda der Wilfs.

»Oh nein«, haucht Alice.

»Was ist?«, fragt Waldo.

Sie bleiben einen Moment im Wagen sitzen, die drei Shenkmans, und starren über die Straße auf das leere Haus. Der Zauberbaum wacht über das Ganze. Sie, die majestätische Eiche, war schon lange hier, bevor sie herkamen, und sie wird noch hier sein, wenn sie fort sind. Ihre Wurzeln breiten sich tief unter dem Bürgersteig aus, unsichtbar, ein ganzes System, das sie nie sehen werden. Hunderte kleine Lichter funkeln, sogar im Sonnenlicht.

27. AUGUST 1985

BENJAMIN

Wenn Mimi erst mal eingeschlafen ist, bekommt sie nichts und niemand mehr wach. Er hat sie über die Jahre hinweg darum beneidet. Um ihren Frieden. Oder vielleicht nicht direkt beneidet. Er würde Mimi niemals ihre ureigene Wesensart, ihre tiefe innere Zufriedenheit nehmen wollen. Natürlich nicht. Er wünschte bloß, ein bisschen davon würde auf ihn abfärben. Selbst heute Nacht liegt sie auf der Seite, ihm zugewandt. Er studiert ihr Gesicht: die klare Linie ihres Kinns, das Flattern der Lider, wenn sie träumt. Ihr Mund ist leicht geöffnet, und er weiß, wenn er es wagt, sich näher zu beugen, wird er die Wärme ihres Atems spüren. Ihre bloße Körperlichkeit – der leichte Schweißfilm auf ihrem Schlüsselbein, ihre Brüste mit den dunklen Knospen, das kleine Muttermal hinter dem linken Ohr, von dem sie vielleicht selbst nicht mal weiß, dass es da ist –, das allein lässt ihn jeden Tag zu sich selbst finden.

Er steigt aus dem Bett, tastet nach seinen Hausschuhen, zieht dann die Decke über Mimis Schultern. Er braucht Bewegung. Er braucht Luft. Er meidet die knarrende Stufe, für den Fall, dass noch eines der Kinder wach ist. Seine Kinder. Selbst der Gedanke an sie fühlt sich jetzt anders an, jeder Einfachheit und Unschuld beraubt. Sie sind schuldig. Sie sind *kriminell.* Sie liegen in ihren Betten.

Er nimmt die grüne Fleecejacke vom Haken neben der Hintertür. Die Spätsommernacht ist kühl geworden. Oder vielleicht liegt es an ihm. Ihm ist eiskalt, als er aus dem Haus tritt und die Einfahrt hinuntergeht. Die Glassplitter auf dem Bürgersteig und dem frisch geteerten schwarzen Asphalt der Division Street lassen ihn frösteln. Obwohl es kein Tatort ist (er erschaudert), haben die Forensiker Kreidemarkierungen und einzelne Streifen Reflektorband angebracht, lauter *o*s und *u*s und kurze Striche und Pfeile wie unverständliche Hieroglyphen entlang der Straße und an der Eiche selbst. Die Polizei musste das machen, das weiß er. Das gehört zum Protokoll. Für die Versicherung. Aber er kann sich nicht gegen das Entsetzen wehren, das ihn beschleicht. Das Rouletterad kreist und kreist. Da liegt ein Körper in einer Blutlache, aber es ist der kräftige Körper von Theo. Da ist Sarah, wie sie auf der Veranda kauert und in ein Alkoholtestgerät bläst, das von einem Polizisten gehalten wird. Seine Tochter, die in Handschellen zu einem Streifenwagen geführt wird. Mimis klagender Schrei, der atavistische Laut einer Mutter, als der Wagen langsam, mit blitzenden roten Lichtern davonfährt.

Er geht die Division Street hinunter und biegt auf die Poplar. Die Häuser seiner Nachbarn sind allesamt dunkel, nur bei den Platts ist der schwache Schein eines Nachtlichts im ersten Stock zu sehen, und die Berkelhammers haben im Erdgeschoss eine Lampe für ihren halb blinden Collie angelassen. Er denkt an das Mädchen, dessen Tod – er ist sicher, dass sie morgen die lebenserhaltenden Geräte abschalten oder vielleicht einen Tag später, falls die Eltern darauf bestehen, auf ein Wunder zu warten, das nie eintreten wird –, dessen Tod für immer ein Fleck auf der Seele seiner Kinder sein wird.

Er kommt am Haus der Chertoffs vorbei und sieht das flackernde blaue Licht eines Fernsehers im Elternschlafzimmer. Seymour leidet offenbar an Schlafstörungen. Er hat kurz den Impuls, ein Steinchen ans Fenster zu werfen, Seymour zu bitten, herauszukommen und einen Spaziergang mit ihm zu machen. Normalerweise kommt er gut allein mit seinen Gedanken klar, ist sogar stolz darauf. Aber seine Kinder sind für den Tod eines Mädchens verantwortlich. Und er schwankt hin und her zwischen seinem eigenen Entsetzen und der egoistischen Dankbarkeit, dass nicht sie in dem Auto gestorben sind, dass nicht sie es waren. Dass sie dem Unheil entronnen sind. Dass es keine Konsequenzen geben wird.

Er geht weiter, bis er auf die Maple Street kommt. Sein Herz schlägt unregelmäßig, eine Arrhythmie. Kein Wunder. Er ist von sich selbst angewidert. Nie zuvor hat er aus einem derart primitiven Beschützerinstinkt heraus gehandelt. Das Einzige, was zählte – wirklich das Einzige, was zählte, als er zu dem verunglückten Buick rannte –, war, seine Kinder zu retten. Ist er so – sind alle so? Nicht anders als alle Lebewesen in der Natur, für die Überleben der einzige Sinn und Zweck ist?

Er wird diese neue Erkenntnis verarbeiten. Er wird lernen, damit zu leben. Er mag ja ein Ehemann und Vater im mittleren Alter sein, der im vorstädtischen Avalon lebt, aber er ist auch ein Bengel von der Classon Avenue, der es auf die Stuyvesant Highschool und weit darüber hinaus geschafft hat, der auf den Schultern seiner Immigranteneltern stand, der zielstrebig und unbeirrt darauf hinarbeitete, ein sinnhaftes, lohnendes Leben zu führen. Ein gutes, nutzbringendes Leben. Das ist alles, was er je für sich wollte. Und alles, was er je für seine Familie wollte. Aber Sarah und Theo? Sie haben einen wesentlich kürzeren Weg hinter sich. Ihre Widerstandsfähigkeit ist noch nicht ausgebildet, der Muskel untrainiert, undiszipliniert. Seine Kinder sind weich. Weich und – zumindest bis heute Nacht – arglos. Wie sollen sie diese Last tragen?

Wir müssen nicht darüber reden, Ben, hat Mimi zu ihm gesagt. *Lass uns nicht darüber reden.* Ihm ist klar, dass Mimi damit nicht meinte, lass uns morgen darüber reden oder später, irgendwann. Mimi hält es für das Beste, nie mehr darüber zu reden. Nächste Woche werden sie auf Misty Zimmermans Beerdigung gehen. Theo wird einen Anzug tragen, sein dunkles Haar nach hinten gegelt, sein Gesicht ein runder Mond. Mimi wird Sarah ein dunkelblaues, knielanges Kleid kaufen. Sie werden in der sechsten Bankreihe der Synagoge sitzen, den Rücken gerade und stolz. Sie werden eine Trauerkarte schicken, von der ganzen Familie unterschrieben, sie werden einen großen Teller selbst gebackene Plätzchen zur Schiwa mitbringen.

Die Worte, die sie hätten aussprechen können, werden stattdessen verschluckt werden. Ungesagt werden sie sich durch und um jeden Einzelnen von ihnen winden, wie Ranken Bäume ersticken, die sich selbst überlassen bleiben. In einigen Jahren, wenn seine Kinder aus dem Haus sind und aufs College gehen, wird er heimlich in Misty Zimmermans Namen eine anonyme Spende an die Avalon High machen: ein jährliches Stipendium für Schüler mit einer besonderen Begabung für Fremdsprachen. Er wird das keiner Menschenseele je erzählen. Jetzt jedoch steht Ben vor seinem eigenen Haus, unter dem Blätterdach der Eiche. An der Stelle des Aufpralls ist der Stamm zerfetzt, als würden seine Innereien herausquellen. Der helle Nachthimmel beleuchtet das Spitzdach, die Blumenkästen rechts und links der Haustür, den glänzenden Messingklopfer in Form eines Adlers.

Seit fünfzehn Jahren wohnen sie hier. Ihre Kinder haben jedes Alter, das sie bislang hatten, unter diesem Dach erlebt. Da ist Sarah, die ihre Chemiehausaufgaben am Küchentisch erledigt. *Dad, kannst du mir bei dem Aufbau molekularer Strukturen helfen?* Ihre Haare hinter die Ohren gestrichen. Ihr mürrischer, aber entschlossener *Gesicht*sausdruck, für den er sie am liebsten auf den Kopf geküsst hätte. Und da ist Theo. In der Erinnerung seines Vaters für immer vier Jahre alt, die Arme nach seinen Eltern ausgestreckt. *Macht Engelchen flieg!* Seine Stimme war entzückend rau für ein kleines Kind. Er zwängte sich dauernd zwischen Ben und Mimi und verlangte, dass sie ihn vor und zurück schaukelten, bis ihnen die Arme wehtaten.

Wieder kreist das Rouletterad. Viele Jahre später wird eines Abends ein kleiner Junge unter genau dieser Eiche, auf dem Bildschirm eines Geräts, das jetzt noch gar nicht erfunden ist, die ganze Welt herumwirbeln lassen. Für einen ganz kurzen Moment wird Ben das Gefühl haben, alles – Vergangenheit, Gegenwart, Zukunft – erfassen zu können. Jetzt jedoch hat er kein solches Portal. Kein Fenster, durch das er sehen könnte, wie sich die Leben der drei Menschen, die er am meisten liebt, entfalten werden. Er bückt sich und hebt einen Glassplitter vom Boden auf. Es hätten sie sein können, Mimi und er, die im Krankenhaus wachen, wie das die Eltern des armen Mädchens jetzt tun. Es hätten sie sein können – aber sie sind es nicht. Nicht in dieser Nacht.

2. NOVEMBER 2014

THEO

Es hatte eine Weile gedauert, die richtigen Räumlichkeiten zu finden. Die ersten Mietverträge platzten, weil Mieten und Immobilienwerte in Brooklyn unaufhaltsam in die Höhe kletterten und weil er ganz bestimmte Vorstellungen hatte: Es sollten lichtdurchflutete und heitere Räume sein, im Idealfall mit Garten für Außenbestuhlung. Durch die rasche Gentrifizierung ist das Viertel jetzt mit Frauen (überwiegend weiß) in hellen, formlosen Hängekleidern und schwedischen Clogs bevölkert, die schicke Kinderwagen über holprige Bürgersteige schieben, vorbei an ehemaligen Mietshäusern in unterschiedlichen Renovierungsstadien. Die Ehemänner (falls es Ehemänner sind) tragen verwaschene T-Shirts, mit den Namen von Bands bedruckt, die älter sind als sie, und Hoodies, die aussehen wie Fundstücke aus Secondhandläden.

Zwei Restaurants zu besitzen hat die Arbeitsbelastung weit mehr als nur verdoppelt. »Twelve Tables« ist an vier Abenden die Woche geöffnet – von Donnerstag bis Sonntag –, und das »Mimi's« ist ein Frühstückslokal. Oder zumindest versteht Theo es gern als Frühstückslokal. Er versucht, die Atmosphäre im »Mimi's« schlicht und rustikal zu halten. Ehrliches Essen und Trinken, sodass seine Mutter stolz darauf gewesen wäre, Namensgeberin des Ladens zu sein. Aber als sich herumsprach, dass Theo Wilf in Bedford-Stuyvesant ein zweites Lokal eröffnet hatte, bildeten sich Warteschlangen rund um den Block. Nach der Presse kamen Angebote von Risikokapitalgebern. Er hat offenbar einen Markennamen. Einen potenziell wertvollen Markennamen.

Als er das »Twelve Tables« eröffnete, machte er regelmäßig Fotos von dem leeren Restaurant, der geschäftigen Küche, vom »Vorher« jedes Abends. Er wollte den Leuten damit einen kurzen Blick in einen Ort bieten, den sie wahrscheinlich nie zu Gesicht bekommen würden, weil es so wenige Tische gab und das Restaurant bis Weihnachten des folgenden Jahres ausgebucht war. Der @12Tables-Instagram-Account hat inzwischen fast siebzigtausend Follower, und es gibt mindestens zwei inoffizielle Theo-Wilf-Fanpages. Sobald er versucht, eine löschen zu lassen, wird eine andere aufgemacht. Was bedeutet, dass er öfter auf der Straße erkannt wird, als ihm lieb ist (was nie wäre).

Er ist die unwahrscheinlichste Version eines mäßig berühmten Menschen. Warum sollte sich irgendwer für ihn interessieren? Er will die Leute nur bekochen, ihnen Gaumenfreuden bereiten. Er will nicht mit ihnen reden oder sich am Ende einer Mahlzeit zu ihnen an den Tisch setzen. Befriedigung, das sind für ihn die leeren Teller, auf denen kein Krümel mehr ist, wenn sie zurück in die Küche kommen. Und er will nichts mit diesen Möchtegernkapitalgebern zu tun haben, die immer wieder anrufen. Er will nicht »skalieren« oder »expandieren« oder ein »dynamisches Wachstum entwickeln«. Die Jüngeren beschwören David Chang. Die Älteren erwähnen Danny Meyer. Sie verstehen sein mangelndes Interesse nicht. Wie kann er das nicht wollen? Sie denken, er spielt ihnen was vor.

Er nimmt seine übliche Route über die Atlantic Avenue zur Gates Avenue. Es sind bloß zwei Meilen – rund dreißig Minuten bei zügigem Tempo – vom »Twelve Tables« zum »Mimi's«, und er versucht, möglichst zu Fuß zu gehen, nimmt aber gelegentlich ein Uber, um Zeit zu sparen. Sein Vater hat ihn beschworen, besser auf sich zu achten. Der Tag ist perfekt, keine

Wolke am Himmel, die widerstandsfähigen Bäume der Stadt sind auf dem Höhepunkt ihrer herbstlichen Schönheit. Unterwegs ruft er Ben per FaceTime an, um ihm zu zeigen, dass er sich Mühe gibt. Das Gesicht seines Dads füllt das iPhone-Display. Er ist an einem windigen Strand, trägt Sonnenbrille. Theo kann ihn kaum hören.

»Theo! Guck mal, wer hier ist!«

Ben dreht sein Smartphone unbeholfen zur Seite. Gibt es ein Höchstalter für das Erlernen neuer Technologien? In den vier Jahren seit Mimis Tod hat Ben nichts von seiner Verstandeskraft eingebüßt. Aber sobald es um Computer und Smartphones geht, wirft er das Handtuch. Theo versteht das. Seinem Vater liegt einfach nichts daran. Die Zeit ist jetzt begrenzt. Bens achtzigster Geburtstag ist nicht mehr allzu fern. Soweit Theo weiß, verbringt Ben seine Tage damit, Lyrik zu lesen. Er greift immer wieder zu Whitman, interessiert sich nun aber auch für zeitgenössische Dichtung. Jede Woche hält er sich etliche Stunden lang in einem kleinen Buchladen namens »Diesel« auf, nicht weit von Sarahs Haus. Manchmal schickt er Theo E-Mails mit einem abgetippten Gedicht von Marie Howe oder W. S. Merwin. Manchmal hinterlässt er lange Nachrichten, die mit *Theo, mein Junge, hör dir das mal an* beginnen. Theo speichert diese Nachrichten. Sie sind eine Landkarte des Innenlebens seines Vaters. Er weiß, eines Tages wird er froh sein, sie zu haben.

Theo weicht einem Fahrradboten aus, der wirklich nichts auf dem Bürgersteig zu suchen hat. Drei Männer mit großen Fellmützen kommen an ihm vorbei – Satmar-Chassidim, die es von Williamsburg hierher verschlagen hat. Vor ihm gehen zwei Mädchen. Oder sind es keine Mädchen? Schwer zu sagen. Sie sind oben und unten schmal, die Haare kurz geschoren und weiß gebleicht. Sie haben die Hände in die Gesäßtasche der jeweils anderen geschoben. Das Wunderbare an diesem Viertel – seine schiere menschliche Buntheit und Vielfalt.

Seine Nichten nehmen ihrem Großvater das Handy weg.

»Onkel Theo!«

Sydney und Olivia sind jetzt siebzehn und werden nächstes Jahr aufs College gehen. Unglaublich, dass es je eine Zeit gab, in der er sie nicht auseinanderhalten konnte. Sydney kommt nach Peter, schlaksig und blond; Olivia ist eine Mini-Sarah, genau wie Sarah eine Mini-Mimi ist. Theo weiß, dass es keine Rolle spielen sollte, dass es bloß eine zufällige Anordnung von Genen ist, aber immer, wenn er sie sieht, fühlt er sich getröstet, als gäbe es noch einen handfesten Beweis seiner Mutter in der Welt.

Er wünschte, seine Mutter hätte ihre Enkeltöchter heranwachsen sehen können. Sie wirken beide ernsthafter seit der Krise in Sarahs und Peters Ehe und vor allem seit Sarahs Aufenthalt in der Entzugsklinik. Sie haben an der Familienwoche in der Klinik teilgenommen, waren bei der Al-Anon Familiengruppe. Wie kommt es, dass manche Kids die Stürme ihrer Kindheit überstehen, während andere – er selbst, Sarah – ihr Leben lang vor dem Schaden davonlaufen? Klar. Er kennt die Antwort. Er und Sarah haben den Schaden *verursacht.*

Oh, wie gern er Onkel ist. Er wird nie heiraten. Nie Kinder haben. Das weiß er. Hin und wieder gab es Frauen in seinem Leben. Er kann nicht auf die Dating-Apps gehen, was ja heutzutage so ziemlich jeder macht. Er hat's versucht, aber er ist nicht so clever, wie man sein muss, und er hat was dagegen, sich selbst wie ein Produkt in einem Regal zu beschreiben. Bleibt also nur der Zufall. Der Zufall hat vor ein paar Jahren Prachi in sein Leben gebracht, und für eine kurze Weile fragte er sich, ob sie die Richtige sei. Man könnte wohl sagen, dass sie sich durch »Twelve Tables« kennengelernt hatten. Alles in seinem Leben passiert durch »Twelve Tables«, somit ist das keine Überraschung. Frieda und Joe Glasser, Stammgäste vom ersten Tag an, stellten sie einander vor. Theo hätte sich nie auf ein arrangiertes Treffen eingelassen, aber die Glassers hatten eine lockere Art und ließen es so aussehen, als wäre nichts dabei, dass sie eine von Joes Doktorandinnen zum Dinner mitbrachten. Es war garantiert kein arrangiertes Treffen. Nein, nein, nein. Später erfuhr er, dass sie Prachi dasselbe versichert hatten.

An dem Abend fiel sie ihm durch den burgunderroten Vorhang hindurch auf. Ihre glänzenden, kurz geschnittenen schwarzen Haare, ihr langer Hals, ihr offenes kehliges Lachen. Es war Sommer, und sie trug ein ärmelloses cremefarbenes Top. Ihre Arme waren sehnig, muskulös. Plötzlich hatte er ein überraschendes Bild vor Augen: diese Arme um seinen Körper geschlungen. Mimi war vor anderthalb Jahren gestorben, und Theo hatte das letzte Mal jemanden umarmt, als er sich am Flughafen von seinem Dad und Sarah verabschiedete. Er hatte Sarah einen Moment festgehalten, ihre Schulterblätter gespürt, die wie kleine Flügel aus ihrem Rücken ragten. Sein Vater, seine Schwester. Seine Mutter unter der Erde. Das war aus ihnen geworden.

»Onkel Theo?« Olivias Stimme klingt, als käme sie aus der Schale einer Muschel. »Wann kommst du uns endlich besuchen?«

»Bald«, sagt er. Das sagt er immer: bald. Aber es ist schwierig freizunehmen. »Twelve Tables«, das ist nur er. Niemand sonst hat je das Ruder übernommen, an keinem einzigen Abend. Das »Mimi's« dagegen könnte durchaus für ein paar Tage ohne ihn auskommen. Er hat ein Team von Köchen und Souschefs eingestellt, und das Lokal ist eine gut geölte Maschine, selbst nach seinen eigenen Ansprüchen. Aber ist das der wahre Grund? Er fühlt sich geerdet und sicher, wenn er innerhalb der Eckpunkte seines Lebens bleibt: das »Mimi's«, das »Twelve Tables« und sein Loft.

»Wie wär's, wenn ihr mich besuchen kommt?«

Er hört den Schrei einer Möwe auf der anderen Seite des Kontinents. Auf dem Bürgersteig pickt eine Taube an einem Stück Pizzarest. Er hat einen Gedanken, der so ausgereift ist, dass er ihn geträumt haben muss. Er hat die Qualität eines Déjà-vus.

»Ehrlich, ihr beide könntet doch bei mir im »Mimi's« jobben. Vielleicht in den Winterferien? Oder den ganzen Sommer über! Wir sagen, ihr macht ein Praktikum.«

Theo sieht, dass Ben in der Nähe seiner Enkeltöchter geblieben ist. Kann er die Einladung hören? Als Theo nach rechts auf den Malcolm X Boulevard biegt, sieht er die gewohnt große Warteschlange vor dem »Mimi's«. Er holt tief Luft, stellt sich dann einen Lautstärkeknopf in seinem Kopf vor und dreht ihn herunter. Er hat gelernt, wie das geht. Den Lärm verringern. Es ist eine kakofone Sinfonie, die nie völlig verstummt: das grässliche Knirschen von Metall, Sarahs Schrei, das Zischen aus dem zusammengequetschten Vorderteil des Buick; der Sambarhythmus in der Küche vom »La Cabrera«, das knisternde Feuer, das Zittern in der Stimme seiner Mutter am Telefon, als sie fragt, ob er es ist, *Theo? Theo?;* das Wimmern seiner Schwester, das aus der Spielhütte dringt; die Sirene im Schnee; Prachi, die fragt, woran er denkt, was der Ausdruck in seinen Augen bedeutet, warum er nicht mit ihr redet, wo er mit seinen Gedanken ist.

»Cool! Ja!« Seine beiden Nichten zeigen ihm die hochgereckten Daumen. Haben sie überhaupt schon mal gekellnert? Oder in einer Küche gearbeitet? Oder überhaupt gejobbt? Es spielt keine Rolle. Er wird ihnen alles beibringen. Er wird den hinteren Teil seines Lofts umbauen, eine Wand einziehen lassen, damit sie einen Raum für sich haben, ein richtiges Gästezimmer. Sie sind siebzehn, bald achtzehn. Das Leben hat ihnen bereits einiges abverlangt. Die Beinahescheidung ihrer Eltern. Der Tod ihrer Großmutter. Die Alkoholsucht ihrer Mutter. Doch jetzt ist das Terrain sanfter. Mimi benutzte gern den Ausdruck *mit ein bisschen Glück*. Daran denkt er jetzt. Mit ein bisschen Glück werden seine Nichten sich weiter stark und widerstandsfähig entwickeln, wie die Bäume, die ihre Blätterdächer über den Malcolm X Boulevard breiten. Mit ein bisschen Glück wird er noch lange da sein, um sie zu behüten.

BENJAMIN

Nach Mimis Beisetzung in der Familiengrabstätte in Brooklyn, nach der verkürzten Schiwa – statt sieben nur drei Tage –, die sie inmitten von Umzugskartons in der leeren Hülle ihres Hauses abhielten, schien es nur logisch, dass er sich Sarah anschloss. Die Umzugsleute waren weggeschickt worden, die Familie, die aus Cleveland herziehen würde, war Gott sei Dank flexibel und verständnisvoll und konnte den Termin für ihre umfangreiche Renovierung verschieben. Sein Umzug nach Avalon Hills stand natürlich nicht mehr zur Debatte. Er hatte sich ja nur dazu entschlossen, um wieder bei Mimi zu sein. Außerdem gab er der Einrichtung die Schuld an Mimis Verschwinden. Er hätte sie verklagen können. Bekannte empfahlen ihm Prozessanwälte, die Partner in renommierten Kanzleien in Manhattan waren. Er hätte wahrscheinlich gewonnen. Aber wozu? Er weiß, wie destruktiv und anstrengend solche

Fälle sein können, als könnten Schmerzensgeldzahlungen die quälende, andauernde Trauerarbeit übertünchen. Er hat genug Geld zum Leben. Seine Kinder sind gut versorgt. Nichts wird die Zeit zurückdrehen und ihm Mimi wiedergeben. Wenn Ben eines weiß, seit er den leblosen Körper seiner Frau in den Armen hielt, dann, dass er die ihm noch verbleibende Zeit auf keinen Fall von dem Wunsch nach Wiedergutmachung überschatten lassen will. Es gibt keine Wiedergutmachung.

Ihn hat selbst überrascht, wie gut ihm das Leben in Los Angeles gefällt. Jeden Morgen steht er früh auf, wie er das immer getan hat, und macht einen langen Spaziergang durch den Canyon. Er ist der älteste Mensch in der Nachbarschaft. Die Jogger sind in voller Zahl unterwegs, Nordic-Walker mittleren Alters, die Fahrradfahrer mit ihren neonfarbenen Trikots und bunten Helmen. Die besonders hartgesottenen Jogger versammeln sich oben an einer langen und steilen Treppe. Manche sprinten bergauf, offenbar in Begleitung ihrer Personal Trainer. Es ist eine Kultur, die sich einer Art Gesundheitsgier oder, wie man heute sagt, Wellness verschrieben hat.

Sarah, Peter und die Mädchen wohnen in einem mediterran anmutenden Haus mit Terrakotta-Böden, Putzwänden und schwerem dunklem Mobiliar, das sich effektvoll von ihrer beeindruckenden Sammlung von Schwarz-Weiß-Fotografien abhebt. Ben versteht wenig von Fotografie, aber er hat sich eingelesen: Horst P. Horst, Man Ray, Elliott Erwitt, Sally Mann. Eine besonders schöne Aufnahme von Irving Penn, ein Bild, das Ben schon mal gesehen hat, wie er zumindest glaubt: die üppige Rundung einer Frauenhüfte mit einem einzelnen dunklen Muttermal darauf. Es erinnert ihn an Mimi.

Er hatte Mimi schon in den Jahren vor ihrem Tod vermisst, als er sie nach und nach verlor, als ob Teile von ihr ausgelöscht würden, sodass nur undeutliche Flecken, Spuren zurückblieben. Aber sie war *da*. Er hatte sich noch immer mit ihrer Anwesenheit trösten können. Er war ihr Ehemann. Es gibt eine Bezeichnung für das, was er jetzt ist. *Witwer*. In all den Jahren, in denen er die Krankengeschichten seiner Patienten aufnahm, hatte er sich nie richtig klargemacht, wie es sich anfühlen muss, dieses Kästchen anzukreuzen.

Tagsüber ist Sarahs Haus leer. Die Haushälterin kommt und geht, die Gärtner und der Mann, der den Pool reinigt. Das Einzige, weswegen er sich in Bezug auf seine Kinder keine Sorgen machen muss, ist Geld. Sarah ist überaus erfolgreich. Ihr jüngstes Projekt, eine Miniserie für Showtime, die auf einem viel diskutierten französischen Memoir beruht, ist gerade dreimal für den Golden Globe nominiert worden. In ihrem Büro, im Parterre des Gästehauses, stehen ihre Preise und Trophäen unauffällig in einer Ecke des Bücherregals, darunter auch die berühmteste Statuette von allen. Jetzt, da sie im mittleren Alter und trocken ist, geht sie ihrer Arbeit mit ruhiger Entschlossenheit nach statt wie früher mit hektischer Energie.

Ben weiß nicht genau, was zwischen Sarah und Peter passiert war, warum ihre Ehe eine Zeit lang so angespannt und belastet wirkte. In Wahrheit will er es gar nicht wissen. Hätte er nicht im ersten Stock des Gästehauses gelebt, hätte er ihre lautstarken Auseinandersetzungen, die knallenden Türen niemals mitbekommen. Er hat natürlich so seine Theorien. Peter ist kein beitragszahlendes Mitglied der Writers Guild mehr. Vor ein paar Jahren hat er aufgehört, Drehbücher zu schreiben, und ein Zweitstudium angefangen. Im Frühjahr macht er seinen Master in Sozialarbeit, und danach will er eine Praxis für Familientherapie eröffnen. Es kann nicht leicht für sie beide gewesen sein, dass Sarah so ungemein erfolgreich war in einer Branche, die ihrem Ehemann nur die kalte Schulter gezeigt hat. Vielleicht wäre es nicht so stark ins Gewicht gefallen, wenn ihre

Rollen vertauscht gewesen wären. Himmelschreiend sexistisch, klar, was aber nichts daran ändert, dass es wahr ist.

Doch Ben weiß, dass noch mehr vorgefallen sein muss. Es hat etwas mit Sarahs einmonatigem Aufenthalt in der Entzugsklinik kurz nach Mimis Tod zu tun. Damit, dass ihr Handy an jenem Abend, als sie aus L. A. kam, unablässig klingelte. Und mit jener schrecklichen Sommernacht vor so langer Zeit, mit den Entscheidungen, die sie alle – er und Mimi, Theo und Sarah – getroffen haben, die die Wahrheit mit jedem Jahr tiefer begruben. Ben ist unsicher, ob Peter überhaupt davon weiß. Vermutlich nicht. Sie vier haben nie über den Unfall und seine Folgen geredet. Es gab Momente, da lagen Ben Worte auf der Zunge. Zwei Jahre nach dem Unfall, als er mit seiner Familie von Avalon in den Urlaub nach South Carolina fuhr, hätte er sie fast ausgesprochen. Das Auto fühlte sich an wie eine sichere Blase, ein Beichtstuhl auf Rädern. Was wäre passiert, wenn er einfach gesagt hätte: *Lasst uns drüber reden?* Allen wäre sofort klar gewesen, was er meinte.

Stattdessen legte er lieber die Kassette eines Hörbuchs ein, auf das sie sich geeinigt hatten. Es war leichter, einem Erzähler zu lauschen, der *Fegefeuer der Eitelkeiten* vorlas, als das Risiko einzugehen. Aber was für ein Risiko eigentlich? Darüber hat er viel nachgedacht. Es ist ein dorniger Ort, zu dem seine Gedanken wandern, wenn sie sich selbst überlassen sind. Die Erklärung, die ihm am ehesten einleuchtet, lautet, dass sie gemeinsam panische Angst davor hatten, ihre Worte würden, wenn sie über die Geschehnisse jener Nacht sprächen, eine vollständige Geschichte ergeben, die schrecklicher wäre als die Bruchstücke, die sie einzeln mit sich trugen. Doch das Schweigen war womöglich ein Fehler gewesen. Nein. Das Schweigen war eindeutig ein Fehler gewesen. Irgendwo – in einer Fernsehdokumentation? – hat Ben gehört, dass Carl Jung Geheimnisse mal als psychisches Gift beschrieben hat. Genauso fühlte es sich an: ein Gift, dass sich in ihrer aller Leben schlich, vor allem in Sarahs und Theos. Gott, sie waren damals doch noch Kinder.

Auch Theo wird zurechtkommen, zumindest finanziell. Seine Restaurants sind ausgebucht, lukrativ. Sarah hat ihm einige Zeitungsartikel über ihn gezeigt. Theo selbst würde das natürlich nie tun. Auf den Fotos sieht er ein bisschen schüchtern aus, verlegen. Er trägt seinen Erfolg wie einen schlecht sitzenden Anzug. Erfolg wird ihn nachts nicht wärmen. Erfolg wird den Schmerz nicht lindern, der in seinem Sohn wohnt. Vielleicht verschlimmert er ihn sogar noch, denn der gequälte, selbstkritische Ausdruck in Theos Gesicht signalisiert überdeutlich, dass er glaubt, ihn nicht verdient zu haben. Ben wüsste gern, was Theo mit sich anfängt, wenn er nach Feierabend in sein Loft zurückkehrt. Er hat noch nie eine Freundin erwähnt, obwohl das nicht unbedingt heißt, dass es keine gibt. Er muss einsam sein.

Andererseits scheint es, als würde Theo seit einigen Jahren besser auf sich achten. Er ist noch immer ziemlich kräftig, aber nicht mehr fettleibig. Er hat Ben erzählt, dass er jeden Tag Sport macht, womit er einen flotten Spaziergang durch die Stadt meint. Ben stellt unwillkürlich eine Tabelle zur Risikoeinschätzung auf, wie er das für einen Patienten tun würde. Vierundvierzigjähriger Mann, ein Meter siebenundsiebzig, 86 Kilo. Genetisch gesehen ist Theo einigermaßen gut in Form: keine Herz- oder Krebserkrankungen in der Familie. An Alzheimer – Ben ist sicher, dass Mimis Krankheit Sarah und Theo gleichermaßen verfolgt – lässt sich nichts ändern, es sei denn, sie wollen einen von diesen DNA-Tests machen, der entsprechende Marker feststellen kann. Falls sie ihn um Rat fragen würden, was sie nicht tun werden, würde er ihnen davon abraten. Was nützt das Wissen, wenn es keine Heilung gibt?

Er denkt oft an Avalon, obwohl es schon, bevor er fortzog, längst nicht mehr seine Stadt war. Die vielen Jahre, die er dort lebte, sind wie eine Sedimentschicht, die seitdem von neueren Schichten überdeckt wurde. Rachel Carson – er liest gerade *Der stumme Frühling* – schrieb, dass Sedimente gewissermaßen ein episches Gedicht der Erde sind. Demnach ist die Geschichte jeder Stadt ihr eigenes kleines Epos. Wenn ihn überhaupt noch etwas nach Avalon zieht, dann ist das nicht sein früheres Zuhause, sondern vielmehr das Haus gegenüber.

Es ist nicht alles gut im Hause Shenkman. Die Mutter, Alice, ist krank. Als er davon erfuhr, schickte er Waldo einen kurzen Brief. Waldo rief prompt an. *Dr. Wilf? Waldo, bitte. Sag doch Ben zu mir.* Kaum zu glauben, dass der Junge jetzt vierzehn ist. Vor diesem Brief hatte er ihm nur gelegentlich eine SMS geschickt. Waldo und er haben eine erstaunliche Freundschaft, wenn man es denn so nennen kann. Er weiß nicht recht, was er davon halten soll. Er hat mal gehört, dass es möglich ist, seelische Bindungen an Menschen, selbst völlig fremde Menschen, zu empfinden. Der Gedanke lässt ihn nicht mehr los. Was bedeutet es, dass er geholfen hat, den Jungen zur Welt zu bringen? Was bedeutet es, dass Waldo bei Mimi war, als sie starb? Ist es bloß reiner Zufall und nichts weiter? Gibt es so was überhaupt? Manchmal denkt Ben über den Abend nach, als er mit Waldo zwischen den knorrigen Wurzeln der Eiche saß. Später an demselben Abend sollte Mimi sich aus der Tür von Avalon Hills schleichen. Und genau wegen dieses Abends, *seinetwegen – Hey, Junge! Was machst du da? Was hast du da? Ist das ein Spiel?* –, packte Waldo seine Sachen und lief von zu Hause weg. Alles hängt irgendwie zusammen, das ließe sich nachweisen, wenn er nur wüsste, wie.

Es war verblüffend, Waldo jetzt zu hören, nachdem er in den Stimmbruch gekommen ist, kieksend und hüpfend wie eine Schallplatte. Diese neue Stimme bebte. Er weinte, begriff Ben. Es war nicht viel nötig, nur eine sanfte Frage, um den Jungen zum Reden zu bringen. Ben konnte unmöglich wissen, wie selten es war, dass die Worte aus Waldo heraussprudelten. Dass er bei jedem anderen Erwachsenen in seinem Leben still war, schon fast stumm. *Meine Mom wird immer kränker, Dr. ... Ben. Sie ist richtig schlimm krank.* Ben klaubte es sich aus dem Wortschwall zusammen. Klang nach Eierstockkrebs, vielleicht Gebärmutterkrebs. Bösartig, wie manche Leute sagten, als gäbe es einen gutartigen Krebs. Sie war operiert worden. Jetzt machte sie eine Chemotherapie. Waldo zählte die Namen der verschiedenen Medikamente auf, als wären es lateinische Namen für Sternbilder. Er hatte sie in sein Handy getippt und gespeichert. Er hatte eine Liste. Er wollte von Ben hören, was das alles bedeutete.

Jetzt meldet er sich täglich, telefonisch oder per SMS. Ganz egal, was Ben gerade macht, er lässt alles stehen und liegen, um sofort zu antworten. Es ist offensichtlich, dass sonst niemand mit Waldo redet. Seine Mutter ist zu sehr mit ihrem Kampf ums Überleben beschäftigt, und der Vater? Ben gibt nicht vor, den Vater zu verstehen. Ben ist in seinem Leben von vielen Gefühlslagen angetrieben worden, aber noch nie hat er einen Zustand chronischer Wut erlebt. Er sah es an dem Morgen, als Mimi starb. Er hörte es, als Shenkman vor der Spielhütte Theo anschrie. Zugegeben, das war verständlich – der Mann war verrückt vor Angst um Waldo. Doch selbst als die Familie ihren Schiwa-Besuch machte, fiel es Ben auf. Shenkmans Physiognomie scheint sein Los zu diktieren: die dicken Arme und Schultern, der kurze Hals, die in einem Dauerrunzeln erstarrte Stirn. Er sah sich immer wieder in dem leeren Haus um, als könnte sich das Geheimnis irgendeines schwer fassbaren Glücks hinter den gestapelten Kartons versteckt haben. Was könnte er schon zu Waldo sagen? Wütende Menschen werden wohl kaum weniger wütend, wenn ihnen das Leben ein derartiges Unglück beschert. Die arme Frau. Der arme Junge.

Nach einem Strandspaziergang nördlich des Piers mit seinen Enkeltöchtern – etwas, das er so oft macht, wie sie sich drauf einlassen – sitzt er jetzt an einem Picknicktisch im Hof des »Brentwood Country Mart«. Hier ist er besonders gern, denn das kleine Einkaufszentrum bietet die perfekte Kombination eines ausgezeichneten unabhängigen Buchladens und eines ausgezeichneten Cafés, wo er mittlerweile Stammgast ist, obwohl er nicht so richtig hierher passt. Es macht ihm Spaß, die Kinder zu beobachten, die zwischen dem Reddi-Chick-Imbiss und dem Spielzeugladen herumtollen. Oft kommen ihm die Eltern irgendwie bekannt vor, was er verwirrend fand, bis ihm klar wurde, dass er sie aus dem Fernsehen kennt.

Heute hat er in der Lyrikabteilung des Buchladens herumgestöbert, bis ihm ein dünnes Bändchen ins Auge fiel: *The Night Parade* von Edward Hirsch. Vielleicht lag es am Umschlag des Buches: die dunkle, verschwommene Fotografie einer Frau im Mantel, die einen Bahnsteig entlanggeht. Die Lampenreihe über ihr wie ein Pfeil aus Sternen, der in den bewölkten Nachthimmel hinaufreicht. Es ist schwer zu sagen, ob die Frau sich auf die Kamera zubewegt oder von ihr weg. Er blättert das Buch durch – das Autorenfoto zeigt die scharf geschnittenen Gesichtszüge und ausdrucksvollen Augen eines Mannes, mit dem er auf der Classon Avenue hätte Baseball spielen können. Was ist aus den Jungs seiner Kindheit geworden, nachdem sie sich verstreut hatten wie Murmeln, die hinaus aus Brooklyn und hinein in ihr Leben hüpften? Hin und wieder geht Ben ein Name durch den Kopf. Mittlerweile alte Männer, ausnahmslos. Einige sind bestimmt schon tot.

Geräusche, Gerüche, Wörter drängen in seine Erinnerung. Der trockene Knall eines Besenstiels, der einen Gummiball trifft. Das Rumpeln eines Lastwagens über einen Gullydeckel. Das Gefühl einer Papiertüte mit heißen Kastanien in seinen Händen. Das Rauschen eines aufgedrehten Hydranten im Sommer. Seine Kindheitsfreunde waren die Söhne von Einwanderern, die aus Deutschland, Italien, Irland oder Polen nach Brooklyn gekommen waren, wie seine eigenen Eltern. Die Küchen in den kleinen Wohnungen rochen nach Kohl oder Wurst oder köchelnder Tomatensoße. *Benny!* Die Stimme seiner Mutter, die ihn von der Haustür aus ruft. *Abendessen!* Alle Mütter riefen nach allen ihren Kindern, aber es war ihre Stimme, die sein Ohr erreichte. Die sein Ohr noch immer erreicht, wenn er genau genug hinhört.

Er trinkt einen Schluck von seinem Cappuccino. Es ist fast eine Schande, das Werk des Baristas zu ruinieren, ein perfekt gestaltetes Blatt im Milchschaum. Sein Handy vibriert auf dem Tisch. Er stellt sich vor, wie Waldo allein in seinem Zimmer ist und den Himmel nach Antworten absucht, die in den Sternen stehen.

»Hallo, mein lieber Junge«, sagt er. »Erzähl mir, wie's dir geht.«

SARAH

Anfangs war es wie eine weiche, unsichtbare Decke, die sie umhüllte, sodass sie sich sicher, warm und geborgen in ihrer Haut fühlte. Ein paar Drinks schwächten das Gefühl ab, nicht dazuzugehören. So einfach war das. Sie wurde redselig, beschwingt, mutig und witzig. Sie wurde das Mädchen, das sie ansonsten irgendwie nicht sein konnte. Es hätte eine Phase sein können, die sie irgendwann überwunden hätte. Vielleicht hätte sie neue, gesündere Wege erlernen können, damit umzugehen. Sie hat Freunde, die in ihrer Jugend sehr viele riskante Sachen gemacht haben und heute über ihre Verrücktheiten lachen, während sie zugleich alles in ihrer Macht Stehende tun, um zu verhindern, dass ihre eigenen halbwüchsigen Kinder das Gleiche anstellen. Sie haben alle möglichen Begründungen dafür, warum es für sie okay war, aber nicht für ihre Kinder. Die Drogen sind heutzutage stärker. Ihr digitaler Fußabdruck wird ihnen folgen, wenn sie aufs College gehen wollen oder sich um Jobs bewerben. Doch in Wahrheit tun sie es, weil sie wissen, weil sie auf einer gewissen Ebene wissen, dass ihr Überleben schlicht Glückssache war. Das Kokain hätte mit Fentanyl versetzt gewesen sein können. Die Mollys, die sie in der Disco eingeworfen haben, hätten Meth enthalten können. Der Fremde in der Bar hätte ein Soziopath sein können.

Die Gespräche der Moms in Sydneys und Olivias Highschool drehen sich häufig um dieses Thema. Sarah geht den Moms meist aus dem Weg – sie fühlt sich unter ihnen fehl am Platz –, doch bei manchen Veranstaltungen, wie zum Beispiel der Vorstellung des neuen Lehrplans oder auf Elternabenden, ist das schlecht möglich. Ständig gibt es Grund zur Aufregung: Mal ist jemand betrunken Auto gefahren, mal wurde eine Party von der Polizei aufgelöst, mal musste einer Schülerin der Magen ausgepumpt werden. Wenn Sarah in eines dieser halblauten Gespräche hineingezogen wird, beobachtet sie die Gesichter der anderen. Es ist zwar nicht gerade allgemein bekannt, dass sie einen Entzug gemacht hat, aber es ist auch kein Geheimnis. Meist bemerkt sie, dass eine von den Frauen ihr einen kurzen Blick zuwirft und dann wieder wegschaut. Es fällt ihr schwer, kein Schamgefühl zu empfinden. Sie hat komplett die Kontrolle verloren. Sie hat beinahe alles zerstört: ihre Mädchen, ihren Mann, ihren Job, sich selbst.

Seit drei Jahren hat sie keinen Tropfen mehr getrunken. Sie geht jeden Tag zu AA-Treffen, meistens große, volle Meetings, wo sie in der letzten Reihe sitzen und einfach nur zuhören kann. Wo sie nicht bemerkt oder angesprochen wird. Wo niemand sie kennt. In der Anfangsphase ihrer Genesung wurde sie noch zu verschiedenen privaten Treffen eingeladen. In einer Stadt, einer Branche, wo die Hackordnung eine derart große Rolle spielt, dass Schauspieler tatsächlich benotet werden, um ihren Wert an den Kinokassen anzugeben, waren private AA-Treffen nichts Besonderes. Promis, die bekanntermaßen trockene Alkoholiker sind, treffen sich lieber in ihrem häuslichen Umfeld. Sarah nahm ein paarmal teil, fühlte sich aber wie gelähmt vor Unsicherheit. Sie kannte zu viele dieser Leute: den Schauspieler, der Ende der 1990er einfach das Set eines ihrer Filme verließ; ein Paar, Schreibpartner, das ihr mal eine Komödie über Reproduktionsmedizin angeboten hatte; eine Modedesignerin, die einen von Sarahs weiblichen Stars mit einem bizarren durchsichtigen Abendkleid ausstattete, als sie für einen Independent Spirit Award nominiert war.

Die privaten Treffen waren so klein, dass jeder etwas sagen musste. Das war der Deal. Du konntest dich nicht einfach still im Hintergrund halten. Doch immer, wenn sie den Mund aufmachte und sagte: *Hi, ich bin Sarah, und ich bin Alkoholikerin*, raste ihr Puls. Sie weiß nicht, wie sie über sich selbst reden soll. Sie kann sehr, sehr gut die Geschichten anderer Menschen erzählen. Als Produzentin ist sie dafür bekannt, dass sie in Bezug auf Figuren und Motivation eine ungewöhnlich gute Drehbuchleserin ist. Sie hat ein ausgezeichnetes Gespür für Struktur. Aber ihre Wangen laufen rot an, und sie gerät ins Stottern, wenn sie auf den Meetings von sich erzählen soll. Es ist, als würde ihr gesamtes Leben auf sie einstürmen, und sie weiß nicht, wo sie anfangen soll.

Heute ist sie auf ihrem regelmäßigen, spätnachmittäglichen Treffen, das ihr als Brücke zwischen Arbeitstag und Privatleben dient. Sie holt sich einen Becher angebrannten Kaffee, nimmt auf einem Metallklappstuhl Platz und scrollt durch ihren Twitter-Feed, damit niemand sie anspricht. Sie hat eine Sponsorin, die sie brav jeden Sonntagabend anruft, eine ältere Frau, die sie mit einer mütterlichen Herzlichkeit behandelt, dass ihr die Augen feucht werden. Ihre Sponsorin hat Sarah behutsam empfohlen, mehr auf andere zuzugehen, sich mehr in die Gemeinschaft einzubringen. Und sie weiß, dass sie das tun sollte, aber Jahre sind vergangen, und sie ist und bleibt Zuschauerin. Sie sagt sich, dass sie nicht mehr trinkt, und das ist doch wohl die Hauptsache, oder?

Wäre da nicht das Problem, dass die Dinge immer schwieriger und schwieriger werden. Allmählich fragt sie sich, ob Nüchternheit nicht vielleicht überschätzt wird. Körperlich fühlt sie sich besser; das rosa Licht des Morgengrauens ohne die Benommenheit des täglichen Katers war eine Offenbarung, und sie empfindet sogar winzige Funken Dankbarkeit, wenn sie frühmorgens draußen sitzt und an ihre Familie denkt, was für ein Glück es ist, dass sie zusammen sind. Es ist ein unverhofftes Geschenk, dass ihr Dad bei ihnen wohnt. Die gute Beziehung der Mädchen zu ihm wäre ohne die Ereignisse, die ihn nach Kalifornien gebracht haben, undenkbar gewesen. Dass Peter nach ihrem fürchterlichen Verrat bei ihr geblieben ist, grenzt an ein Wunder. Sie weiß das alles – sie weiß es rational, aber sie fühlt es nicht. Jedenfalls nicht so, wie sie glaubt, dass andere Menschen es fühlen.

Vorne im Raum ist ein Mann dabei, seine Geschichte zu erzählen. Sarah merkt, dass sie überhaupt nicht zugehört hat. Er ist schwarz, wahrscheinlich Mitte fünfzig. Bei ehemaligen Trinkern ist das schwer zu sagen. Durchaus möglich, dass er zehn Jahre älter aussieht, als er tatsächlich ist. Er ist kahlköpfig und dünn, trägt Poloshirt, Blazer und Jeans. Der Raum ist voll besetzt – zweihundert Personen –, und er spricht in ein Handmikrofon.

»Es ist passiert, weil ich betrunken war«, sagt er. »Und ich muss jeden einzelnen Tag meines Lebens damit leben.«

Etliche Leute wischen sich Tränen ab. Sarah beugt sich auf ihrem Stuhl vor. Was ist passiert? Womit muss er jeden Tag seines Lebens leben?

Seine nächsten Worte treffen sie mit der Wucht eines Faustschlags. »Es ist zwanzig Jahre her« – seine Stimme zittert, aber er bewahrt eine gewisse innere Würde, als könnte ihn das, was er zu sagen hat, nicht mehr aus der Bahn werfen –, »dass Joey ertrunken ist. Mein Junge. Während ich auf ihn aufpassen sollte.«

Zum ersten Mal würde Sarah gern weiter vorne sitzen. Plötzlich ist etwas in ihr hellwach. Und wie kann dieser schöne Mann vor Hunderten Fremden sitzen und diese schreckliche Wahrheit erzählen? Sie hat schon viele Alkoholikerbeichten gehört, aber noch nie etwas Vergleichbares. Nicht mal annähernd. Sein Sohn war drei Jahre alt. Sie machten mit einer anderen Familie zusammen Urlaub. Er ging ins Haus, um einen Drink zu holen. Er erzählt seine Geschichte quälend detailliert. Das geht über eine Beichte hinaus. Er legt Rechenschaft ab. Das Erzählen der Geschichte wird Joey nicht zurückbringen. Das Erzählen der Geschichte wird seinen Schmerz nicht lindern. Aber das Erzählen der Geschichte in diesen Räumen voll mit gebrochenen Seelen rettet ihm immer wieder das Leben.

»Ihr seid nur so krank wie eure Geheimnisse«, sagt er. Das ist eine der Maximen des Programms. Sarah hat sie tausendmal gehört, ohne ihr Bedeutung beizumessen. Es war bloß eine Formulierung, die durch den Kopf lief, ohne Spuren zu hinterlassen: … *eine gründliche und furchtlose Inventur in unserem Innern. Machten eine Liste aller Personen, denen wir Schaden zugefügt hatten, und wurden willig, ihn bei allen wiedergutzumachen.* Irgendwie hat sie es geschafft, sich einzureden, dass nichts davon für sie gilt. Jetzt jedoch wird ihr zutiefst und unzweifelhaft bewusst, dass *alles* davon auch für sie gilt. Wenn es zutrifft, dass sie nur so krank ist wie ihre Geheimnisse, dann muss sie wirklich sehr krank sein. Sie hat noch nie mit jemandem über diese Sommernacht vor vielen Jahren geredet. Nicht mal mit Dr. Baum in seiner durch die Schweigepflicht geschützten Praxis.

Ihr ganzes Erwachsenenleben lang hat sie mehrmals im Jahr nachgesehen, was Misty Zimmermans Eltern machen. Sie sind jetzt alt. Rund ein Jahr nach dem Unfall hatte Mistys Vater wieder geheiratet. Seine neue Frau brachte zwei Kinder mit in die Ehe. Sie leben an irgendeinem Ort, wo Palmen wachsen. Über Facebook hat Sarah verfolgt, wie die Kinder irgendwann selbst Kinder bekamen, Enkelkinder, wie aus Golden-Retriever-Welpen behäbige alte Hunde wurden, wie auf Hüpfburgen Sommerzeltlager, Schulabschlussfeiern und Strandpartys folgten. Sie forscht in seinem Gesicht nach Zeichen der Trauer, die er in sich tragen muss.

Das Leben von Mistys Mutter lässt sich nicht so leicht nachverfolgen. Sie ist nicht auf Facebook, aber aus frei verfügbaren Behördendaten geht hervor, dass sie jetzt in Georgia lebt – falls es sich dabei wirklich um die richtige Ruth Zimmerman handelt – und dass ihre Adresse zu einem Seniorenwohnheim gehört. Einmal hatte Sarah ein Foto auf der Website einer Immobilienfirma entdeckt. Sie hatte also irgendwann Häuser verkauft. Sie trug einen roten Blazer und hatte ein gezwungenes, professionelles Lächeln aufgesetzt. Sarah suchte nach Spuren von Misty in dem verschleierten Blick der Frau, in den tiefen Furchen, die sich von ihren Mundwinkeln nach unten zogen. Ganz gleich, wie Mistys Mutter sonst gealtert wäre, sie ist vom Verlust ihres einzigen Kindes gezeichnet. Es wäre nicht zu viel in ein einziges Foto hineingedeutet, wenn man sagte, dass es eine Frau zeigt, der nichts mehr geblieben ist.

Der Raum verschwimmt immer wieder vor Sarahs Augen, als würde er auf beiden Seiten von einem Blasebalg zusammengepresst. Ihr klingeln die Ohren. Sie bekommt kaum Luft. Der Mann vorne zeigt auf sie. Sie blickt auf und sieht ihre eigene Hand in der Luft. Ein Schaudern durchläuft sie. Noch Jahre später wird sie über diesen Moment staunen, den Schock, weil ihre Hand praktisch von allein nach oben schoss. Wenn sie die Geschichte erzählt – und das wird sie lernen –, ihrem Bruder, ihrem Vater, ihrem Mann, ihren Töchtern, ihrem Psychiater, fängt sie immer an dieser Stelle an. *Ja, du. Die Frau ganz hinten, in dem schwarzen Pullover. Bitte.* Jemand reicht ihr ein Mikro. Sie hat das Gefühl, gleich ohnmächtig zu werden, aber selbst wenn, ist das okay. Das Schlimmste ist ja schon passiert. Sie ist auf dem Grund des Ozeans. Sie kann nur eines tun. Sie nimmt all ihre Kraft zusammen und stößt sich ab, auf das Licht zu, das sie nicht sehen kann.

»Hi, ich bin Sarah«, sagt sie. Ihre Stimme dringt aus einem kleinen, harten Ort in ihr, aus einem versteinerten, verkapselten Etwas, das gerade erst aufgebrochen ist. »Ich bin Alkoholikerin.« Sie presst das Wort heraus. »Vor langer Zeit ist ein Mädchen gestorben, und es war meine Schuld.«

WALDO

Seine Mutter sagt es ihm nicht, aber er weiß es. Glauben seine Eltern wirklich, dass er nicht längst all ihre Bewegungen kennt und deuten kann? Er hat sie genau beobachtet. Er weiß, wenn sein Dad zwei Finger an die rechte Schläfe drückt, versucht er, ruhig zu bleiben. Wenn seine Mom sich ein drittes Glas Weißwein eingießt, bedeutet das, dass sie traurig ist. Er merkt es, wenn sie einen Termin bei den Leuten in der Stadt haben, die ihm Fragen stellen und seine Antworten in einer Akte notieren. Wenn sie dann nach Hause kommen, sind die Augen seiner Eltern glänzend und freundlich, und sein Dad geht sanfter mit ihm um, zumindest für ein paar Tage. Sein ganzes Leben lang hat Waldo ihre flüsternden Gespräche gehört. Lange Zeit drehten sie sich um ihn. (Manchmal tun sie das noch immer. Er ist ihr Lieblingsthema.) Dann stritten sie wegen Geld. Aber jetzt flüstern seine Eltern in einer neuen Sprache. *Raumforderung im Uterus, Hysterektomie, Lymphknotenbiopsie, Chemo.*

In der oberen Schublade seines Schreibtisches steckt Dr. Wilfs Brief ordentlich gefaltet in dem Umschlag, auf dem die Briefmarke mit der Sonnenfinsternis klebt. Die Nachricht aus Avalon hat Los Angeles erreicht. Von Leuten, die wissen, dass seine Mom krank ist. Nachbarn wahrscheinlich. Aber keiner hat ein Wort zu ihm gesagt, nur Dr. Wilf. Vermutlich ist Dr. Wilf gar nicht auf den Gedanken gekommen, dass Waldos Eltern sich entschieden haben könnten, es ihm nicht zu sagen. Seine Nasenspitze und der obere Rand seiner Ohren werden rot, wenn er darüber nachdenkt. Er ist vierzehn Jahre alt! Warum haben sie ein Geheimnis vor ihm? Das müsste irgendwie illegal sein oder so.

Deine Mutter ist eine sehr tapfere Frau. Er denkt daran, dass seine Mutter ihn auf dem Küchenboden zur Welt gebracht hat. Er denkt nicht gerne daran, aber manchmal tut er es trotzdem. Sein Dad spielt oft den starken Mann, aber in Wahrheit ist seine Mutter die Starke. *Alles wird gut werden, das hoffe ich zumindest.* Seit der Zeit, die er mit Mrs Wilf verbracht hat, ist es, als würde er Dinge sehen. Das verschweigt er den Ärzten in der Stadt. Die suchen nach was Verrücktem in ihm, und das könnte in die Kategorie passen.

Außerdem weiß er nicht so recht, wie er darüber reden soll. Nachdem Mrs Wilf gestorben war, war sie nicht mehr in ihrem Körper. Ihr Körper war bloß ein Ding, wie der abgeworfene Panzer eines Insekts. Dem war sie entwichen, aber sie war nicht fort. Innerhalb der Wände der Spielhütte war ein Energiefeld, das er fast mit Händen hätte greifen können. Nein, mehr als das. Es war, als wären sie beide – er und Mrs Wilf – von diesem Energiefeld umfangen. Nicht unbedingt so, als würde die Zeit stillstehen, sondern als hätte die Zeit sich ausgedehnt, sodass sie ein Teil von allem waren, was je geschehen war und was je geschehen würde. Sie würde nie wirklich fort sein.

Dieses neue Wissen (denn es fühlte sich wie Wissen an) ist wie eine Supermacht bei ihm geblieben. Wenn wir mit dem Tod nicht einfach verschwinden, dann gibt es nichts, wovor wir Angst haben müssen, oder? Er sieht … er weiß nicht, wie er sie nennen soll … keine *Geister*, nicht wirklich, keine *Wesen*, aber ein kaum sichtbares Netz, wie zarte Spinnweben, die glitzern, wenn die Sonne auf sie fällt. Diese glitzernden Fäden bilden Muster, genau wie Sternbilder. Aber jetzt wird er auf die Probe gestellt. Er will mehr Zeit mit seiner Mom haben. Viel mehr Zeit. Er will nicht, dass sie ein glitzernder Faden wird, Teil eines unsichtbaren Musters. Nein. Er will, dass sie bei seiner Schulabschlussfeier dabei ist. Er will, dass sie ihn zum College fährt. Er will, dass die Gespräche, die sie jeden Tag im Auto führen, endlos weitergehen.

Er kann nicht anders. Er googelt einige von den Wörtern, die er sich aufgeschrieben hat, Wörter, die er seine Eltern hat sagen hören, wenn sie dachten, er wäre sicher außer Hörweite in seinem Zimmer. Endometriumkarzinom. Typ 2. Er gibt das in die Suchmaschine ein und landet prompt bei einer Liste mit Überlebensraten von fünf Jahren. Zuerst sieht er 70 Prozent. Das ist nicht so schlecht. In der Schule würde man damit noch versetzt. Aber nein, die sind für was anderes, nicht für das, was seine Mom hat. Sein Magen krampft sich zusammen. Sie hat eine Überlebenschance von 30 Prozent.

Waldo klappt den Laptop zu und starrt aus dem Fenster. Die Bäume sind größtenteils kahl, und Laub bedeckt den Boden. Das Haus gegenüber ist frisch verkleidet und leuchtend weiß gestrichen worden. Ein neues Holzschindeldach hat das alte ersetzt. Die Familie hat einen siebenjährigen Jungen und ein fünfjähriges Mädchen, und er hat ein paarmal auf die beiden aufgepasst, obwohl er nicht viel mit kleinen Kindern anfangen kann und eigentlich nicht weiß, wie er mit ihnen reden soll.

Seltsam, dass er vorher nur ein einziges Mal in dem Haus war, nämlich als sie nach Mrs Wilfs Tod einen Beileidsbesuch machten. Damals war es schummrig und verstaubt, an den Wänden waren Umzugskartons aufgereiht, die Möbel mit Laken abgedeckt. Ein Catering-Unternehmen hatte Klapptische und Stühle für die Besucher angeliefert. Jetzt sind die Holzböden sandfarben, und da, wo seiner Erinnerung nach Wände waren, ist ein großer, offener Raum entstanden. Ein riesiges blau-weißes Sofa schwebt wie ein Boot mitten im Wohnzimmer. Er wollte den Jungen und das Mädchen dazu überreden, dass sie sich zusammen die Serie *Unser Kosmos: Die Reise geht weiter* auf dem riesigen Flachbildfernseher angucken, aber die gefiel ihnen nicht. Danach hat die Mutter ihn nicht mehr gebeten, auf die Kinder aufzupassen.

Dreißig Prozent. Er hat Dr. Wilf auf seinem Handy als Favoriten gespeichert. Jedes Mal, wenn er anruft, hat er Angst, dass Dr. Wilf nicht rangeht. Dass er ihn irgendwann satthat, wie alle anderen auch. Er setzt den großen Kopfhörer auf, der seine Ohren bedeckt, weil ihm das hilft, bei sich zu bleiben. Dr. Wilf meldet sich nach dem zweiten Klingeln. Waldo weiß, dass er ihn Ben nennen soll, und das tut er auch. *Hallo, mein lieber Junge. Erzähl mir, wie's dir geht.* Und die Sturzflut bricht los – *meine Mom ist so krank, sie hat jetzt keine Haare mehr, und sie trägt eine Perücke, als würde ich das dann nicht merken, an manchen Tagen kann sie schon gar nicht mehr aufstehen, keiner redet mit mir, sie tun immer noch so, als ob* –, als besäße Ben den Schlüssel zu der verschlossenen Truhe in Waldo Shenkman, wo Wörter sterben, ehe sie sich bilden, und zu bloßen Partikeln kosmischen Staubes zerfallen.

Waldo schließt ganz fest die Augen und lauscht dem Klang von Dr. Wilfs Stimme. Es geht nicht so sehr darum, was er sagt, sondern, wie er es sagt: mit Bestimmtheit und … kann das sein? Mit Liebe. Er nimmt Liebe von diesem alten Mann wahr, den er kaum kennt, mit dem er doch bloß ein paar Stunden verbracht hat. Dr. Wilf erinnert ihn an das Gefühl, wenn er den Nachthimmel nachzeichnet – *Andromeda, Antlia, Apus, Aquarius, Aquila, Ara, Aries, Auriga* –, Diagramme der Sternbilder erstellt, wie ein Musiker dasselbe Musikstück wieder und wieder übt, obwohl er es in- und auswendig kann. Da draußen gibt es immer etwas Neues und Unentdecktes, selbst wenn er es nicht sehen kann. Vor allem, wenn er es nicht sehen kann.

Es dämmert schon, als er sich von Dr. Wilf verabschiedet.

Er muss raus aus seinem Zimmer, raus aus dem Haus. Es gibt nur einen Ort, wo er hinwill. Er muss seinen Eltern nicht sagen, dass er nach draußen geht. Er ist nicht mehr zehn, bald elf. Er ist ein Teenager. Er nimmt sein iPad und schleicht sich aus dem Haus, schließt die Tür behutsam hinter sich. Er überquert die Division Street. Es ist ziemlich kühl, kurz nach Halloween, und die unteren Äste des Zauberbaums sind mit gelben Lämpchen und orange-schwarzem Lametta behängt. Die letzten Wildblumen des Sommers sind inzwischen verwelkt, bloß noch ein struppiger Wust Unkraut.

Waldo geht einmal um den Baum herum, lässt seine Finger über die raue Rinde gleiten. Man bräuchte fünf wie ihn, vielleicht noch mehr, um den ganzen Stamm einmal zu umfassen. Er verharrt an einer Stelle, die sich anders anfühlt, glatter, dunkler, und drückt die flache Hand darauf. Es gibt einen Ausdruck dafür – *Wundholz* –, den er nicht kennt, aber trotzdem wie eine Strömung in sich spürt. Die Rinde ist stark nachgewachsen, eine Narbe über einer verheilten Wunde. Er setzt sich auf die harte, kalte Erde zwischen zwei Wurzeln, die wie Arme aus dem Boden ragen.

Was denn für schlechte Gedanken?

Ach, Sie wissen schon.

Nein, weiß ich nicht. Sag's mir.

Na ja, Gedanken an Sterben und so.

Er lehnt den Kopf zurück. Das iPad liegt auf seinem Schoß, aber er macht es nicht an. Nicht jetzt. In dem Baum ist Leben. Irgendetwas. Irgendjemand. Ein Mädchen. Ihr Energiefeld umgibt ihn. Hauchzarte Fäden verweben sie miteinander. Sie ist ungefähr in seinem Alter, aber sie ist auch in jedem Alter: ein Neugeborenes, eine erwachsene Frau, eine Greisin. Die Fäden schimmern und tanzen. Er hat mal eine Abbildung gesehen, auf der die Wachstumsringe in einem Baum mit dem

Muster einer menschlichen Fingerspitze verglichen wurden. Die beiden Bilder sahen fast genau gleich aus. Man konnte kaum sagen, wo das eine endete und das andere begann. Wer ist das Mädchen in dem Zauberbaum? Sie hat hier ihr Leben verloren, begreift er. Das hat irgendwie mit der Wunde zu tun, der Narbe. War sie die ganze Zeit hier und hat über das Viertel gewacht? Hat sie ihn auf der anderen Straßenseite heranwachsen sehen?

Der Himmel ist schon beinahe dunkel. Über ihm: die ersten Sterne. Ein Licht geht oben im Gästezimmer an, wo seine Mutter jetzt die meiste Zeit verbringt. *Dreißig Prozent.* Er sieht einen Schatten hinter dem Fenster vorbeigehen und weiß, dass sie sterben wird. Nicht heute, nicht morgen, aber bald. Sie wird nicht bei seiner Schulabschlussfeier dabei sein. Sie wird ihn nicht zum College fahren. Sie wird nicht da sein, um ihm zu sagen, dass er jemand Besonderes ist, dass ihm eine große Zukunft winkt, wart's nur ab. Er schlingt die Arme um sich. Wenn seine Mutter tot ist, wie soll er wissen, wo er sie finden kann? Er wünschte, er könnte das Mädchen fragen. Sie wirft Fäden in alle Richtungen aus, wie elektromagnetische Wellen, Infrarot-Photonen, helle Lichtstrahlen, die nur in der Dunkelheit sichtbar sind. Die Wellen werden immer länger. Und plötzlich begreift Waldo: Sie dehnt ihre Reichweite über die Division Street hinaus aus, über Avalon hinweg, über Highways, Brücken, Städte, Farmland. Es gibt einige wenige Menschen, die ihre Berührung spüren werden – ein Schauer über den Rücken, eine Hand in der Luft, ein wieder erinnertes Gedicht –, auch wenn es ihnen nicht wirklich bewusst ist.

2. JULI 2020

SHENKMAN

Seine Wohnung liegt in der Innenstadt von Sarasota, ein paar Gehminuten vom Biomarkt entfernt. Das war einer der Gründe, sie zu kaufen. Shenkman will nicht für jede Kleinigkeit mit dem Auto fahren müssen. Er rechnet aus, wie viele Minuten er für die Fahrt von Avalon in die Stadt gebraucht hat. Fünfundvierzig Minuten (ohne Stau) in beide Richtungen. Mindestens neunzig Minuten pro Tag. Mal fünf Arbeitstage macht 450 Minuten pro Woche. Bei fünfzig Wochen pro Jahr (er hat nie mehr als zwei Wochen Urlaub genommen) kommt er auf insgesamt 22500 Minuten im Jahr. Zwei Jahrzehnte lang. Er möchte diese Minuten wiederhaben. Er möchte die Zeit zurückdrehen, bis hin zum Anfang von … tja, das ist das Problem. Wo anfangen?

Er hatte Alice im letzten Semester seines BWL-Studiums kennengelernt. Ihre Begegnung war arrangiert, aber so, dass es nicht so aussehen sollte. Freunde von ihnen luden sie beide zur selben Dinnerparty ein. Die anderen waren alle Paare, nur Shenkman und Alice nicht, und man setzte sie nebeneinander. Zwinker, zwinker, alles klar. Sie hatten auch im Vorhinein alle relevanten Details erfahren. Er wusste, dass sie im sechsten Semester an der NYU Jura studierte, sie war in Forest Hills aufgewachsen, ihr Dad war Zahnarzt. Sie hatte eine längere Beziehung hinter sich, war aber schon eine Weile Single. Was hatte man ihr über ihn erzählt? Auf dem Papier machte er einen ganz guten Eindruck. Er war in der Rudermannschaft der University of New Hampshire gewesen, machte gerade seinen Abschluss in Betriebswirtschaft an der NYU Stern und würde demnächst bei Lehman anfangen. So lief das wohl. Ihre Lebensläufe, Vorgeschichten, familiären Hintergründe passten gut zusammen, als wären solche Gemeinsamkeiten die beste Voraussetzung dafür, einen Partner fürs Leben zu finden.

Shenkman fragt sich, ob das heutzutage noch vorkommt, dass Menschen von ihren Freunden verkuppelt werden. Tja, in diesem beschissenen Jahr kommt es ganz sicher nicht vor. Und was wäre gewesen, wenn er nicht zu dem Dinner gegangen wäre? Wenn er die hübsche Jurastudentin nicht kennengelernt hätte? Das Leben ist eine Abfolge von Zufällen, die aufeinanderprallen, wie diese großen Autobahnunfälle, von denen man manchmal liest. Da kippt ein Sattelschlepper im Nebel um, und zack – gibt es eine Massenkarambolage mit siebenundzwanzig Autos. Wenn er Alice nicht geheiratet hätte, wäre er jetzt kein Witwer, der allein mit seiner Mund-Nasen-Maske die Main Street in Sarasota entlanggeht. Er hätte ein gänzlich anderes Leben gehabt. Eine ganz andere Geschichte. Eine andere Ehefrau. Einen anderen Wohnort. Ein anderes Kind oder zwei oder drei.

Vor allem gäbe es keinen Waldo. Etwas in ihm, irgendein alter, vertrauter Impuls, sucht nach Wut, Reue, Bedauern und findet nichts. Er kann den Auffahrunfall seines Lebens nicht bereuen. Waldo ist das Beste, was er je gemacht hat. Obwohl er außer dem Namen nicht viel dazu beigetragen hat. Er hat seinem Sohn den Namen gegeben. Das ist immerhin etwas. Als Benjamin Wilf die Schlinge der Nabelschnur von dem kleinen, verletzlichen, dünnen Hals des Neugeborenen zog, als er ihn Alice auf den Bauch legte – *Der kleine Kerl brauchte bloß ein bisschen Hilfestellung* –, war das 2700 Gramm schwere, rotgesichtige, glitschige Bündel irgendwie schon voll ausgebildet. Shenkman durfte es nur nicht versauen.

Aber natürlich hat er genau das getan. Er hat eines der wenigen Dinge in seinem Leben, die sich später nicht mehr in Ordnung bringen lassen, total versaut. Er hat als Dad versagt. Hätte er bei jedem Kind als Dad versagt? Oder stimmte die Chemie zwischen Waldo und ihm nicht, waren sie von Anfang an zum Scheitern verurteilt? Er hatte versucht, Waldo zu dem Sohn zu machen, den er haben wollte, anstatt ihn da abzuholen, wo er war. Als Ehemann hatte er sich geringfügig besser geschlagen, aber Alice hätte mehr verdient gehabt, keine Frage.

Eines hat er richtig gemacht: Als Alice die Diagnose bekam, als sie krank wurde, war er voll da. Er war, um den modernen Sprachgebrauch zu bemühen, ein pflegender Angehöriger. Er leistete Pflege. Er war bei jedem Gespräch mit dem Onkologen dabei, machte Notizen. Er ließ die wenigen Beziehungen spielen, die ihm zur Verfügung standen, um zweite und dritte Meinungen einzuholen. Nach Alice' radikaler Hysterektomie zog sie ins Gästezimmer, und er hatte ein altes Babyfon von Waldo neben seinem Bett, für den Fall, dass sie ihn nachts brauchte. Ihr Badezimmer wurde zu einem Lagerraum für medizinischen Bedarf: Antiemetika, Schmerzmittel, medizinisches Cannabis und gegen Ende Morphium. Er kaufte einen von diesen Tablettendosierern, von denen er immer geglaubt hatte, sie wären was für Senioren, um den Überblick zu behalten.

Das hat er vor Augen, wenn er heute an Alice denkt. Nicht die lebensprühende Frau, die er heiratete; nicht die starke Erdmutter, die ihn die ganze Zeit beschimpfte, während sie Waldo mitten auf dem Küchenboden herauspresste; nicht die Anwältin mit dem wachen Verstand, die nach nur fünf Jahren in der Kanzlei als Partnerin vorgeschlagen wurde. Gott, er war so verdammt stolz auf sie gewesen. Hatte er ihr das wirklich gezeigt? Er hat ein paar Bücher über Trauer gelesen. Aber niemand sagt dir, wie lange es dauert, bis der Mensch, den du geliebt hast, in deiner Erinnerung wieder der wird, der er war, bevor er krank wurde, bevor er dahinsiechte. Wenn er Alice vor sich sieht, ist sie kahlköpfig, ihre Haut gelblich fahl und schlaff. Ihre Nägel, ihre Lippen rissig. Ihre Arme wie Stöcke; die Hände in jenen letzten Tagen wie Krallen.

Vor dem Biomarkt stehen Spender mit Desinfektionsmittel für die Hände. Bei einigen wenigen Läden wird die Temperatur der Kunden mit einem Stirnthermometer gemessen, ehe sie reindürfen, aber das ist schließlich Florida, keine Kleinstadt in Westchester County. Die Sonne hat sie alle zu der Überzeugung gebracht, dass diese ganze Pandemiesache übertrieben ist. In einigen Teilen des Staates ist es eine Frage der Ehre, ohne Maske herumzulaufen. Hier in Sarasota gibt es jeden Abend Livemusik in vielen Freiluftbars, wo die Leute im Schein von Tiki-Fackeln tanzen. Im Biomarkt sollen Pfeile und Markierungen auf dem Boden den Kundenstrom lenken und für die Einhaltung der Abstandsregeln sorgen, aber niemand achtet darauf. Entweder die Menschen sind zu alt, oder es ist ihnen egal. Shenkman beobachtet das alles wie ein Anthropologe. Er hat sich immer an die Regeln gehalten, also trägt er Maske, reibt sich die Hände mit Desinfektionsmittel wund. Aber eigentlich ist er nicht sonderlich besorgt. Er hat die Theorie, dass es eine vorgegebene Zahl von beschissenen Sachen gibt, die einem im Laufe eines Lebens passieren können, und er hat seine Obergrenze schon erreicht.

Die neuen Besitzer seines Hauses in Avalon haben zwei Tiefkühltruhen in den Keller gestellt und Regale gebaut, um genug Konserven, Haferflocken, Hygieneartikel und Trinkwasser für ein Jahr einzulagern. Es ist genau wie beim Jahrtausendwechsel. Das Paar verriet ihm, dass sie vorhaben, zusammen mit mindestens einer weiteren Familie auf der Division Street zu *preppen*, wie das jetzt heißt, und einen Plan aufzustellen, sich regelmäßig bei einem örtlichen Concierge-Arzt auf Corona testen zu lassen. Concierge-Arzt! Das Paar hat viel, für das es sich zu leben lohnt: zwei kleine Kinder, genügend Finanzmittel, um auf einem überteuerten Markt andere Interessenten zu überbieten, und den festen Glauben, dass sie sich vor Unglück und Leid schützen können, wenn sie nur schlau und wachsam genug sind.

Er packt Vidalia-Zwiebeln und einen Blumenkohl in seinen Einkaufskorb. Schnappt sich rasch eine Packung Hafermilch, weil die immer schnell ausverkauft ist. In seinem Kopf gibt es keine Ruhe. Waldo ist stinksauer auf ihn, und er hat allen Grund dazu. Wenngleich stinksauer ein Wort ist, das nicht in Waldos Ausdruckspalette passt, wie Shenkman weiß. Der Schaden, den Shenkman ihm zugefügt hat, ist zu einem Panzer geworden, der Waldo ein- und Shenkman ausschließt. Er fragt sich, wann er seinen Sohn wiedersehen wird, jetzt, wo das Haus, das sie aneinandergebunden hat, aus ihrem Leben verschwunden ist.

Seine persönlichen Bindungen haben sich gelockert und sind eine nach der anderen davongeflattert. Seine Eltern sind tot. Alice wollte eingeäschert werden, obwohl das Juden eigentlich untersagt ist. Einige Wochen nach ihrem Tod verbrachten er und Waldo einen bedrückenden Nachmittag miteinander, als sie Alice' Bitte erfüllten, ihre Asche in den Hudson River zu streuen. Wahrscheinlich, nein, mit Sicherheit war das illegal. Trotzdem fuhren sie beide am Bahnhof vorbei und runter zum Fluss, die stabile Pappschachtel mit Alice' Asche auf der Rückbank. Es war ein normaler Wochentag im Vorfrühling, und auf der Promenade entlang des Hudsons war wenig los. Bloß vereinzelte Fahrradfahrer und ein paar wild entschlossene Walker, die auf ihre Schrittzahl kommen wollten.

Shenkman trug die Schachtel hinunter zu einer ruhigen, grasbewachsenen Stelle direkt am Ufer. Er wusste nicht, wie er vorgehen sollte. Bislang hatte er immer nur Beerdigungen beigewohnt. Er spürte eine jähe, irrationale Wut auf den Inhalt der Schachtel, der mal seine Frau gewesen war. Wie egoistisch von ihr! Sie hätte sich doch mal überlegen können, wie das für ihn sein würde! Hier, allein mit seinem … Aber dann sah er zu Waldo hinüber. Er hatte den Deckel von der Schachtel genommen und den Bindedraht gelöst, der den Plastikbeutel darin verschlossen hielt. Er fuhr mit den Fingern durch die Asche. Die sterblichen Überreste. Gott, wie er diesen Ausdruck hasste. Er unterdrückte den Drang, Waldos Hand wegzuschlagen. Er sah, dass Waldo sogar noch gedankenverlorener aussah als sonst. Er war ruhig. Fast verträumt.

Shenkman räusperte sich. Es fühlte sich an, als säße etwas fest.

»Also dann, Waldo. Dann sollten wir wohl –«

»Mom ist überall«, unterbrach Waldo ihn. »Sie ist nicht in dem Beutel da. Sie wird auch nicht im Fluss sein oder wenigstens nicht nur im Fluss.«

Shenkman mochte es irgendwie, wenn Waldo so redete. Es beruhigte ihn, obwohl ihm nicht klar war, wieso.

»Wenn manche Sterne sterben, kehrt ihre Materie ins Universum zurück«, sagte Waldo mit dieser besonderen Stimme, die er nur benutzte, wenn er enzyklopädisches Wissen wiedergab. »Das Sterben eines Sterns dauert Millionen von Jahren. Millionen. Er kollabiert zu einem sehr dichten Weißen Zwerg. Er ist superschwer. Schon ein Teelöffel Materie von einem Weißen Zwerg würde Hunderte Tonnen wiegen. Dann dauert es noch Milliarden Jahre, bis ein Weißer Zwerg abkühlt und unsichtbar wird.«

Während er sprach, schüttete Waldo die Asche seiner Mutter in den Fluss. »Aber andere Sterne, richtig riesige Sterne, beenden ihr Leben plötzlich. Wenn sie ihren Brennstoff verbraucht haben, schwellen sie an und werden rote Überriesen. Dann zerstören sie sich selbst mit einer Supernova-Explosion, die so gewaltig ist, dass sie alle anderen Sterne in der Galaxie überstrahlt. Am Ende bleibt bloß Sternenstaub übrig.«

Waldo stockte, blickte in seine hohlen Hände. »Ich hab das jetzt stark vereinfacht«, sagte er, »aber du verstehst, was ich meine. Aus dem Sternenstaub werden irgendwann neue Sterne. Und Planeten.«

Er wandte sich Shenkman zu und starrte ihn mit diesen Augen an. Alice' Augen. In einigen Monaten würde er die Avalon High abschließen. Er würde in Berkeley studieren. Er würde nicht nach Hause zurückkehren, kein einziges Mal, bis die Universität wegen der Pandemie geschlossen werden musste und er nirgendwo anders hinkonnte. Shenkman suchte Waldos Gesicht nach irgendwelchen Anzeichen von Liebe zu ihm ab und fand keine. Und vielleicht war das auch okay. Vielleicht sollte es so sein – musste es so sein. Es war fast eine Erleichterung, nicht mehr das Gefühl zu haben, Dinge wiedergutmachen zu müssen.

Shenkman verlässt den Biomarkt und spritzt brav Desinfektionsmittel auf seine Hände. Der Nachmittag dehnt sich vor ihm aus, sengend heiß, endlos. Die beiden Zwiebeln und der Blumenkohl, die er gekauft hat, kugeln in seiner Plastiktüte herum. Er geht die Main Street hinunter Richtung Jachthafen. Der angrenzende Park wimmelt von Menschen, selbst in der Mittagshitze. Kleine Kinder spielen im Planschbecken, während ihre größeren Geschwister auf Rollern herumkurven. Ein älteres Paar sitzt Schulter an Schulter mit dem Rücken zu Shenkman auf einer Schaukel und blickt über die Bucht. An den Picknicktischen vor »O'Leary's Tiki Bar« essen Leute frittierte Meeresfrüchte und trinken Drinks mit kleinen Schirmchen drin.

Er findet einen freien Platz auf einer schattigen Bank und entspannt sich. Vielleicht ist es ja gut so. Seine Frau ist Sternenstaub, behauptet sein Sohn, der auf der anderen Seite des Kontinents lebt, so weit weg von ihm wie nur möglich. Das Haus, in dem er zwanzig Jahre gelebt hat, ist jetzt ein Vorstadtbunker. Er hat zwei Jahrzehnte in Avalon verbracht, ohne je Wurzeln zu schlagen. Wer hatte denn die Zeit dafür oder wollte es überhaupt? Und da ist er nun, der wurzellose Shenkman, im willkürlich gewählten Sarasota. Er ist ziemlich gesund, anders als sein Dad, der ungefähr in seinem Alter tot umkippte. Er könnte noch viel Strecke vor sich haben. Der RowPro – er hatte sich vergewissert, dass der Fitnessraum in seiner Wohnanlage gut ausgestattet ist – wird dafür sorgen, dass sein Herz weiterpumpt, seine Zellen sich weiter regenerieren. Vielleicht wird er sogar wieder richtig rudern, auf dem Wasser. Es gibt hier einen Ruderklub namens »Sarasota Scullers«, kurz hinter Siesta Key. Er schirmt die Augen mit der Hand ab und beobachtet eine Möwe, die herabstößt, um sich ihre Beute von der schimmernden Wasserfläche der Bucht zu schnappen. Es könnte schlimmer sein.

THEO UND SEINE NICHTEN

Nachdem er das »Mimi's« und das »Twelve Tables« schließen musste, lag er achtundvierzig Stunden lang im Bett, in einem Zustand der Erstarrung, der ihm selbst Angst machte. Aber am dritten Morgen erwachte er mit einem klaren und neuen Ziel vor Augen. Er wusste ganz genau, was er tun musste. Theo ging auf seine öffentliche Facebook-Seite, die bisher von irgendeinem Social-Media-Menschen gemanagt worden war, und schrieb folgenden Post: *Ich bin hier. Allein. Wenn ihr Essen braucht, koche ich für euch. Für weitere Einzelheiten bitte mel-*

den. Dann gab er seine Handynummer und die Festnetznummer vom »Mimi's« an. Dasselbe machte er auf dem Instagram-Account @12Tables. Er fühlte sich entschlossen und zugleich ein bisschen durchgeknallt. Diese Maßnahmen unterschieden sich so radikal von allem, was er sich früher auch nur ansatzweise hätte vorstellen können, dass es ein Schock war, wie unvermeidlich sie jetzt schienen. Wie notwendig.

Jetzt klebt er wie jeden Morgen seit Mitte März die Tageskarte, die er möglichst leserlich selbst geschrieben hat, innen an die Scheibe vom »Mimi's«. Auf der von heute stehen argentinische Empanadas mit Rinderhack, Ragù vom Schwein auf cremiger Polenta, Okra-Eintopf, Hähnchenpastete, Blattkohl mit gebratenem Pancetta und Knoblauch. Gutes, sättigendes Wohlfühlessen. Außerdem versucht er, immer ein paar Standardgerichte anzubieten, die die Leute inzwischen erwarten: Überbackene Paccheri Quattro Formaggi mit Wildbrokkoli und Salsiccia sind im Viertel ein echter Dauerrenner. Kunden bestellen riesige Portionen und frieren die Reste ein. Er hat beim Kochen noch nie darauf geachtet, Reste wiederzuverwerten, aber jetzt darf nichts umkommen.

Es ist der Beginn eines Feiertagwochenendes, doch dieses Jahr gibt es keine Feiertagwochenenden. Statt des krachenden Feuerwerks zum Nationalfeiertag am vierten Juli ertönt an jedem Abend um Punkt sieben aus zahllosen offenen Fenstern eine Sinfonie von scheppernden Kochtöpfen, mit der die Menschen systemrelevanten Arbeitskräften Beifall spenden. Das passiert nicht nur in den fünf New Yorker Stadtteilen, sondern in großen und kleinen Städten rund um den Globus. Wenn die Leute sich in anderthalb Meter Abstand auf der Malcolm X Avenue für ihr Essen anstellen, begleitet sie der elementare Klang von Kochlöffeln, die auf Töpfe hämmern. Er lauscht darauf, während er in der Küche arbeitet und Bestellungen fertig macht. Etwas Berechenbares in einer unberechenbaren Welt. Eine Möglichkeit, das Vergehen der Zeit zu messen.

Das Restaurant selbst ist dunkel, umgedrehte Stühle auf Tischen, sauber gefegter Boden, die gesamte Einrichtung unberührt, seit er vor Monaten alle nach Hause schickte. Ein gerahmtes Schwarz-Weiß-Foto von Mimi hängt an einer weißen Ziegelwand. Sein Dad hatte es in ihrem Garten in Avalon aufgenommen, und Theo ließ es auf Posterformat vergrößern. Seine Mom hockt, mit einer Latzhose bekleidet, neben einem Beet mit Grünkohl – sie hatte den neuen Grünkohltrend vorweggenommen –, und sie sprüht vor Leben, während ihre Hände in der Erde wühlen. So erinnert er sich am liebsten an sie. Jeden Morgen, wenn er das Metallgitter aufschließt und nach oben rollt und das totenstille Restaurant betritt, verbringt er einen Moment mit seiner Mutter und hofft, dass sie in irgendeiner Dimension existiert, in der sie ihn sehen kann. Mimi hatte sich nie ganz von seinem fünfjährigen Verschwinden erholt. In den paar Jahren, die ihnen nach seiner Rückkehr und vor ihrer Alzheimererkrankung noch blieben, lag immer etwas Ängstliches in ihrem Blick, wenn sie ihn ansah, als wäre er eine wilde Kreatur, die jeden Moment wieder entfliehen könnte. *Ich bin hier, Mom.* Er bindet seine Schürze um und steigt in seine Birkenstocks. Beugt einige Male die Finger. Lockert die Schultern. *Ich bin hier und koche.*

Eine Zeit lang hat er seine Mitarbeiter noch weiterbezahlt, aber da kein Ende der Pandemie in Sicht war, konnte er sich das irgendwann nicht mehr leisten. Im »Mimi's« beschäftigte er insgesamt sechsundzwanzig Leute in der Küche, als Servicepersonal und im Büro. Das »Twelve Tables« hatte nur drei Teilzeitkräfte und seinen Souschef. Damit sind also dreißig Leute – viele davon Immigranten mit Familie – arbeitslos. Er fühlt sich dafür verantwortlich. Er *ist* dafür verantwortlich.

Auf seiner Tageskarte stehen zwei unterschiedliche Preise pro Gericht. In beiden Fällen verschenkt er es nahezu. Der eine Preis ist für Menschen, die noch Arbeit haben. Der andere für alle anderen. Den ganzen Tag über spricht er mit alten Kunden und neuen, und in ihren Stimmen liegt etwas Raues, das er als Dankbarkeit erkennt. Aber Theo will oder braucht keine Dankbarkeit. Diese Stunden in der Küche sind seine Rettung. Im Laufe der Zeit hatte er irgendwie aus den Augen verloren, wie alles anfing, nämlich mit der schlichten Freude daran, mit seiner Mutter in der Küche zu sein, Seite an Seite mit ihr zu arbeiten, ein abgegriffenes Kochbuch – Marcella Hazan, Julia Child, Jacques Pépin – offen auf der Arbeitsplatte. Bevor sie anfingen, reihte er stets sämtliche Zutaten auf, die sie brauchen würden, und suchte Messbecher und Löffel, Pfannen, Bräter oder was auch immer erforderlich war, zusammen. Am liebsten bereitete er Eintopfgerichte mit komplexen Aromen zu, die stundenlang auf dem Herd köcheln mussten. Mimi hörte gern Radio bei der Arbeit, und wenn ein Lied kam, das ihr gefiel, sang sie manchmal mit, sodass er erahnen konnte, wie sie als junges Mädchen gewesen sein musste.

Wenn er herausdestillieren müsste, worum es bei diesen längst vergangenen Nachmittagen mit Mimi in der Küche eigentlich ging, wäre das ganz einfach. Es war Liebe. Natürlich hat er auch die Menschen, die bei ihm aßen, immer geliebt, aber diese Liebe war anders. Sie war eher ein Flehen. Mit jedem raffinierten Gericht, jeder neuen Kreation, versuchte er, sich als würdig zu erweisen. Er war auf einer Seite der Glasscheibe, isoliert, getrennt von seinen Gästen, und ihre Zufriedenheit, ihre Sättigung war seine Sühne. Heute ist ihm das klar. Er hatte aus den Augen verloren, was wirklich wichtig war. Und jetzt ist er hier. Bietet Essen als Nahrung an, als Balsam für die Seele, als Verbindung. Die Glasscheibe ist weg.

Das Telefon in seiner Schürzentasche klingelt unentwegt. Er hört seine eigene Stimme wie fremd klingende Musik. *Theo Wilf*, meldet er sich wieder und wieder. Es gibt keine Trennung mehr, keine Furcht vor Bloßstellung oder Ablehnung. Kein Sich-Verschließen oder -Verstecken. Weit vor der Pandemie verflog das alles allmählich in einer Reihe von langen Telefongesprächen mit Sarah. Sie sagte: *Ich war's, Theo. Ich hab damals gesagt, dass ich es war, weil ich es war. Ich war deine große Schwester, es war meine Schuld. Ich hätte dich niemals* – und dann nur das Geräusch, wie sie beide atmen, die Stille über sie geworfen wie eine Decke. *Denkst du manchmal an sie?*, fragte Sarah ihn. Die ganze Zeit, antwortete er, und als er es aussprach, begriff er, wie wahr das war. *Weil ich es war, Sarah,* erklärte er seiner Schwester. *Nicht du. Ich. Ich bin gefahren wie ein verdammter Idiot.* So machten sie weiter, Theo in Brooklyn, Sarah in Santa Monica, beide in mittleren Jahren, gequält, jahrzehntelang von Entsetzen und Scham zum Schweigen gebracht.

Bald kommen seine Nichten zu Besuch. Sie werden mit ihm zusammenarbeiten. Ihren College-Abschluss haben sie über Zoom gemacht, und jetzt hängen alle Pläne irgendwie in der Luft. Eine Lektion von vielen in der Pandemie lautet, dass Pläne bloß Wunschvorstellungen sind. Pläne sind austauschbar. Wir machen Pläne, und Gott lacht. Sydney hat gerade ihren Abschluss am Rhode Island Institute of Design gemacht – ab September soll sie für Tom Ford in seiner Niederlassung in L. A. arbeiten –, und Olivia ist eine ziemlich tolle Bäckerin geworden. Sie sollte eine Lehre bei Nancy Silverton machen, aber das liegt jetzt erst mal auf Eis. Das Gute daran ist, dass sie ihn besuchen kommen. Seine Nichten. Sie werden wieder in dem Zimmer wohnen, dass er für sie hinten in seinem Loft abgetrennt hat, und sie drei werden ihre Tage damit verbringen, unter den wachsamen Augen ihrer Großmutter Mimi die Menschen von Brooklyn und darüber hinaus zu ernähren.

Irgendwo in der Nähe gellt eine Sirene. Die Krankenhäuser sind überfüllt mit Menschen, die nicht atmen können. Abertausende sterben einen einsamen, schrecklichen Tod. Er hat gehört, dass Kühlwagen zur Leichenaufbewahrung genutzt werden. Ein Verrückter sitzt im Weißen Haus. Die Atmosphäre ist schwer vor Trauer, als wäre Trauer etwas Greifbares, etwas Gegenwärtiges und nicht das Fehlen von etwas. Und doch steht Theo Wilf, der bald fünfzig wird, im Zentrum seines Lebens, am Herd seiner Küche, in dem Restaurant, das er nach seiner Mutter benannt hat, und rührt einen festen Umami-Würfel in seinen Geflügelfond.

Das auch, denkt er, als er die Brühe kostet. Er denkt an alle, die er heute Abend mit Essen versorgen wird. Die Cops, Lehrer, Kosmetikerinnen, Yoga-Lehrer. Die Obdachlosen, arbeitslosen Schauspieler, Krankenschwestern in den Notaufnahmen, Kellner, Hebammen, Anwaltsgehilfen, UPS-Fahrer. Das auch, das auch. Er wird sie mit allem, was er hat, versorgen. Er schneidet die übrig gebliebenen Möhren von gestern klein und nimmt sich vor, seine Biofarmer-Freunde im Norden um alles zu bitten, was die Erde hergibt. Er wird ihre Ernten nutzbringend einsetzen. Er wird sich selbst nutzbringend einsetzen, weil es das Einzige ist, was er tun kann. Sein Handy klingelt. Vierzig Minuten weiter nördlich sendet ein längst verstorbenes Mädchen Wurfleinen aus Licht aus. Sie macht das seit vielen Jahren, aber die Bedingungen müssen genau stimmen. Er muss bereit sein. Jetzt durchquert sie Zeit und Raum. Sie ist Knochen in einem Grab. Sie ist zellulare Materie. Sie lebt inmitten der Wachstumsringe eines alten Baums. Jeder Teil von ihr, der nicht in jener Sommernacht verschwand, schlingt sich um Theo, eine Umarmung, die er nur als einen unerwarteten

Schub an Entschlossenheit und Wohlbefinden empfindet. *Theo Wilf*, meldet er sich am Telefon. Und wieder. *Theo Wilf.*

WALDO UND BENJAMIN

Für die Fahrt quer durchs Land ist das Auto vollgepackt mit Büchern, Fotoalben und Kisten. Er hat alles aus seinem Elternhaus, über das er sich vielleicht irgendwann mal freuen wird, in seinem Prius verstaut. Das Auto hat er mit dem Versicherungsgeld gekauft, das seine Mom ihm hinterlassen hat. Er ist eine Schildkröte, die ihren eigenen Panzer trägt. Er hat sich für die südliche Route entschieden. Sein Vater: *Als ich die Fahrt während des Studiums gemacht hab, sind wir die nördliche Route gefahren.* Waldo, der die Reise bis zu diesem Moment noch nicht genau geplant hatte: *Ich nehme die südliche.*

Als er von der Einfahrt auf die Division Street biegt, weiß er, dass er das Haus, die Straße, die Stadt zum letzten Mal sieht. Wozu sollte er zurückkommen? Es gibt hier nichts mehr für ihn. Zwanzig Jahre. Sein ganzes Leben. Wird er je wieder an einem Ort so lange leben? Das wird er tatsächlich. In den späten Vierzigern wird er mit Frau und Kindern in einen Bungalow in der Nähe von Berkeley ziehen, und er wird junge Bäume pflanzen, die groß und kräftig heranwachsen und noch viele Jahre lang ihren Schatten über ihn werfen werden. Dr. Waldo Shenkman wird eine überragende Größe in einer Welt von Forschern und Akademikern sein. Er wird genau den richtigen Ort für sich finden. Und er liegt falsch damit, dass er nie in die Division Street zurückkehren wird. Einmal wird er mit seiner studierenden Tochter herkommen. Sie werden auf der anderen Straßenseite gegenüber vom ehemaligen Haus der Shenkmans stehen. Doch da wird der Zauberbaum schon gefällt worden sein, weil seine Wurzeln in ein gut dreißig Meter entferntes leckes Kanalrohr eingedrungen waren. Einige Nachbarn werden sich vergeblich dafür eingesetzt haben, die alte Eiche mit erheblichem Kostenaufwand zu retten, andere werden sie lediglich als Ärgernis betrachtet haben. Nachdem sie gefällt worden sein wird, werden Baumpfleger anhand der Ringe in ihrem mächtigen, schönen Stamm zu der Schätzung gelangt sein, dass sie fast fünfhundert Jahre gelebt hatte.

Waldo kennt seine Route: Pennsylvania Turnpike, dann die I-70 bis Saint Louis, dann die I-44 bis Oklahoma City, dann die I-40 durch Arizona bis Kalifornien. Dann die I-35 bis Los Angeles. Motels kommen ihm unsicher vor. Türklinken, Tischplatten, Bettwäsche – alle möglichen Alltagsdinge – sind seit Kurzem bedrohlich. Er schläft auf Rastplätzen in seinem Auto, steht mit der Sonne auf. Wenn er seinen Prius auftankt, benutzt er Wegwerfhandschuhe. Der Beifahrersitz ist übersät mit Desinfektionsfläschchen und -tüchern und blauen OP-Masken aus Papier.

In New Mexico macht er einen Abstecher und verbringt die Nacht in einem Nationalpark, vierzig Meilen von der nächsten künstlichen Lichtquelle entfernt. Unter dem schwärzesten Himmel, den er je gesehen hat, baut er sein Teleskop auf. Genau südlich von Alnitak, dem östlichsten Stern des Oriongürtels, sieht er den dunklen Pferdekopfnebel, rund fünfzehnhundert Lichtjahre entfernt, eine klare schwarze Silhouette, die sich vor dem rötlichen Hintergrund eines leuchtenden Emissionsnebels abzeichnet. Er ist ein beliebtes Ziel, gewissermaßen eine Touristenattraktion der Astronomie – es gibt einige Astronomen mit einem Pferdekopfnebel-Tattoo –, aber dennoch beschleunigt sich sein Puls, und er lacht auf. Es mag ja ein Klischee sein, aber es ist ein sehr schönes Klischee. Obwohl er den Gedanken nicht richtig zu Ende denkt, weil sich das einsam anfühlen würde, wünscht er sich, er hätte jemanden, mit dem er das gemeinsam erleben könnte. Seine Ex-Freundin Sophie. Seine Mom. Ben.

In nur einem weiteren sehr langen Tag wird er in Los Angeles ankommen. Er hat darauf geachtet, während der ganzen Fahrt mit keiner einzigen Person in Kontakt zu kommen. Er hat alle Vorsichtsmaßnahmen getroffen. *Ich würde mich über deinen Besuch freuen, Waldo. Wir müssen bloß dafür sorgen, dass er ungefährlich ist. Ich bin kein junger Hüpfer mehr.* Er hat sich testen lassen, ehe er Avalon verließ, und er wird sich erneut testen lassen, ehe er Ben trifft. Er hat kaum Freunde, bloß eine Ex-Freundin und jetzt auch keine nennenswerte Familie mehr, deshalb wurde dieser Besuch mit jedem Tag immer wichtiger. Er bedeutet *zu* viel. Aber vielleicht geht das in Ordnung. Vielleicht ist es okay, zuzulassen, dass sein ganzes Wesen sich nach der Gesellschaft einer realen Person sehnt und nicht nur danach, die schwarzen Löcher im Universum zu suchen. Vielleicht ist es okay, das Risiko einzugehen, jemanden zu lieben.

Auf der letzten Etappe seiner Fahrt fühlt er sich mit jeder Meile, die er zwischen sich und Avalon bringt, besser, mehr wie er selbst. Die Luft wird dünner, trockener. In der Wüste kann er atmen. Die Kakteen auf beiden Seiten des Highways sehen fremdartig aus, wie Flora von einem anderen Planeten. Er kommt an Schildern vorbei, die vor Elchen auf der Straße warnen, vor Gürteltieren. Hier wird er leben, denkt er. Mit *hier* meint er irgendwo an der Westküste der Vereinigten Staaten. Es ist möglich, im falschen Haus aufzuwachsen, auf der falschen Straße, in der falschen Stadt, im falschen Teil des Landes. Es ist möglich, auf die falsche Schule zu gehen. Den falschen Dad zu haben. Zu den falschen Dingen gedrängt zu werden.

Aber es ist auch möglich, all diese psychischen Demütigungen zu überstehen, wenn du ein oder zwei Menschen hast, die dich so wahrnehmen, wie du bist. Seine Mom sah ihn. Und weil sie ihn sah, rettete sie ihn. Und in einer Winternacht vor einem halben Leben legte ein alter Arzt seinen Arm um ihn und schwankte sanft hin und her, als lauschten er und Waldo derselben kaum hörbaren Musik.

Er versucht gar nicht erst, das alles zu verstehen. Er weiß nur, dass er einem Muster folgt, das er nicht immer klar erkennt. Es ist nicht fassbar, chimärisch, voller Sackgassen und jäher Brüche. Man vergisst leicht, danach zu suchen. Aber wenn es sichtbar ist, so wie jetzt, erhellt es seinen Weg wie ein Komet, der durch den Nachthimmel schießt. Er muss ihm nur vertrauen und folgen. Und das wird für sein ganzes Leben gelten. Er wird diese Strömung in sich wahrnehmen, ein Kraftfeld, das ihn mit der Welt verbindet, die er als fast elfjähriger Junge wahrnahm. Er wird nicht wissen, wer ihn da durch Zeit und Raum berührt, aber er wird wissen, dass er nicht allein ist.

Und da sind sie nun, der ehemalige Arzt Benjamin Wilf und der zukünftige Professor Waldo Shenkman. Zehn Jahre sind vergangen, seit sie sich das letzte Mal gesehen haben. Zehn Jahre seit jenem Tag, der sie beide für immer verändert hat. Ben bewegt sich jetzt langsamer. Er war schon damals ein alter Mann. Aber natürlich ist es Waldo, der sich am meisten verändert hat. Ben hat ihn als Jungen in Erinnerung, als kleinen Jungen, praktisch noch ein Kind mit glatten Wangen, weichem Haar und langen Wimpern. Er war sehr blass, auffällig blass, als würde er nicht viel Zeit im Freien verbringen, und sein Gesicht wurde vom blauen Schein des Bildschirms erhellt, als er ihn Richtung Sternenhimmel hielt. Dieser Junge steckt noch in dem jungen Mann mit dünnem Bart, Brille und dunklen Schatten unter den Augen. Denselben Augen, wie Ben erleichtert feststellt, in denen noch immer der Funke glimmt, den er in Erinnerung hat, der Funke, der besagt: *Unterschätz mich auf eigene Gefahr.*

Der Strand ist fast menschenleer. In der Ferne zwei Männer in Neoprenanzügen mit Surfboards. Ein schwarzer Hund rennt im Kreis um Felsen herum. Sie haben Sarahs Auto, ein Cabrio, für den Tag ausgeliehen und sind mit offenem Verdeck über den Pacific Coast Highway bis zur nördlichsten Spitze von Malibu gefahren. Der Strand – Ben kennt ihn noch von einer Reise, die er und Mimi in den 1970ern machten, um ihren Hochzeitstag zu feiern – hat sich in den letzten fünfzig Jahren total verändert. Er ist stark erodiert, sodass die Häuser an diesem Küstenabschnitt jetzt mit riesigen Betonklötzen gesichert sind, die dort, wo mal Sand war, als Schutzmauer dienen. Er vermutet, dass das alles in weiteren fünfzig Jahren unter Wasser stehen wird: die dicht an dicht stehenden zwei-, dreistöckigen Villen; die in überdachten Einfahrten geparkten Sportwagen, die mit weichem Frottee bezogenen Liegen auf den Dünen und neben Swimmingpools, die Azaleen, der Hibiskus, der Zitronenduft in der Luft – obwohl das alles die Illusion von Sicherheit und Stabilität vermittelt.

»Traurig«, sagt er unwillkürlich.

»Was?« Waldo wendet ihm den Kopf zu.

»Das« – Ben macht eine ausladende Armbewegung, als würde er auf eine alte, untergegangene Zivilisation deuten – »wird es schon bald nicht mehr geben.«

»Es wird nicht verschwinden«, entgegnet Waldo. Er hat viel von James Gleick gelesen und wiederholt eine Passage aus dem Gedächtnis. »Wenn man die Zeit als Ganzes begreifen könnte, würde man sehen, dass die Vergangenheit bestehen bleibt und nicht im Rückspiegel verschwindet.«

»Glaubst du das?«, fragte Ben.

»Das ist keine Glaubensfrage. Das ist Physik«, antwortet Waldo.

Sie bleiben stehen, ein ungleiches Paar, und blicken den Strand entlang auf die meilenweit gestapelten Sandsäcke. Waldo schielt kurz zu Ben hinüber. »Außerdem kann ich es spüren.«

Der Wind frischt auf. Ben schiebt die Hände in die Taschen. Er fühlt sich wohl mit diesem jungen Mann, als würden sie sich schon eine Ewigkeit kennen.

»Wie geht's dir jetzt, Waldo? Ich meine, so ohne deine Mom.«

Alice ist vor drei Jahren gestorben. Ein verschwindend kleiner Zeitraum, wenn es um so einen tiefgreifenden Verlust geht. Ben weiß das. Trauer kommt in Wellen. Wie das Meer, das gegen die Felsen tost, sammelt sie Kraft und schlägt über dir zusammen, wenn du am wenigsten damit rechnest.

Waldo zuckt mit den Schultern. Ben erinnert dieses Schulterzucken an den kleinen Jungen im Red-Sox-Pyjama. Reflexartig, als wäre er es nicht gewohnt, dass jemand ihm Aufmerksamkeit schenkt, und weil es deshalb einfacher ist, Dinge wegzuschieben.

»So einigermaßen, würde ich sagen. Sie fehlt mir.«

Sie blicken beide beim Gehen nach unten auf ihre Füße. Der Sand ist mit zerbrochenen Muschelschalen und Meerglas übersät. Mimi brachte immer gern Muscheln von ihren Reisen in die Karibik mit nach Hause. Unvollkommen, zerbrochen, das war ihr egal. Sie sammelte sie in einer Keramikschale, die im Laufe der Jahre immer voller wurde. Es ging darum, eine greifbare Erinnerung daran zu schaffen, wo sie gewesen waren, wer sie gewesen waren, was sie getan hatten. Als er das Haus ausräumte, wollte niemand diese Muscheln haben. Er brachte es nicht über sich, sie einfach wegzuwerfen, deshalb stellte er die ganze Schale unter einen Buchsbaum im Garten. Vielleicht würden die Kinder der neuen Familie sie eines Tages entdecken.

»Was ist mit dir?«, fragt Waldo.

»Was soll mit mir sein?«

»Wie *geht's* dir?«

Ben wird verlegen. Er kann sich nicht erinnern, wann ihm diese Frage zuletzt gestellt wurde. Die längste Zeit seines Lebens war er der Verlässliche, derjenige, der immer das Sagen hat. Es würde seine Kinder zu viel Überwindung kosten, ihn zu fragen, wie es ihm wirklich geht. Oder vielleicht würde ihn die Antwort zu viel Überwindung kosten. Denn in Wahrheit ist er einsam. In den zehn Jahren ohne Mimi hat er nie den Wunsch verspürt, jemand Neues kennenzulernen. Hin und wieder erwähnten Sarah oder Peter die frisch verwitwete Mutter einer Freundin oder so, doch die Idee kam ihm absurd vor. Er hat sein Leben mit Mimi verbracht. Er will kein neues Kapitel mehr aufschlagen.

»Meine Tochter, Sarah, hat mir ein Geschenk gemacht.« Ben ist selbst überrascht, dass er Waldo davon erzählt. »Sie hat von einem Filmemacher, mit dem sie arbeitet, eine … Montage, könnte man wohl sagen, von unseren Familienfotos und Videos aus all den Jahren zusammenstellen lassen.«

Waldo beobachtet den schwarzen Hund, der in die Brandung springt und mit einem knallroten Frisbee im Maul zurückgerannt kommt. Er will Ben nicht ansehen, weil er fürchtet, dass er dann aufhört zu reden.

»Ich hab sie mir wahrscheinlich schon tausendmal angeguckt.«

»Hilft es?«

Bens Wangen werden leicht rot.

»Nicht wirklich.« Ben stockt. »Klingt wohl ziemlich jämmerlich. Aber das ist die Antwort auf die Frage, wie's mir geht.«

Waldo bleibt vor einem perfekt versteinerten Seestern stehen. Er hat tatsächlich noch nie einen gesehen. Er kennt sie von Bildern, aber er hat in seinem Leben nicht viel Zeit an Stränden verbracht. Er bückt sich und hebt ihn auf. *Echinoderm. Asteroidea.* Sie leben sechstausend Meter tief auf dem Grund des Ozeans.

»Ich habe sie gesehen, weißt du?«

Die Worte kommen wie von selbst. Über die Jahre hat Waldo das, was er an dem Morgen in der Spielhütte erlebte, für sich behalten. Er war sicher, es würde ihm nur Ärger einbringen. Dass die Ärzte sich darauf stürzen würden. *Oha, er sieht tote Menschen.*

»Ich weiß«, sagt Ben. Er wirkt verwundert. Die Information ist alles andere als neu.

»Nein«, sagt Waldo mit Nachdruck. »Ich meine, hinterher.«

Ben blinzelt heftig gegen den Wind. Der Gedanke, dass ein so kleiner Junge Mimis Tod miterleben musste, hat ihn belastet. Und dass Mimi in ihrem verwirrten Zustand ihn für ihren eigenen Sohn hielt. Aber was sagt er da? Waldo muss traumatisiert gewesen sein. Sonst hätte er doch –

»Es war, als wäre sie alle, die sie je gewesen war«, sagt Waldo. »Ich erinnere mich an ein Kind in einem weißen Kleid. Und an eine Lady mit dunklem Haar, so lang, dass sie drauf sitzen konnte.«

Ben hört genau zu. Andere Geräusche werden leiser, als hätte der Wind sich gelegt, als hätten die Ozeanwellen aufgehört zu tosen.

»Sie sah glücklich aus, Ben. Dann war sie schwanger, trug Jeans und ein kariertes Hemd. Sie hielt ein kleines Mädchen an der Hand. Ich hab nicht alles genau erkannt, es war alles irgendwie flackerig, wie Bilder von einem alten Filmprojektor. Aber ich weiß, was ich gesehen habe.«

Tränen rollen Ben über die Wangen. Er versucht nicht mal, sie wegzuwischen. Er verbannt seine Skepsis und sieht einfach nur, was Waldo sieht. Seine Mimi, noch da. Nicht verschwunden. Alles, was je geschehen ist, geschieht noch immer. Sie muss nicht in einer Videomontage bewahrt werden. Er hat sie nicht neben seinen Eltern auf dem Friedhof in Brooklyn zurückgelassen. Er schließt die Augen und atmet tief ein. Der Wind wird wieder stärker. Der nasse schwarze Hund kommt fröhlich japsend zu ihnen gelaufen. Ben legt einen Arm um Waldo. Die beiden Männer sind jetzt gleich groß. Sie stehen da, leicht schwankend, blicken zum Horizont.

»Ich hab mir das nicht eingebildet«, sagt Waldo.

»Hab ich auch nicht behauptet.«

»Aber du denkst es.«

»Da bin ich mir gar nicht so sicher.«

Sonnenlicht tanzt auf den Schaumkronen. Es sieht aus, als wäre das Meer mit Abertausenden flimmernden Sternen gefüllt. Vielleicht ist jeder einzelne das, was von jeder Seele bleibt, die je gelebt hat; vielleicht ist Zeit kein Kontinuum, sondern Vergangenheit, Gegenwart und Zukunft entfalten sich immer und ewig. Der junge Mann, der neben ihm steht, ist der Säugling, den er auf den Bauch seiner Mutter legte; der Ehemann und Vater, dessen Erlösung darin besteht, sein Herz zu öffnen; der betagte Astrophysiker, der sein Leben der Suche nach bewohnbaren Exoplaneten außerhalb unseres Sonnensystems widmet. Sie sind alle hier, unsichtbar, um sie herum. Jeder Mensch, den er je geliebt hat, lässt die Luft flimmern. Er ist dem Ende seines Lebens nahe, und zugleich nimmt er in einer anderen Sphäre gerade erst seinen Anfang. Er würde das gerne glauben. Und warum eigentlich nicht? Er wird es früh genug herausfinden.

5. JUNI 1970

DIE FAMILIE WILF

Da sind sie, Ben und Mimi Wilf, wie sie die Stufen zu ihrem neuen Zuhause hochgehen: Division Street Nr. 18. Ihnen gefällt die Hausnummer 18, hebräisch *Chai*, das auch Leben bedeutet. Ben spielt kurz mit dem Gedanken, seine Braut über die Schwelle zu tragen, aber sie ist hochschwanger, also sollte er das wohl besser lassen. Sie sprüht vor Leben, trägt Jeans (den obersten Knopf geöffnet, weil Schwangerschaftsjeans erst noch erfunden werden müssen) und ein Flanellhemd. Alle sagen, die Form ihres Bauches verrät, dass es ein Junge wird, obwohl sie das unmöglich wissen können. Mimi hält Sarah an der Hand, während die Zweijährige versucht, die hohen Stufen mit der später für sie so typischen Entschlossenheit zu bewältigen.

Ihr Haus (ihr Haus!) steht im Schatten einer wunderschönen alten Eiche, dem größten Baum der Straße. Ben malt sich aus, wie er in einem Liegestuhl unter dem Baum sitzt und liest. Sämtliche Nachbarn scheinen kleine Kinder zu haben, sind junge, noch wachsende Familien. Er sieht Dreiräder, Pogo-Sticks, kleine Turnschuhe auf den Veranden liegen. Diese ruhige Straße, auf der Sarah und ihr kleiner Bruder – insgeheim hofft er, dass es ein Junge wird – aufwachsen werden, erinnert in nichts an die Classon Avenue. Er kann sein Glück kaum fassen. Er ist mit seiner großen Liebe verheiratet, sie haben eine hinreißend frühreife Tochter, und in nur wenigen Wochen werden sie zu viert sein.

An ihrem ersten Abend im Haus, als Sarah endlich oben in

ihrem nagelneuen Kinderbett schläft, sitzen Mimi und er auf der Veranda, mit einem Bier für ihn und Kamillentee für sie. Die Haustür steht einen Spalt offen; warmer Lichtschein fällt auf die Stufen. Grillenzirpen erfüllt die Luft. Das Baby tritt, und Mimi lacht, legt die Hände auf ihren Bauch. Sie sind Stadtmenschen, noch nicht an den samtig dunklen Himmel gewöhnt.

Ein Auto kommt langsam die Division Street herauf, seine Scheinwerfer gleiten über sie hinweg. Wenn ihr sie sehen würdet, Ben und Mimi Wilf, wie sie ihr Leben in Avalon beginnen, würdet ihr ihnen alles Gute wünschen. Ihr würdet hoffen, dass sie wissen, wie viel Glück sie haben, wie gesegnet sie sind.

DANK

Ein Buch zu schreiben ist eine einsame Angelegenheit, dennoch bergen seine Seiten die Fingerabdrücke, die Hingabe und Liebe anderer Menschen.

Die ersten Leser: Molly Zakoor, Debbie Attanasio, Andy McNicol und Abigail Pogrebin lieferten treffende und überaus kostbare Anregungen.

Ein langes und gut getimtes Telefonat mit Jeff Gordinier half mir, ein wichtiges Teilchen des Puzzles einzufügen.

Ich danke meiner Schreibgruppe, auch bekannt als »The Bunker«, für ihre Solidarität und literarische Freundschaft. Ihr wisst, wer ihr seid.

Von einer Lektorin wie Anne Horowitz kann eine Schriftstellerin nur träumen.

Ein großes Dankeschön geht an Jordan Pavlin, Reagan Arthur, Alison Rich, Stephanie Bowen, Isabel Yao Meyers, Sara Eagle, Abby Endler und das gesamte Knopf-Team. Paul Bogaards, es ist eine Ehre und ein großes Glück für mich, dich weiter auf meiner Seite zu haben. Ich danke Poppy Hampson und Chatto & Windus, die meinem Buch im UK ein Zuhause geboten haben.

Margaret Riley King, du hast zu diesem späten Zeitpunkt für mich den Unterschied gemacht. An mein gesamtes WME Team: Hilary Zaitz Michael, Laura Bonner, Fiona Baird, Ben Davis, euer Engagement und eure Unterstützung für dieses Buch waren mir ein großer Segen.

Ganz besonders danken möchte ich Jennifer Egan, die mir vor über einem Jahrzehnt nahelegte, dass jede Form von chronologischem Erzählen langweilig ist. Sie ging mit gutem Beispiel voran und führte mir vor Augen, dass sich nur der Tanz auf dem Drahtseil lohnt.

Guy Birster und Charles Cilona, zahllose Abendessen in eurem himmlischen Restaurant »RSVP« dienten als Inspiration und boten mir Zugang zu Theos Welt.

Zu guter Letzt meine Familie: Mein Mann Michael Maren, mein erster und zuverlässigster Leser, gibt mir die Sicherheit, große Sprünge zu machen. Mein Sohn Jacob Maren hörte mir in einer Zeit, als die Zukunft düster aussah, lange und aufmerksam zu, wenn ich die ersten Entwürfe von *Leuchtfeuer* vorlas. Ich kann ohne Übertreibung sagen, dass es dieses Buch ohne ihn nicht gäbe.

Ich liebe und danke euch.